成吉思汗傳奇

江上鷗 著

下 一代天驕

從小汗到一代天驕

目錄

主要人物表

成吉思汗（大蒙古國汗）
朮赤（成吉思汗長子、西征第二軍團指揮）
察合台（成吉思汗次子、西征第一軍團指揮之一）
窩闊台（成吉思汗三子、西征第一軍團指揮之一）
拖雷（成吉思汗四子、西征軍本軍指揮之一）
哲別（大將、征歐軍團指揮之一）
速不台（大將、征歐軍團指揮之一）
阿拉黑（大將、兵團指揮之一）
速客圖（大將、兵團指揮之一）
托海（大將、兵團指揮之一）
孛兒帖（成吉思汗妻、皇后）
忽蘭（成吉思汗第二妃）
也遂（成吉思汗第三妃）
別勒古台（成吉思汗異母弟）
合撒爾（成吉思汗弟）
失吉忽托忽（成吉思汗義弟）

布托（成吉思汗妹夫）
脫忽察爾（成吉思汗女婿）
鐵木格（成吉思汗弟）
闊列堅（成吉思汗子、忽蘭所生）
耶律楚材（謀臣）
塔塔統阿（謀臣）
邱處機（全真教教主）
雪格諾克（阿力麻里國太子、西征軍從征部隊指揮）
阿爾思蘭（海押力國太子、西征軍從征部隊指揮）
拔都（成吉思汗孫、朮赤之子）
莎魯禾特尼（拖雷妻）
忽必烈（成吉思汗孫、拖雷之子）
旭烈兀（成吉思汗孫、拖雷之子）
傑斯麥里（西征軍速不台軍團先鋒官）
梅克隆爾（西征軍哲別軍團先鋒官）
耶律薛闍（東遼國太子、拖雷軍團先鋒官）
姚里氏（東遼太后）

葉賽寧（吉卜賽人、拔都伴當）
巴比西魯（窩闊台軍團十人長）
申虎（哲別之子）
兀良哈台（速不台之子）
馬哈木・牙拉瓦赤（出使花剌子模使者）
默罕默德（花剌子模國國王）
扎蘭丁（花剌子模國太子）
斐里敦古里（玉龍傑赤守將）
穆智爾（馬魯城守將）
叶納勒朮（俄托拉爾城守將）
鐵木爾・密里克（氈的城守將）
拉沙（格魯吉亞國國王）
葉瓦涅（格魯吉亞統將）
月即伯（亞塞拜然國國王）
姆斯梯斯拉維奇（加里奇侯國加里奇侯）
姆斯梯斯拉夫・羅曼諾維奇（基輔侯國基輔侯）
丹尼爾・羅曼諾維奇（弗拉基米爾・沃崙侯國沃崙侯）

十六　兵發馬魯

按成吉思汗的部署：拖雷軍團是哲別、速不台軍團的後援。

按照拖雷的派遣：先鋒是脫哈察兒大駙馬。脫哈察兒原先也是一個方面軍的首領，不久前，他栽在也里城。

當哲別、速不台軍團到達也里城時，總督曾帶領城民納款輸幣，以保也里人民生命財產的安全。為此成吉思汗有王命，來降者勿擾其民。

但脫忽察兒違令，帶軍隊抄掠了也里。

成吉思汗以違抗王命嚴厲懲處脫哈察兒，是女兒托滿倫央求拖雷保下了脫哈察兒，理由是大軍西征正是用人之際，可降職使用以觀後效。於是脫哈察兒被調任拖雷軍團的先鋒官，副先鋒是博卡將軍。

二人帶領人馬接近了尼沙不爾。

脫哈察兒行事不用心，只憑經驗辦事，只知道哲別、速不台和平解決過尼沙不爾。不知道調查一下哲別、速不台軍走後，尼沙不爾是否已經發生了變化。

確實那裡的城民知道圖思的昔剌扎丁的簽軍起事獲得了成功，（不過他們不知道那麼快便被呼瑟・帖木爾所消滅，還只以為將隊伍開拔到山裡抗戰去了。）而遠方經常不斷有謠言傳來，一會兒說：默罕默德在西方可疾雲領兵起事獲得了勝利；一會講：太子扎蘭丁在馬贊德蘭殲滅了成吉思汗軍五千人。

……這些子虛烏有的消息煽動起了城民的盲目抗戰熱情。

尼沙不爾的主戰派受到鼓舞，認為成吉思汗軍已經像洪水一樣衝過去了，確實，許多日子只有小部隊和通信傳令兵往來，向他們要吃要喝不可一世。

他們覺得只要拿起刀槍，就能保衛家園。

於是尼沙不爾城民沸沸揚揚地拿起了武器。

穆智爾反對這樣做，但他不說，他知道，因為大家的頭腦發熱，很可能使尼沙不爾陷入萬劫不復的地步。

他知道無法勸醒狂熱的城民，於是只有悄悄離城，他認為默罕默德的忠告不是不對，在如此強大的蒙古大敵面前，退卻保存實力是十分正確的，留得青山在，才有參天木。在成吉思汗軍瘋狂的殺人浪潮中過早地尋死是不值得的。

他偷偷出城逃往了鄉下，轉道向馬魯城逃去。

接下來有不少主和派的官員仿效穆智爾，然而他們沒有穆智爾那麼幸運，行動被城民發覺了，於是把他們抓住，當做賣國賊、叛徒處死。

脫哈察兒帶領先鋒部隊到了尼沙不爾。城中已經派探馬偵知這是一支規模不大的部隊，不過二三千人，於是仗著己方人多，脫哈察兒部人少，準備殲敵於城下。

城門大開，城頭全無士兵，旌旗刀槍不見踪影，城民進進出出，見到脫哈察兒引軍前來，並不驚慌失措地奔跑，一副恬靜安逸的景象，分明一座和平城市。

脫哈察兒一點也未生疑，貿然揮軍進城。就在前鋒入城多半時，伏兵四出，吶喊四起，打了脫哈察兒一個措手不及。後軍急忙守住城門，不讓城民接近，以免形成關門打狗之勢。

守軍和城民作戰十分英勇，他們從壁壘裡向外發射弩矢和方銀箭，箭弩如飛蝗，射倒了不少成吉思汗士兵，脫哈察兒正指揮隊伍後撤，脫離險地，不料一支飛矢射到，正中脫哈察兒咽喉，儘管他渾身披甲，頭戴盔帽，也防不了射向他咽喉處的致命一箭。

經過血戰，成吉思汗軍的副先鋒博卡捨命搶出了脫哈察兒，將隊伍帶出了險地。

等到將脫哈察爾放到安全地方，他已經進氣大於出氣了，不多會長喘一口氣，便一命歸了鄂嫩河。

博卡把部隊撤了下來，尼沙不爾已經反水，而且城內守軍和城民士氣正旺，不是他這支前鋒部隊可以對付的。正在這時，博卡接到拖雷派「飛箭諜騎」送來的急報，才知道圖思的昔剌扎丁已經叛變，大軍正在馬魯城下，來不及馳援，要他就近派人增援，剿平昔剌扎丁。

於是博卡將人馬分成兩撥，一撥向圖思，增援呼瑟帖木兒；一撥向小城薩布扎伐爾。博卡要報復，攻打大城尼沙不爾他是勢單力薄，可是他的這些人馬對付小城卻綽綽有餘。

馬魯。

是花剌子模前朝呼羅珊的塞爾柱克族蘇丹桑扎兒的駐蹕地。

桑扎兒於一一五七年死後，沒有繼承人，於是在伊朗東部留下了一個君主的空位。實際上桑扎兒的舊王國呼羅珊成了一塊沒有主人的土地，在那塊土地上生活的烏護人的首領們，或多或少承認花剌子模國王的宗主權，卻同時又實行各自為政的統治。直到一一九三年才被默罕默德的父親正式佔領併入花剌子模的疆域。

馬魯是一個人才薈萃的地方，在呼羅珊諸多城市中，馬魯的幅員最為廣闊，物產最為豐富，所以桑扎兒才會把這裡當作理想的駐蹕之地。馬魯在阿拉伯語中又可讀意為「別走！」所以有詩讚道：

美好的國土，仁慈的君王，
淌著龍涎香的土壤。
若有人想離開那裡，
那它就用它的名義不讓他離開。

馬魯還是一個埋葬著許多名人的地方，桑扎兒的墳墓在這裡，伊蘭的哈里發—科倫拉士德的陵寢也在這裡，它們代表著阿拉伯——波斯文明的光榮。

穆智兒逃出了尼沙不爾後，時而騎驢，時而步行，奔向了馬魯。

穆智兒曾經作過花剌子模的宰相，他是默罕默德的私生子，他的母親是默罕默德的寵姬，默罕默德把她賜給他父親時，寵姬已經有了身孕。所以默罕默德對他優渥有加，雖然不能認祖歸宗，卻屢屢受到重用，官至宰相，但由於他的叔父犯了罪，連累了他，因此默罕默德把他撤職，另任命巴哈接替了他的位子。

失意後，穆智兒在尼沙不爾賦閒，直到默罕默德逃離尼沙不爾才讓他參加留守的班子。正因為此，他對尼沙不爾沒有多少感情，才匆匆離去。

馬魯有許多官員曾是他的部下，因此他的到來受到了歡迎。人們都認為他是來領導抗戰，他也因此只好默認。然而，有位將領卻不歡迎他到來。

那位將領叫不花，他曾當過默罕默德的嚮導，是個突厥蠻人，他反對向成吉思汗軍曲膝投降，因此受到了一群突厥蠻人的擁護，許多從別的地方，像失守的氈的、布哈拉逃出來的突厥蠻軍人都願意跟他一起抗戰。許多富人也投向馬魯，尋求他的庇護，因此他得到了一支龐大的人馬。

不花不讓他入城，然而，擁戴穆智兒的官員巧妙地為他化了裝，幫他潛入城中。當他開始恢復本來面目時，他得到了萬眾歡呼，人們都認為他是默罕默德派來領導抗戰的。馬魯的軍隊馬上效忠於他。

不花見機行事，也隨即去晉見他，對他說，「怕是敵人僞裝，所以拒入，怠慢尊駕，請求寬恕。」此時城內的突厥蠻人和氈的人足足有七萬之眾，一致表示服從他的領導。

與此同時，當馬魯城重新成為堡壘，穆智兒舉起大旗的消息傳遍呼羅珊時，人民從四面八方跑來投奔他。人們的歡呼聲把他推上了抗敵領袖的寶座。

——榮譽有時候也是一種致幻劑。穆智兒喝下了它，竟心生幻覺，他似乎覺得沒有他的許可，天體不能轉動，空中也不能颳風。

他已經覺得自己成了蘇丹，花剌子模的新國王。

就在此時一個叛國事件發生了，使他行使了一次國王的權力。

馬魯附近的一個城鎮撒拉哈代，有個沙亦黑・伊蘭，為了保護他的教民，動員大家接受成吉思汗軍派遣的沙黑納，向成吉思汗軍納幣稱臣。不光如此，他還給自己的族人哈的捎去一封密信，勸他早日脫離馬魯險地。

穆智兒得到了這一消息，但他沒有表示，因為他要拿到確鑿的證據才下手。

這一天機會終於來了，他派出的人在途中截獲了沙亦黑給哈的的又一封密信。這才派人把沙亦黑・伊蘭找來，穆智兒擺開架子公審，然後讓手下的將領向他身上下刀子，割下一塊塊肉，然後倒提著腿，拖到市場上去示眾，向人們宣讀穆智兒的旨諭，宣佈變節者、叛徒的下場。

穆智兒還不斷地派出軍隊截擊過路的小股成吉思汗軍；懲治撒拉哈代向成吉思汗軍投降的官員，把他們一一殺死。

他真正體會到了可以致人於死命的至高無上的權力的威嚴。

有關成吉思汗軍的消息越來越少了，似乎成吉思汗軍像洪水一樣瀉入裡海一去不復返了。

穆智兒和馬魯的其他官員、名人一樣開始尋歡作樂，酗酒狂飲。這時北方小城阿姆亞的首領叶赫的亞爾丁逃到了馬魯，帶來消息說：成吉思汗軍正在攻打他們的赫拉特城堡。一支蒙古偏師已經到達阿姆亞，並且在跟踪他。

穆智兒歡迎叶赫的亞爾丁的到來，讓他參加突厥蠻人的隊伍，他對他說與他們在一起是安全的。

穆智兒現在完全是一派王者風範。

成吉思汗軍來了。

不多！

只有八百人。

穆智兒連忙收縮隊伍，緊閉城門。因為他知道八百人是突不破城牆的。

然而，沒等成吉思汗軍走近城門，在他們身後殺到了一支神兵，大約兩千人尾擊成吉思汗軍，一時把成吉思汗軍的隊伍衝得大亂。橫衝直撞的花剌子模軍隊把成吉思汗軍殺得抱頭鼠竄，一些坐騎俊健的士兵打馬奔突，落荒而走，穆智兒見狀連忙開城，把突厥蠻人放出城去，尾追殺戮。

他們俘虜了六十多人，把他們綁上集市遊行示眾，然後一一斬首。狂歡狂舞。

儘管穆智兒極力挽留，那支尾擊成吉思汗軍的隊伍沒在馬魯留下，他們去了馬魯和巴里黑之間的一個叫塔失塔吉兒的城市。為首的沙亦黑曾是撒馬爾罕守將之一，另一個是布哈拉的守將別魯爾，他們都是在城市失守後逃出險地，收羅舊部與成吉思汗軍展開襲擊戰的勇士。

正是這個別魯爾，在默罕默德將遭康里人的暗算的時候，向他報警，使默罕默德逃過了一劫。這兩個人在國破家亡之時，雖然知道前途難卜，但仍忠心報國為民，不能說不是花剌子模的驕傲。然而，他們的游擊又有何用呢，國將不國，無人統領三軍，致使穆智兒這樣的懦弱卻又狂妄的無能之輩在這裡稱雄。

當穆智兒提出讓他們留下扶佐他時，他們感到這真是花剌子模的悲哀。

穆智兒沒有想到，還有比他更為狡獪的人物，那就是叶赫的亞爾丁。

叶赫的亞爾丁一加入突厥蠻人的隊伍，便立即成了他們的首領，因為人人都知道他是阿姆亞的首領。他與突厥蠻的將領訂立了盟約，他們要推翻無能的穆智兒，佔領馬魯，分光馬魯的財富。

穆智兒知道了叶赫的亞爾丁打算夜襲的消息，立即提前行動，雙方在城裡短兵相接。穆智兒的人馬打不過驍勇的突厥蠻人，只好退到了城外的穆爾加布河對岸。他們只能對叶赫的亞爾丁的隊伍進行不間斷的襲擾，不時逼近城門見什麼就搶什麼。

穆智兒派人到塔失塔吉兒的城，向沙亦黑和別魯爾求援。

兩將對此嗤之以鼻，別魯爾斥道：「國難當頭，不思團結抗敵，還搞什麼你爭我鬥，都該殺！」

沙亦黑將軍也怒道：「花剌子模國就敗在你們這班混賬手裡！」

圖思方面。

阿布托拉伯報信以後，在俄斯托瓦照看馬群的呼瑟・帖木爾領兵趕到圖思，他趁夜發動了偷襲。

他只有三百人，而且是偏師，是一些負責後勤的馬倌而已，雖然都是年紀偏老，不宜上第一線作戰的人，但都是真正的蒙古勇士。都是聞警而起的戰士，他們從來視殺敵為天職。

他們把戰刀和槍尖磨得雪亮，在阿布托拉伯的帶領下摩拳擦掌地上了圖思。

昔剌扎丁正在圖思尋歡作樂，他左擁右抱，滿嘴酒氣。

昔剌扎丁遠沒有想到這麼快就會有蒙古兵馬來收拾他。

呼瑟帖木爾的三百鐵騎如虎入羊群，砍瓜切菜一般，在博卡增援的部隊到來之前便解決了戰鬥。

那黑沙不草原。成吉思汗從撒馬爾罕進至那黑沙不草原度夏。因為夏季是高原牧馬放羊的最好季節，只有休兵才能使馬兒恢復健康，羊兒育肥，人兒得到休養生息。不光如此，成吉思汗還讓各部選派作戰最勇敢的士兵和基層軍官，組成一支軍隊，執行押送任務，將許多俘虜來的作戰又用不上的工匠、藝人及各地擄掠來的財貨送回蒙古高原，並且因此而享受十天休假；另一些軍官被選拔出來，訓練新編成的簽軍，這些簽軍經過嚴格的訓練，用於對新征服國家的統治。以夷制夷，以此夷制彼夷，這是他的重要策略之一。

夏季過去了，水肥草美養得馬兒肥壯，軍士得到了休整，練得武藝高強。此時，抽調押送工匠藝人回蒙古、與家人團聚的英勇立功的士兵們，也都一齊回到了前線。於是他又開始了軍事行動，他首先揮軍指向那黑沙不西南方向的特耳密。特耳密是阿姆河北岸少數未被克服的城市，只有拿下特耳密等幾個戰略要點，他才能向南方的巴里黑、塔里寒進發，他的戰略意圖在於為拖雷軍建立鞏固後方，防止扎蘭丁回軍在這一帶重新點起復仇之火。

特耳密的城民不願屈服，不聽成吉思汗使者的勸諭，恣意反抗。雙方激戰了十一天，成吉思汗的部隊才攻克了特耳密。成吉思汗大怒，下令屠城。

耶律楚材照例又要諫勸，一旁倒冒出個扎巴爾來，他是賽夷人，是伊斯蘭大法官，成吉思汗聽說他學問淵博，隱居在野，為此特命人四下查訪，終於在興都庫什山的深山中找到了這位伊斯蘭大法官。經過接觸，成吉思汗對他十分賞識。

耶律楚材是東方的智囊，扎巴爾則是西方的智囊，他們兩人都有一肚子東西方各國的王朝興廢的經驗和教訓可談，這一切對於成吉思汗和他的子孫的未來是無價之寶。為此他十分器重他們。扎巴爾聞聽成吉思汗要對特耳密進行屠城，大為吃驚，於是他出班奏諫。「陛下暫息雷霆之怒……」

然而，成吉思汗不要他再說下去，他怒氣沖沖地說：「你總說朕殘忍！是嗎？」

「臣是說大汗身為大國之君，應該施仁政，不能殺人太濫！」

成吉思汗仍是不讓他說下去，「太濫，是嗎？」

「……」

他不要扎巴爾回答。接著說：「朕問你，狼和虎關進籠子就不吃羊了嗎，不！那是因為牠暫時無法捕食而已。你把牠放生，然後，你就成了東郭先生，不是嗎？對你說這些有什麼用，耶律楚材，對！朕對耶律楚材說這番道理，他會給朕回答的，是不是？」

耶律楚材一時無言以對！

「長鬍子，朕倒要問你，哪朝哪代的戰爭不殺人？唐太宗立國之初，四次征討屢次來犯的東突厥，五次征討高麗、百濟，殺了多少敵人？光二次東征高麗，就斬首四萬級；」說到這裡不等耶律楚材回答，他又轉向扎巴爾：「十字軍東征殺沒殺過人？馬其頓王亞歷山大從小亞細亞打到印度，征服了波斯，建立了地跨歐、亞、非的大帝國，沒有殺過人？你們二人怎麼不說話，這不都是你們告訴朕的嗎？」

是的，是他們二人講的，成吉思汗在平時總要找人聊天，要他們講歷史人物和故事。誰想到今天他會在這裡用來對付他們呢？

成吉思汗仍然不讓他們回答，他接著說：「你們都是文人學士，都是朕的智囊，朕不會怪罪你們說了那麼多朕不願聽的話，但你們必須知道前線戰士面臨著什麼樣的危險：我們蒙古兒郎遠離鄂嫩河、不爾罕山，如果確實像洪水一樣沖過，身後依然留下了許多荊棘，留下了許多穴藏在深深洞穴裡的豺狼虎豹，那麼大軍還有後方嗎？不仍然四處是戰場嗎？對於今天降順，明天又反水的敵人，朕不能手下留情。因為，他們能夠放下武器，也能拿起武器。為了讓他們永遠不能拿起武器，也為了讓他們的下一代也永遠不能拿起武器，應該將他們送給死神。對他們仁慈，就是對自己弟兄殘忍。」說到這裡成吉思汗才頓了頓口。

耶律楚材早緘口不語了，扎巴爾竟是無私的勇者，他鼓起勇氣還要對成吉思汗說。

扎巴爾何以敢如此抖膽？

卻原來他是有備的，他很聰明，當初成吉思汗請他出山時，他特別向成吉思汗請示過，他說：「陛下，臣早就聞聽陛下從諫如流，不知是對自己故友親屬這樣，還是對所有人都這樣，特別像我等這樣的降臣虜將……」

成吉思汗不知這位智者葫蘆裡賣什麼藥，便說道：「大法官，能不能說得明白一點？」

扎巴爾說：「我想，我有時也會對陛下進行批評，不知會不會採納，更不知會不會惹怒陛下，像默罕默德那樣，動不動將不同意見者，喀！」他做了個抹脖子的動作。

「朕可以給你一個誓言，無論你提什麼批評，朕都將聆聽，也不會因言加罪，但你要給朕辯駁的機會。這一點，恐怕，長鬍子最有體會，如果因言獲罪的話，他該死一百次了。你看他現在不是站在那裡好好的嗎！」

扎巴爾還是要講：「陛下所言甚是，打仗是要死人的，不殺人，就要被敵殺。當敵人沒有放下屠刀時，當然必須殺敵以自衛，臣主張的是攻克城市以後，特別是殃及平民的死亡之翼不要展開。如果把這裡的人民殺光，那麼將來有誰來耕種這片肥沃的土地？」

成吉思汗實在聽不進去，不過他倒是信守自己的誓言，雖然怒氣沖天聽不進批評，卻不禍及對方。當然，他有他的既定目標，他要鞏固後方，保證軍事行動時側翼安全，因此，對一切反叛和抵抗，他的策略就是：殺！

特爾密遭到了懲罰，殺成了無人區。

然後，成吉思汗揮軍進兵康格兒特、薛蠻地區，巴達哈商地區。

在這些地方，有的用撫慰，多數用暴力鎮壓，征服和削平了當地的民族反抗，使得整個河北岸不再有敵人的蹤跡，使得大軍有了穩固的後方。雖然成吉思汗大軍的後勤供給始終是帶在馬背上，帶在向前滾動的牛群和羊群上的，但大汗仍舊有著強烈的後方意識，他不希望連通蒙古高原的整個後方還有敵人存在。冬季快過去的時候，他率領中軍之一部南渡阿姆河，親自去參加追擊扎蘭丁的戰鬥。

巴里黑這個阿姆河上游最大的城市，人口有七八萬之眾。

由於哲別、速不台軍團經過以後，很長時間裡阿姆河南岸沒有成吉思汗軍出現，所以這裡的人們又開始蠢蠢欲動，不是殺害哲別、速不台軍團留下的管理地方的行政長官，就是組織軍隊準備起事。

巴里黑表面上已經臣服，其實暗地裡蘊釀著風暴。

成吉思汗的部下偵知此事，本來捕捉少數企圖暴動者，就足以控制局面，然而，就在此刻，愛婿脫哈察兒在尼沙不爾被射殺的消息傳來，激起了成吉思汗的怒火。

這一來耶律楚材苦心孤脂的規勸，扎巴爾的箴言，對成吉思汗都不再起作用了。說他故態復萌也好，說耶律楚材和扎巴爾前功盡棄也好，反正，無人能夠為之制怒，因為成吉思汗痛恨死灰復燃，他下達了屠殺令，要使巴里黑墜入血海。

人人都知道成吉思汗的怒火不易熄滅，但耶律楚材和扎巴爾等人卻不甘心輕易放棄，他們仍伺機諫勸。

有一天阿拉黑將軍來晉謁成吉思汗，對他說：「大汗，阿姆河南岸的廣大土地可以變成我們的牧場，我們可以從這大片牧場上獲得許多牛羊，所以這塊土地上的農戶全無用處，為絕後患，殺光為好。」

成吉思汗竟點頭贊同，他說阿拉黑將軍的見解有道理。

成吉思汗的謀士可大吃一驚，耶律楚材、扎巴爾、塔塔統阿等人聯名具奏，他們作好了離開成吉思汗或者被成吉思汗流放，或者被殺頭的危險來死諫。

耶律楚材慷慨陳詞：「陛下，我們的將軍們殺孽太重了，阿拉黑將軍只知牧馬放羊的收益，不知肥沃豐饒的土地，勤勞智慧的匠人的價值，如此廣袤的花剌子模國土，如果改成牧場，一年能育出多少牛羊？而讓他們辛勤耕耘、勞作，光花剌子模河中地區原來的田賦和經商所收稅費就可以獲得金銀十萬兩，布帛十萬匹，穀物二十萬擔，更莫論呼羅珊如此廣大的地區了。而收穫的莊稼秸杆還可以餵牲口，育肥馬牛。養育馬牛羊，並非放牧一途……」

「此話從何而來？」

扎巴爾道：「花剌子模歷年徵賦記載！」

成吉思汗對征賦一說頗覺新鮮：「征賦？」

「是的！」耶律楚材肯定地回答：「在金、在宋、在東遼都有賦稅制度，這是一個國家國庫的來源，陛下由於忙於征戰，還未考慮到將來治國之要，加上我軍作戰，以戰養戰，無後方供應之虞，所以還覺不到財政資源有多重要。」

扎巴爾接道：「西方各國莫不如此，埃及和羅馬數百年前就已完備。」

顯然，成吉思汗是第一次接觸到這樣一個問題，一種與他的遊牧民的佔領、搶奪，然後財富均分的截然不同的體系。他頗感興趣地對他們說：「有這樣的好方法，為什麼不早說！」

耶律楚材道：「因為這涉及到制定稅制的大事，非和平安定不能實行。」

成吉思汗道：「那好，你們先作準備。等平定中亞，班師回祖地就開始實行。」

耶律楚材道：「回到老話題上來，既然不能把農耕之地毀掉，還要實行賦稅，就得有人耕作，那麼……」

「好！朕依你們，今後底定那個城市，只要不負隅頑抗，一律寬容對待，不殺平民。」

耶律楚材想，這已經是很不容易的事情了，一個從半野蠻的部落剛剛學著走向半文明社會的君主，有此省悟，已經是萬民之福了。至於要把大汗的想法作為扎撒固定後傳播，讓每個將領都理解，還有一段很長的路。所幸，成吉思汗已經顯露出對秩序和行政革新的一種強烈興趣，一種對文明世界的經驗的咂吸，這正是大汗的長處。

驍勇善戰的拖雷奉王命率領中軍出征呼羅珊諸州。

拖雷是皇后孛兒帖的季子，雖然成吉思汗還有忽蘭妃子所生的闊列堅、也速干妃子生的烏魯赤，但按照蒙古傳統唯有皇后生的才是正統，所以拖雷也是末子，在蒙古的祖宗律上，末子是家灶的守護者，祖業的繼承人。所以他的領地是他父親駐蹕和朝廷所在地鄂爾多斯。

拖雷年屆二十九歲，時當英年，英俊的外貌和他的性格截然相反，他恰似一把霹靂火，常年的征戰養成了他的嚴酷，人們都說他像猛若烈火的雪刃，為其刃風所傷者，無不化為灰燼。又說他像烏雲中射出的閃電，能把擊中的地方變作焦土。確實，成吉思汗把他放在自己身邊培養教導，把他淬練成了一把純鋼的鋼刀。他指向哪裡，哪裡便望風披靡。

拖雷遣別將率左右兩軍，自己居中路，同時派出先鋒進行偵察，他經馬魯察葉可（今土庫曼斯坦和阿富汗接壤處）、巴黑前進，在短短的兩三個月中，把奈撒、亞即爾、圖思、扎爾扎木、志費因、拜哈吉、哈甫、桑佔、撒拉哈代、祖拉巴爾、也里、昔吉思田（以上各城鎮分布在今土庫曼、伊朗東部、阿富汗地區）全部蕩平。他那烈火把一個個富庶的城鎮變成了一片片不毛之地。除了身有一技之長的工匠外，其餘男人全都被殺光，屠殺的恐怖、劫掠的慘酷、蹂躪的悲痛，使得整個呼羅珊地區都在戰慄。（以致過去了七百多年，至今有些地區依然是荒漠）。

輪到馬魯了。

拖雷揮軍指向馬魯。

十七　攻克玉龍傑赤

風和日麗，興都庫什山戴著冰清玉潔的雪帽，雪線下降了，稍緩的北坡已經冰封，大約由於大的雪山阻擋了北來的寒流，所以南坡的草場還是一片葱綠。

興都庫什山南麓成了成吉思汗的大本營。

由於地域不斷地擴大，不斷地吸收異民族的人加入到戰鬥隊伍裡來，軍隊比原來膨脹了幾十倍。新兵需要訓練，尤其需要馬上功夫，於是這南坡的草場又成了訓練新兵的操場。由於戰爭十分殘酷，廝殺和搶掠，使成吉思汗的兵將失去了正常人的精神、心理和性情，許多人一見血就亢奮，也有的人一見血就戰慄。這些人都需要回到大自然裡去陶冶心情，恢復人性。成吉思汗認為最好的辦法是使他們去放牧。於是各部隊抽下來的人雲集在這裡，放牧著白雲一樣的牛羊。

前線後方看起來是十分遙遠，但由於軍驛制度的嚴密，「飛箭諜騎」的高速往返，使得成吉思汗和各部緊密聯繫在一起。

哲別和速不台兩位將領派了哲別的兒子申虎作「飛箭諜騎」，帶來了他們的報告和請求。報告說：默罕默德已經病死在裡海中的阿拉昆斯島上了。歉然地稱：「沒有完成大汗賦予的使命。」

成吉思汗問哲別、速不台軍團的位置。

申虎對成吉思汗說：「陛下：我父親和速不台將軍的隊伍現在在裡海和黑海中間夾持地帶。他們特派在下向大汗陛下報告，有一些蔑爾乞惕的首領逃到了大不里士（亞塞拜然首府）。下一步十分希望率領兩個軍團繼續向高加索山脈進軍。」

成吉思汗問：「高加索山兩邊還有什麼國家？」

申虎道：「還有很多國家，南邊有波斯伊拉克、阿拉伯伊拉克、亞塞拜然、格魯吉亞、敘利亞；北邊有阿蘭、奇卜察克，究竟有多少國家我也數不過來。」

成吉思汗根本沒有想到那兩個兵團在還未得到自己明確命令的情況下，已經把軍團開進到裡海和黑海中間夾持的地帶了。

申虎還提出要求說：「我父親想向大汗陛下借兩個人。」

「哪兩個？」

「大太子殿下的小將拔都和葉賽寧。」

「為何單要他們兩人？」

「因為他們出使過西方，懂得西方語言、禮儀。父親說此番一定會用得上的。父親說，他一定用自己的性命擔保他們的安全。」

成吉思汗思考了一下點頭同意了，由耶律楚材起草了王命詔書，一份差「飛箭諜騎」送往朮赤大營，一份蓋上大印讓申虎回去覆命。

成吉思汗十分滿意哲別、速不台兩將的作為，從河中追擊到西方，五千里路程的大追擊戰，古今罕見。沒有過人的智慧和膽識是絕難完成的，捨哲別、速不台還有誰？他對塔塔統阿說，有一天哲別、速不台回歸汗國，要將他們這一追擊戰寫進朕的兵法。

申虎拿著王命詔書回去覆命去了，不過成吉思汗根本不相信申虎還能追趕上哲別、速不台軍的步伐。說不定等他趕上，哲別、速不台已經過了高加索了。

送走了「飛箭諜騎」，成吉思汗要耶律楚材和塔塔統阿大人陪他出巡。同時出行的還有忽蘭妃子。

柔和的陽光撒在草原上，這是一處高山牧場，綠草如茵，放牧著許多牛羊，這些都是成吉思汗的戰爭糧倉，他們信馬由韁，在草原上邊走邊聊。只要有耶律楚材在場，話題總免不了要涉及兵法、韜略。

成吉思汗轉頭問耶律楚材：「長鬍子，你來到朕的帳前時間雖不長，馬已經騎得不錯了嘛！好像一個老兵了嘛！」

耶律楚材不好意思地嘿嘿笑了幾聲說：「哪敢跟大汗的將士們比。到了草原，做了蒙古的臣子不會騎馬那是一種恥辱，所以臣下要加緊練習，所幸教習很多，三人行必有吾師，包括蒙哥、拔都都是我的老師，哪有學不好的。」

「長鬍子，朕想問問你，兵聖孫武對戰騎有過什麼訓導？」成吉思汗右腿從馬首劃過，輕靈地躍身下馬，身輕如燕地落到了草地上，踩在茸茸的草毯上，聞著靑靑的草香，他似乎有些微醺。隨從放下馬扎，讓成吉思汗撥到一邊，他席地盤腿而坐。耶律楚材和塔塔統阿連忙下馬，唯有忽蘭信馬由韁，讓馬兒在草坡上閒溜。

「陛下！要說兵聖孫武對戰騎的論述並不是很多，倒是戰國時另一名軍事家孫臏對戰騎發表過宏論……」

「他是怎麼說的？講來聽聽！」成吉思汗漫不經心地問。

耶律楚材接口就道：「孫臏認為用騎有十利！」

成吉思汗一聽這開頭立時饒有興趣地說：「哪十利？」

耶律楚材娓娓道來：「孫臏說的用騎十利，一曰迎敵始至；二曰乘虛背敵；三曰追散亂敵；四曰迎敵擊後，使其奔走；五曰遮其糧食，絕其軍道；六曰敗其關津，發其橋樑；七曰掩其不備卒擊其未振旅；八曰攻其懈怠，出其不意；九曰燒其積聚，虛其市里；十曰掠其田野，係累其子弟，此十者騎戰之利也。」

塔塔統阿一一翻譯，解釋得倒也得體精到。

耶律楚材接著又說：「孫臏認為：夫騎者能離能合，能散能集，百里為期，千里而赴。出入無間，故曰離合之兵也。」

「有用兵的戰例嗎？」

「大汗攻東遼，征金，此次征西，每戰都有將騎兵戰術發揮得高超、完美的範例。」

「不不不！朕想知道的是前人的成果！」

「要說前人，漢代單于冒頓用四十萬騎將漢高祖包圍在白登，而漢朝與匈奴在河南漠南的大戰、河西大戰，漠北大戰，都是騎兵的大規模作戰，體現了孫臏的騎戰十利。當然，與大汗此次西征比，是小巫見大巫了。」耶律楚材自然有些恭維，不過他說的倒也是事實。騎戰戰術應用得如此純熟，他是親眼得見。成吉思汗在作戰時往往集中優勢兵力在一點突破以後，一線插入，單刀直入，然後直插敵人中軍，不等敵人反應過來，便已經被洪水一般的集群戰騎踹翻，掏心挖肺一番。至於迂迴包抄、側面穿插、誘敵深入、窮追不捨等等戰術花樣，令人目眩。不僅如此，如果成吉思汗是個熟讀兵書，學富五車的飽學之才倒也罷了，他可是一個不通文墨之人，無論是維吾爾文，還是波斯文，更不用說漢文了，一個文字連粗通都算不上的人，何以有如此之多的計謀。作為臣子的他敢想，但不敢說。

等塔塔統阿釋介完，成吉思汗雙手一拍膝蓋，站起身說：「精闢，想不到千年之前就有此聖者。」

塔塔統阿道：「我想戰國多戰火，孫臏之策也定是從戰中而來。大汗對騎戰的運用，乃是長生天賦予的天份。」聽塔塔統阿這麼說，耶律楚材頓有所悟：非學而知之，而是運兵聚才而知之，師心獨往，更其重要的是天份。否則蒙古高原這麼多梟雄英豪，獨獨成吉思汗武略蓋世？

成吉思汗說：「朕不算什麼，不過將行圍射獵之法，用於打仗耳！對了，聽了長髯子講的孫臏兵法，倒使朕想起，我們蒙古打了這麼多勝仗，許多戰例也要記載下來留給後人。」

「大汗說得對，兵法產自實戰和悟性，兵聖援筆以言，大汗仗劍以行。表不同，其裡相類。」耶律楚材深表贊同。

「其實大汗已經講述過許多，臣也已經為大汗記錄了許多。」塔塔統阿說。

「朕不敢與兵聖相較，但將血火中取來的栗子傳與後人還是有價值的。」

成吉思汗一邊說著一邊走向遠處正在採摘野花的忽蘭。他接過忽蘭獻上的格桑和鳶尾花，放在鼻前嗅著，他說：「朕主張騎戰最重要的是要速戰速決，最忌殺敵一萬，自損八千的消耗戰，我們來自蒙古高原，遠征在外，最重要的是要避免人員大量傷亡。因為，只有朕的蒙古蒼狼才是戰爭的核心力量（他把各屬國的部隊當作二等核心），只能加強他，切忌削弱他。所以這個主旨要大家謹記在心。在戰術上朮赤和他的小拔都領會朕意最深，拔都在玉龍傑赤前線的先鋒戰中，他先派十數人的小隊騎兵出動進行試探和擾亂迷敵，然後以三個十人隊引誘敵人，最後引敵入主力伏擊圈，聚而殲之。打得很漂亮，可是輪到他們的父輩出馬，卻因意見不和而損兵折將。玉龍傑赤久攻不下，是他們兄弟之間貌合神離的結果。」說到這裡，他手中的馬鞭狠狠地在草地上抽打了兩鞭，打得綠影飛濺。

顯然他是很氣憤的。

「長鬍子，當初你為什麼不堅持你的奏議？」成吉思汗這樣問，但很快自問自答道：「當然，責任在朕。朕應當想到這一層。現在只能把朮赤和察合台分開來！」

「陛下，這也並不是壞事，如此安排，把兄弟間的矛盾暴露於光天化日之下，也便於您解決不是？」

「二驢爭槽，誰去排解？」忽蘭只說了這麼一句。

「王妃，玉龍傑赤有現成的帥才！」

「您是指窩闊台？」忽蘭說。

「對！三王子宅心仁厚，穎慧大度，讓他執掌兵權，調合弟兄之間的矛盾，也是一種歷練。」耶律楚材這話出自真心肺腑，因為，以他在側旁觀察的結論，三王子確是最理想的王儲。

成吉思汗沒有說話，忽蘭還想說點什麼，不料成吉思汗突然開言道：「好了！回營。」原來成吉思汗鷹一樣的眼睛已經看到了飛騎而來的布托以及他們身後的「飛箭諜騎」。

成吉思汗話剛說完，打個胡哨，戰馬便得得跑來了，縱身一躍，好漂亮的上馬身段，優雅雄健。袍袖一揮，眾人明白。上馬的上馬，撥轉馬頭的撥轉馬頭。馬蹄趵起飛泥，跟隨成吉思汗回金帳去了。

扎蘭丁在招兵買馬。

扎蘭丁在召集花刺子模舊部。

扎蘭丁在打造兵器。

扎蘭丁在重整西域軍！

扎蘭丁！

扎蘭丁！

「飛箭諜騎」送到成吉思汗金帳來的這連串的急報都說明了一點：扎蘭丁正在蠢蠢欲動。

成吉思汗看了這些急報只說了兩個字「後患」！

扎蘭丁與鐵木爾・密里克率三百騎花剌子模軍，從玉龍傑赤向東南走，橫越了花剌子模沙漠，進入呼羅珊。

在奈撒附近擊退了蒙古的一支小部隊，進至尼沙不爾。在那裡停留了三天，又離開那裡，剛剛從尼沙不爾離開，蒙古軍就循踪追到了，而且緊追不捨。

扎蘭丁派遣鐵木爾・密里克手下的部將瓦德西爾狙擊追兵，而自己率人馬向北又向東再折向赫拉特遁走。這種捉迷藏的走法，使得蒙古兵失去了他的去向，這一日扎蘭丁奔走了四百里，靠近了柔贊城。

扎蘭丁想進城打打尖，歇歇馬，但任你說破天，城裡就是拒不開門。由於後有追兵，扎蘭丁不敢在城前久留，只好連夜又奔走。

第二天一早，成吉思汗軍追到了也里附近，徹底失去了踪印，這才罷休。

三天後扎蘭丁趕到了哥疾寧，與瓦德西爾殘剩的部隊會合。

哥疾寧原先是扎蘭丁的封地，在那裡他有他自己的領地和人民，扎蘭丁一到，便廣泛號召大家起來奮力營救自己的國家花刺子模。受到了他原先的臣民們的歡迎和擁護。

此時，尼沙不爾總督阿明率三萬人來投扎蘭丁，阿明原先看到成吉思汗軍勢力強大，曾經歸降過，後來因為駙馬脫忽察兒被殺，害怕被成吉思汗懲罰，加上聽說扎蘭丁已經繼承了花刺子模蘇丹的王位，他認為扎蘭丁是個勇敢和有謀略的人物，值得投靠他為復國而奮鬥。於是他奔哥疾寧投了扎蘭丁。

投向扎蘭丁的還有額明，額明原是也里城的總督，曾納款輸幣給蒙古軍隊，不但沒有保得了也里城民的平安，反而遭到脫哈察兒的抄掠，加上扎蘭丁正好在招集舊部，為搞抗戰作準備，於是額明帶領軍隊投奔了扎蘭丁。扎蘭丁歡迎他帶兵投入抗戰。

額明共帶了四萬部將投效他的麾下，加上喀什布爾的土著，使扎蘭丁可調用的兵力達到了八九萬人，花刺子模軍聲勢大振。

扎蘭丁帶領這支隊伍從加斯尼出發向興都庫什大雪山方向進發，因為他知道，許多散兵流失在中南亞廣闊的土地上，他要去把他們搜羅到自己麾下，同時要鼓舞起人民的士氣，要他們拿起武器同蒙古人戰鬥到底。

扎蘭丁的人在前進路上襲擊了一支千人的蒙古騎兵，首戰告捷，然後向八魯彎進發。

作戰指揮會議還在金帳內召開。

驍勇善戰的部隊都在外作戰，合撒爾、別勒古台和阿拉黑將軍帶領中軍的部分主力在塔里寒城下。而可調用的只是一些像屬國阿力麻里的王子雪格諾克率領的部隊，此外還有海押力國王子阿爾思蘭率領的部隊。

與蒙古本土出來的部隊相比，成吉思汗把他們稱之為偏師。

偏師人數雖然不是很多，戰鬥力相對弱一些，不過雪格諾克和阿爾思蘭已經跟隨大軍打了好幾個勝仗了。

成吉思汗在調誰去進攻扎蘭丁比較合適的問題上頗費腦筋。最後，他提議讓失吉忽托忽領兵前去。

耶律楚材出班奏道：「陛下中軍有精兵，何以屯居於塔里寒攻堅數月？何不派中堅進擊扎蘭丁，如陛下所說，他才是我大軍西征的後患。」

成吉思汗默然不語，他內心深處有不便說出的原因，是他不想讓蒙古主力多受損傷。他之所以圍困塔里寒五個多月，也是因為這，當然這是不便說出口的原由。

西方智者扎巴爾，對成吉思汗說：「陛下對扎蘭丁的實力清楚嗎？真正的戰士有多少萬？是不是各處匯聚起來的烏合之眾，還是有一定戰鬥力的精銳？」

扎巴爾的問題顯然是很重要的。確實，這一點成吉思汗還沒來得及搞清。這與他素常強調的決不打無準備、無把握之仗的要求相左，看來他是過於相信蒙古軍團的強大戰鬥力了。

他說：「從整個中亞戰場來看，無論在何城何地，花剌子模軍脆弱得不堪一擊，多一萬和少一萬有多大意義呢，在再大的羊群面前，一頭狼的嚎叫便足矣。」

耶律楚材想說一句：「陛下您輕敵了，是您自己說過的輕敵是兵家大忌！」但他沒有說出來。他知道不可能扭轉成吉思汗的思路，這是君臣關係所決定的，但他必須點明，因為捨命直諫這是忠臣應該有的品質。也只有這樣不斷地挑剔大汗品性中的惡質，才能不斷地影響大汗的政治態度，使具有深謀大略的大汗漸漸消除與政治家胸襟氣度不相符的沒有理性的行為。

耶律楚材對成吉思汗說：「陛下，對主掌帥印的失吉忽托忽將軍來說，打狼恐怕要有打虎的準備！」他是很機敏的，表達也很巧妙。

成吉思汗說：「失吉忽托忽也是一員驍將，應該讓這位大斷事官到前線去斷斷事了。朕可以調給他的人只有雪格諾克和阿爾思蘭的部隊。讓他帶領他們出戰扎蘭丁。」

玉龍傑赤。

前線指揮部。

窩闊台與朮赤、察合台一起接讀了由「飛箭諜騎」送來的成吉思汗頒發的王命詔書。

窩闊台和顏悅色地對兩位兄長說：「父汗要我主理玉龍傑赤前線三軍，父命難違，二位哥哥要多擔待了。」

窩闊台接過帥印，察合台自然無條件服從。朮赤卻出乎意外地，全然沒有反對意見。

成吉思汗的「誠信忠義」觀念，有著無比強大的威力，這是維繫他的整個帝國的道德準繩。對於那些敢於背叛他的人，成吉思汗從來毫不手軟地進行鎮壓，在與塔塔兒部的戰爭中，成吉思汗立下軍法：「當打敗敵人後，絕不能立即侵佔敵人的財產，必須等到全面戰勝，敵人的財物才可以全屬我們，而後我們大家公平地分配。萬一我們被敵人擊敗，那就先回到根據地，整軍再戰，如果有臨陣逃脫，不回到根據地的，則格殺勿論。」

阿勒壇、忽察兒、別乞三人先後違反軍法，私佔敵人財產，大汗因此大怒，將他們私佔的財物一一沒收；大汗的兩名堂兄弟撒察和泰出領頭拒絕接受出征的命令，並反對他，他毫不猶豫地將他們斬首示眾；大汗的另一個弟弟，他們的叔叔別里古台犯了過失，無意中洩漏了軍事會議的機密，硬是挨了鞭子，從此取消他參加軍事會議的資格；脫哈察兒違令抄掠，結果差點丟腦袋。

他們從小到大就在這樣的嚴令申斥中成長，自然養成了一種發自內心的忠實與服從。

而朮赤卻不是虛僞地違心服從，他是出自內心的忠實，他知道圍繞自己是不是父親真正的骨血，一直有著竊竊私議，但父親從沒有把他當成外人，一直承認自己是長子，並且要求其他弟妹尊重自己，從蒙古高原的征戰起，直到如今，哪一戰都是委以重任，信任和依賴自己，正因為此，他像敬重長生天一樣敬愛他也忠誠他，凡是父汗的決定，他一定會無條件服從。

朮赤只向窩闊台說了一句話：「城破之日手下留情！」

窩闊台點了點頭算作允諾。他是個敦厚的人，但也有他自己的處事標準，他的標準就是父汗的扎撒：反抗者死，降順者活。

窩闊台接掌主帥之後，由於足智多謀、有遠見、能幹，他有分寸地調和了兄弟之間的矛盾，他與他們相處得很好，他申誡部眾，嚴守約束，軍威復振。

窩闊台還將一線軍隊撤下來，作了整補，軍容為之一新。

最後的戰鬥準備完成了，必需的武器裝備，數不清的援軍也從氈的方向抵達。

攻城持續了七天七夜，玉龍傑赤軍民抵抗十分頑強，但經受不住蒙古軍團一浪高過一浪的進攻勢頭。

城破了，他們用噴射石油的器具向每座房屋噴火，從而焚燼了街區，城民和守軍與成吉思汗軍開展巷戰，不分男女老幼，一齊拿起了武器與成吉思汗軍拚殺。

成吉思汗軍不得不逐區逐區爭奪，逐屋逐屋爭奪，佔領下來，然後焚毀，整整七天七夜的焚燒和殺戮。

無情的殺戮，不停地摧毀，很快使玉龍傑赤變成一座死亡的絞肉機。

成吉思汗軍的士兵第一次看到一向對他們畏之如虎的城民，如今每個人都那麼英勇無畏地面對死神之吻。

守軍抵擋不住了，他們不得不放下武器，以為那樣可以苟延殘喘，然而，很多人都殺紅眼了。無論是敵對的哪一方，都在噴射的血花面前喪失了辨察力，不論是強者還是弱者，都舉著滴血的刀槍，殺向投降者。

陷落了。

玉龍傑赤這座美麗的城市，像一個少女的衣衫已經在與強暴者的搏鬥中撕成了碎片。軍人都已躺在他們的殉難所了，大部分是光榮戰死的，還有一部分是投降後被殺的，不會有例外。

誠如成吉思汗所說：他們能夠放下武器，也能拿起武器。為了讓他們永遠不能拿起武器，也為了讓他們的下一代也永遠不能拿起武器，應該將他們送給死神。

無法讓殺紅了眼的士兵停止下來，似乎一種運動的慣性似的，刀還在揮舞著。

窩闊台中令：「戰鬥停止！違令者斬！」

城民被趕出城外，為數達十萬人的工匠藝人被分隔開來，他們有他們的去處，他們是蒙古軍團的戰利品，將被送回蒙古高原，發展蒙古的手工業。

孩子和女人成了奴婢，剩下的男人，被分給士兵，無一例外地送給了死神，包括男孩。

玉龍傑赤，這個鬥士的中心，遊女的匯集地，
福運曾降臨其門，鸞鳳曾以它為巢，
現在則變成豺狼的邸宅，梟鳶出沒之處；
屋宇內的歡樂消失殆盡，城堡一片淒涼。

不知是餘燼難滅，還是遍地血河難平，窩闊台下令決開阿姆河堤。

滔滔的阿姆河水決開了大堤，衝進了玉龍傑赤城，才經火焚的街區屋舍，又遭水淹，廬舍盡毀。玉龍傑赤從此衰落了，過了二百年也沒回復到當初的繁華。

而十萬工匠送至東方，成為東方各地有回教僑民之始。

玉龍傑赤既平，「飛箭諜騎」將捷報送到了成吉思汗金帳，王命欽差又趕到了前線：要三子共赴塔里寒會師。

察合台、窩闊台率隊赴塔里寒與成吉思汗會師去了。而朮赤軍團卻以土耳蓋和烏拉爾斯克仍有花剌子模殘部，留下可以就近為哲別、速不台軍團作奧援為由，揮軍向西北方向，開拔至鹹海與裡海之間的烏斯特烏爾高地駐防。那裡向北是吉爾吉斯草原，草原北邊便是烏拉爾山的南端盡頭，這裡是亞洲走向歐洲的重要隘道，朮赤並不知道自己已經踩在了亞歐大陸的分界線上。

成吉思汗立即想到玉龍傑赤城下兄弟之間的不和，猜疑朮赤是在一種忌恨的驅使下作出這種違令的舉動。他的心頭飄起了一絲陰影。

十八　掃擊格魯吉亞

亞塞拜然的京城大不里士已經陷入哲別、速不台軍團的重圍之中了。

哲別、速不台軍團得知默罕默德已經死於阿巴昆斯島後，追擊任務本已告一段落。由於密爾乞惕部的一些首領逃到了欽察部落，所以他們毫不猶豫就向欽察進軍。

哲別、速不台軍團從馬贊德蘭奔可疾雲，走哈馬丹，拿下了雷依城（在德黑蘭南幾哩的地方）。

此時接到遜尼派一些穆斯林的報告，說西波斯各地還潛藏著許多花刺子模的散兵游勇，伺機作亂，圖謀復國。此外要求他們去庫姆消滅什葉派教會，他們說：庫姆的百姓大多是什葉派，他們是反叛者的庇護傘。

哲別、速不台軍團並不知道成吉思汗已經對實行宗教信仰自由作了規定，更不知道宗教各教派之間有著爭執。他們想：既然遜尼派穆斯林願意歸順，什葉派教會又是像他們所說的那樣庇護了很多花剌子模的軍隊，那麼是毫不能手軟的。

庫姆很快就攻克了，成吉思汗軍在庫姆城中殺了許多人。許多什葉派穆斯林。

接著不知疲倦地掃蕩西波斯各地重鎮，他們像魔鬼隨著旋風呼嘯而來，又呼嘯而去。這些城市早被花剌子模國復滅飄來的血腥味薰得昏頭轉向了，蒙古恐怖幾乎像瘟疫一樣消蝕著人們的鬥志。

雷依、庫姆、哈馬丹、卡茲文等地的相繼陷落，對抵抗者的殺戮，又進一步加深了血腥所能起的震怖作用。

西波斯既已平定，於是又北上包圍了亞塞拜然。

亞塞拜然國王月即伯已經顫抖了。他本已年老且又嗜酒，缺乏鬥志，與默罕默德一樣畏敵如虎，在成吉思汗要來攻打大不里士的風剛剛颳到城邊上的時候，他已經收拾細軟逃出大不里士了。城裡的貴族知道抵抗不了蒙古旋風，向人民征斂財寶，與圍城的統將申虎議和。原本躲在城裡的花剌子模逃出來的難民，得知大不里士要向哲別、速不台軍團納幣稱臣，便紛紛匆忙逃出大不里士，向西北方向的格魯吉亞國首府第比里斯遁去。

來到亞塞拜然的哲別、速不台軍團本來沒有多大戰略目標，只不過既然來到了這個富庶的地方，那麼多少總得捲走一些財寶，運回蒙古向大汗進獻。

如今有人願意議和，可以不費一兵一卒進得城去，何樂不為。

申虎向哲別、速不台報告了此事，得到了同意。接收了大不里士交納的贖城費——財寶、金幣和馬匹。然後退出了大不里士。向北部出產十分豐富的拜勒寒前進。

拜勒寒的貴族同樣要納幣講和，所以申虎派出使者進城去接洽，但城裡的城民卻不願當哲別、速不台軍的奴隸，他們殺死了使者，聲言與哲別、速不台軍決一死戰。後果是可以想像的，這個南高加索最美麗富饒的城市變成了廢墟。這還是一二二一年初冬發生的事。

哲別、速不台軍團原只有三萬餘人，加上征發的簽軍總數達到了五萬多人。其中一支由突厥人組成的部隊，由突厥人梅克隆爾將軍率領。梅克隆爾是海押力國突厥人，本是傑斯麥里的部下，成吉思汗出師時，各部隊需要懂得各國語言的通譯，梅克隆爾是突厥人，經常來往西域各國，地形又熟，語言又通，所以隨傑斯麥里來到哲別、速不台部。不料梅克隆爾不光是個好通譯，而且，作戰驍勇無比。受到哲別、速不台的連連提拔，他是進攻伊拉克的先鋒官。

格魯吉亞和他的鄰國亞美尼亞數百年來受羅馬人、阿拉伯人、塞爾柱克人的入侵，雖經奮鬥但還是先後被羅馬人、阿拉伯人、塞爾柱克人征服，直到十一世紀格魯吉亞人達維得領導民眾起來與塞爾柱克人作鬥爭，他建立了一支強大的軍隊，從庫班河沿岸遷來了四萬欽察人，把他們編為常備軍，削平了封建領主，征服了高加索山民。最後把塞爾柱克人趕出了格魯吉亞，接著又征服了亞塞拜然和亞美尼亞。達維得以後是塔瑪拉女王，格魯吉亞達到了輝煌時期，擁有從黑海到裡海，由高加索山脈到厄則魯姆的廣闊領土。女王死後是他的兒子拉沙接掌王位，此時國內的封建主重新得勢，格魯吉亞的統治便大不如前鞏固了。

格魯吉亞在羅馬時期已經接受了基督教，逐漸成為一個基督徒為主的國家，因此不信奉基督教的以曲布為首的突厥蠻人部落，和以加里森爾為首領的曲兒特人部落，長期受到基督徒歧視和欺凌。當他們得知成吉思汗軍中有突厥將領時，加里森爾和曲布帶領親隨投奔梅克隆爾，他們要求應募入伍，以乘機報復基督教徒。

梅克隆爾得知這一消息便派人將訊息送至哲別帳幕。他提議全由投誠的突厥蠻人和曲兒特人組成一支部隊，他認為同一民族易於親和，便於指揮。他自薦由他來擔當調教這些人的大任。

哲別對於梅克隆爾的毛遂自薦，很為重視，他也是胸懷坦蕩之人，因為自己就曾是大汗的死敵，作了俘虜，得到了大汗的寬恕和賞識，為之效命到現在。他和速不台商議後委梅克隆爾為先鋒。

梅克隆爾確實不負哲別、速不台重望，他把加里森爾和曲布帶來的人，組成了先鋒部隊，加以嚴格訓練。接著派出了許多人作為探馬深入格魯吉亞。

冬天的南高加索地區是十分寒冷的，梅克隆爾告訴哲別、速不台，向東不遠裡海沿岸的木罕城是一個氣候溫和、水草豐美的地方，大軍到那裡過冬，十分適宜。

哲別、速不台決定將大軍駐紮到那裡去，以對部隊進行必要的整訓和補充。

這裡依山的村落大都是木頭搭建的房屋，每個村落都住滿了成吉思汗軍兵，因為簽軍發展得太快，來不及製作帳篷。

哲別、和速不台的帳幕就設在村落和海之間的平地裡。

木罕真的是一個非常美麗的地方，這裡沒有別處秋後初冬的那種憔悴和寥落。裡海上吹來的風，帶著陣陣暖意，與西北方吹來的寒風在木罕上空交會時，凝成霧一樣的水氣，灑在崗巒上，山林間，把經歷殘秋的草地重又濡染得綠茵一片。黃白間雜的雀兒們吱吱喳喳地叫喊著，即使霧濕了他們的羽衫也不在乎，仍然蹦蹦跳跳地覓食。原野上到處放牧著馬群，那些累瘦的馬兒得著這麼一個好機會，無不貪婪地啃著青草，也有一些馬兒不時地抬起頭來四下瞭望，那是戰爭養成的警覺。每匹馬兒身上都披著氈衣，風也罷，雨也罷，都奈何不了牠們。成吉思汗軍愛馬真是愛得出奇。蒙古的馬也真乖得出奇。那麼一大群，只有一個士兵在看守，如果不是不遠處有一堆堆馬鞍圍成的鞍城，一簇簇架起的刀槍弓箭，單看那騎在馬背上，脫了戰袍，唱著牧歌，悠閒放牧的蒙古人，真會以為是貝加爾湖邊的蒙古牧場。

這是一幅好寧靜好寧靜的遊牧圖。

突然，急驟的馬蹄聲震破了寧靜的晨空。

一匹駿馬馱著一個伊斯蘭教士打扮的人衝進了帳幕城。

宿衛問明了情況，將來者帶到了哲別的帳幕。

此刻他們正在開著軍事會議。

雖說大軍是到木罕來休整的，但軍團統帥部一刻也沒有閒過，因為不斷有軍情從各地報來，最新最緊急的大約要數這一個裝扮成教士的探馬得來的消息了。

探馬報告了第比利斯城的軍情。

原來，格魯吉亞國王闊爾吉四世——拉沙，統將葉瓦涅・默合爾格爾則里，仗著格魯吉亞有一支十分出色的騎兵隊伍，以及緊靠高加索山脈的堅固的鐵魯納汗城堡，決定聯合周圍小國一起抗擊成吉思汗軍的入侵。

拉沙國王以為成吉思汗軍駐在木罕過冬，天冷不會出動，所以暗地裡做著進攻成吉思汗軍的準備，他派使者到亞塞拜然的亞賽爾拜然，約月即伯於開春時節一起出師攻打木罕。

給月即伯一百個膽子他也不敢動這個腦子，更沒有這樣的膽氣。哲別、速不台決定趁格魯吉亞還沒有全部準備好，立即出擊。

但他並不立即行動，而是千方百計摸清格魯吉亞軍的裝備、作戰特點。以及各戰略要點的工事布防情況。這是跟隨成吉思汗作戰多年學來的戰術風格。足智多謀，也是他能獨當一面攻無不克，戰無不勝的重要原因之一。

經過一番謀劃，先鋒梅克隆爾率領的突厥人和曲兒特人組成的新軍，只經過短暫訓練，藉著成吉思汗軍隊的聲威，就上了陣。

格魯吉亞軍在統將葉瓦涅的率領下，約一萬餘人，一字長蛇列陣在格魯吉亞和亞塞拜然的邊界處的降坡山地間迎擊成吉思汗大軍的前鋒。

格魯吉亞軍一線是持盾牌的步軍，步軍後面是兩三排弓箭手，弓箭手後面是持長槍的步軍，其後一箭之遙的地方是身穿重甲的駿馬和人。這是西域軍隊常見的陣式。

梅克隆爾問手下的兩個偏將加里森爾和曲布：「見過這個陣仗沒有？」

「稀鬆！盾牌後面是弓箭手，弓箭手後面是槍手。」加里森爾說。

「他們的戰術是等你衝進射程，弓箭手發箭殺傷，一波接一波不給你透氣的機會，等你傷亡增多時，後隊騎兵會蜂擁而出，撕開一個口子，然後持槍步軍出戰，那時才是肉搏的機會。」曲布也不生疏，原來他們兩人都在格魯吉亞軍中幹過。

梅克隆爾跟隨哲別、速不台不是一天了，耳濡目染也知道一點成吉思汗式的戰術。他當即認為，哲別一定會使用成吉思汗軍的老戰法「穿鑿法」，重點突破中間，直趨中軍。

兩軍相持，個個嚴陣以待，等待將令。

大戰前的沉寂。

人不喊、馬不嘶，只有旗幟在寒風中獵獵飄動，雪亮的刀尖在陽光下閃爍。

葉瓦涅居高臨下，陣勢盡收眼底，他估計一下成吉思汗軍不過七八千人，近三千人的先鋒部隊，中軍不過五千人，兩軍勢均力敵。只有蓄勢以待，以逸待勞方是勝敵良方。葉瓦涅這樣想，豈料成吉思汗軍也這樣想，哲別下令先鋒部隊按兵不動，要先鋒以罵陣叫戰開始。

加里森爾和曲布的人受夠了基督徒的欺壓，如今有成吉思汗大軍撐腰，竟百無禁忌地開罵，什麼難聽揀什麼罵，罵得基督徒們七竅生煙。

基督徒士兵們平時對突厥蠻人和曲兒特人頤指氣使慣了，哪裡聽見過如此猖狂的辱罵，個個按捺不住，持盾士兵一閃，弓箭手現身，搭箭就放。

哲別旗幟一揚，先鋒部隊沒有向前衝去也沒有回手，梅克隆爾領隊急速後退，退離敵軍箭弩射程，再整隊形。

格魯吉亞軍見成吉思汗軍後退，不等葉瓦涅命令，便想向前衝。葉瓦涅不知敵人要什麼花招，趕忙下令壓住陣腳。等看清成吉思汗軍的陣勢再行動。仍是不停在咒罵，越罵越凶，突厥蠻人和曲兒特人把平時基督徒拿來罵他們的諸如「異教徒惡鬼」，「猶太豬」這樣的詞眼都用來回敬他們。

持盾士兵再閃，弓箭手現身，向前衝擊了一段距離搭箭再放。箭紛紛射向成吉思汗軍鋒線，要不是士兵們都帶有防身的圓盾，肯定會有不少死傷。

弓箭手們不斷替換著出擊。直射得成吉思汗軍只有招架之分，沒有還手之力。陣腳開始動搖，果不然，曲兒特人開始向左，突厥蠻人向右，分作鳥獸散離去，原地留下了許多屍身。任梅克隆爾怎麼喝斥都不管用，隊伍逃得比鳥飛獸遁還要快。梅克隆爾只好向右方跟進。

格魯吉亞軍頓時興奮起來，他們以為密集的箭雨，嚇破了敵膽，於是，迫不及待地衝出了底線。

葉瓦涅已經看出有詐，因為他發覺梅克隆爾的部下根本沒有回手，從他的單筒望鏡中看得很清楚，敵人扔下的不是屍身，而是穿上戰衣的草人。不戰自敗，定然有詐。他急忙傳令再次壓住陣腳。

格魯吉亞軍軍心有些浮躁了，好似一頭正要跳躍捕食黃羊的獵豹，兩次跳躍都有頸繩勒住了牠的脖子，好不惱火。而且閃開的正面並沒有多少敵人，幾乎夠不上一個衝鋒消化的。因此，大有破陣而出的勢頭。

就在此時，梅克隆爾帶著人馬逃到了一字長蛇陣的兩端，突然回身反捲咬住了頭尾，一陣猛攻，雖說沒有多少斬獲，卻更激起了格魯吉亞軍的怒火，一字長蛇頓時分為兩節，前半截向頭增援，後半截向尾增援。他們要消滅這些異教徒，把他們拋屍挫骨揚灰。憤怒掩沒了葉瓦涅的命令。他知道已經中了成吉思汗軍的詭計了。

梅克隆爾的人馬像扭住了蛇的兩頭，猛烈地絞殺著，但格魯吉亞軍的鬥志非常旺盛，其中不乏一些僱傭來的高加索山民，他們在南北高加索地區的諸侯戰爭中，屢建奇功，不少人還參加過十字軍征埃及的戰鬥。作戰經驗非常豐富，他們是葉瓦涅的中堅力量，葉瓦涅每個勝仗都依仗這些僱傭兵的拚殺。

如今遇到的不是身經百戰的成吉思汗正規軍，而是剛剛組建起來的簽軍，因此對付起來游刃有餘。雖然加里森爾和曲布的人馬被仇恨所驅使，一個個咆哮著拚命，但畢竟不是久經沙場的士兵，在雙方混戰成一團的陣地上，加里森爾和曲布的人傷亡多於格魯吉亞軍，一時受到了很大的挫折。正當傷亡漸重，面臨崩潰的時候，突然，成吉思汗軍一方的陣地上號炮連連。

葉瓦涅聽得號炮連聲，又見由於部下隨意出擊，造成正面宕空，中軍的屏障露出了缺口，戰陣已經有明顯漏洞，正要想法補救，哪知，殺聲震天，從對方主陣中殺出一支狂飆。

葉瓦涅見情況緊急，連忙發出集結變陣信號，畢竟是訓練有素的軍隊，迅即列出新陣，中間由重甲士兵組成整齊的方陣，方陣連環，如同一堵銅牆鐵壁，無論從哪一方面攻來，都將遇到頑強的抵抗。兩邊則由格魯吉亞騎兵揮舞長槍和利劍，隨同方陣向前滾動。哲別在中軍，見如此陣勢不由喟嘆：「真沒有料到格魯吉亞軍中竟有這樣一支訓練有素的精兵強將。中虎此番率領的簽軍步兵恐怕要吃虧。」

「老哥哥！恐怕得兄弟我出戰！」速不台眇著一目對哲別說。

速不台在與乃蠻作戰中傷了眼睛，因此長久以來以麂皮作成護目，遮住了那隻傷眼。速不台素以三快聞名：一是「馬快」；二是「斧快」；三是「金索鋼手爪快」。

他這匹黃驃馬產自天山，還是兒馬的時候，由速不台親自挑選而得，極少餵料，多以羊血或獵物的血為食，青草只是牠的點心，自小四肢就綁上沙袋行走，因此腳力分外勁健。平時沙袋不離腿，出戰時減去，輕裝上陣，分外快捷，輕加一鞭就如同經天閃電。

他的那柄鋼斧，是請人潛往南宋蘇州府，找到姑蘇干將鑄劍故地，請冶劍名匠百煉而成。說長不長，說短不短，兼顧步戰、馬戰之需，斧刃十分銳利，說削鐵如泥不為過，抓一把馬鬃吹去，遇刃即離斷。而速不台身體之壯，膂力之強，更使這把斧成了鬼見也愁之物。砍在任何敵人身上只一斧，絕無身首不分家的道理。

那「金索鋼手爪」更是奇門兵刃，凡是他不想殺死，需要留下活口的，當快馬馳過時，神不知，鬼不覺拋出「金索鋼手爪」，敵人無從躲避，更不知來自何方，其手法之簡捷，無異驚鴻一瞥。

哲別和速不台二人是生死莫逆的兄弟。哲別之謀加上速不台之勇，久久不分，共同作戰，是這兩個軍團屢戰屢勝的根本。

葉瓦涅的方陣已經和成吉思汗軍接近，儘管申虎揮斥著人馬以槍林箭雨回敬格魯吉亞軍，但那些重甲軍兵毫不退縮，射過去的箭劈哩啪拉落下，只發出噹噹的金屬聲，竟奈何不得他們分毫，這些不怕槍林箭雨的陣兵，反而連連出手，殺傷了許多簽軍。

這陣勢刀槍不入，太可怕了。

申虎見難以破陣，便轉而分兵從背後殺向與梅克隆爾的先鋒部隊肉搏的敵人。這倒也是臨敵機變的好方法。

葉瓦涅十分高興，因為自己的戰陣奏效，使得無往不勝的成吉思汗軍折在了自己的腳下。這要叫國王拉沙知道了，不知該會多麼高興地嘉獎自己。他沒有別的想法，只求國王給自己一頂桂冠，並賜以世襲公爵銜。

對於擁兵自重的將領來說，如果要穩住自己的地位，恐怕只有這樣做。

葉瓦涅正在得意之時，冷不防見眼前閃過一道橙光。

是成吉思汗軍的援兵？

是成吉思汗軍的援兵！

葉瓦涅還沒有來得及看個究竟，一匹橙黃色的黃驃馬已經疾馳過了中線，馬上一將手舉馬刀，在頭頂上舞出圓弧，身上的鎧甲在陽光下閃射出耀目的光亮，黃銅頭盔上的纓子是那匹黃驃馬的馬鬃，他一隻眼睛用麂皮護目遮著，另一隻深邃的眼睛中透射出凌厲的光芒。

常勝將軍速不台按計出擊，人和馬以一種不可抗拒的氣勢向葉瓦涅的陣地逼迫而去。

在速不台身後，沒有多少人馬，只不過數十輕騎兵，馬上似乎都馱著什麼物件，越野而來的駿騎，快速突擊，就像從天而降似的。

速度快極了，沒等葉瓦涅召集自己的騎兵應戰，成吉思汗軍的鐵騎已經只有半箭之遙了。

葉瓦涅急忙命弓箭手放箭。嗖嗖的飛箭向速不台的馬隊飛去，然而紛紛折在舞成風輪的刀光下，駿騎根本沒有停留，疾風般掠過。速不台的目標是葉瓦涅。而數十騎的目標是葉瓦涅的鐵壁方陣。

葉瓦涅撥馬迎戰，只見黃光一閃，白光一旋，紅光沖天漫成血霧，當血霧降下來時，速不台用斧尖朝天上一點，葉瓦涅的腦袋正落在斧尖上。馬上無頭的葉瓦涅雙手還卡著削成兩截的鐵槍桿。

接著方陣中有人慘呼，只見烈焰從陣中升起。原來速不台率領的數十騎載有浸滿石油的火把，近到陣前一個接一個抛進陣中，燃起火焰，接著又將石油潑在甲士的身上，這一來方陣立即變成了火陣，燒得格魯吉亞甲士哭喊連天。

「格魯吉亞軍的士兵們聽著！」他的聲音十分宏大，使人有一種驚心動魄的震憾感。

「你們看一看，這是誰？」

在速不台身後所有能聽懂蒙古話和會一點格魯吉亞語的簽軍士兵，一齊高喊：「看看這是誰？」

戰場上激戰的雙方慢慢地停下來了，漸漸地歸於寂然，儘管刀還架在刀上，槍尖還對著槍尖，但所有的人都停止了殺戮。

「格魯吉亞的士兵們，你們聽清楚，我是成吉思汗的將軍速不台！」

經過翻譯以後，戰場上傳來一片驚呼「啊！」

「他就是那個魔鬼將軍！」

「說他有三快，名不虛傳，瞧那斧尖上的首級不是葉瓦涅將軍嗎！」「沒戰一個回合！」格魯吉亞的士兵們紛紛竊竊私語起來。

「對！我就是魔鬼將軍速不台。這裡有你們的葉瓦涅將軍的首級，是給大家的見面禮，哪個人想抵抗，儘管說好了！你們的國王是個混帳東西，我們還沒有犯他，他卻要聯合亞塞拜然的月即伯進攻我們。瞧吧！這就是雞蛋碰石頭的下場！」速不台舉著葉瓦涅的首級大聲說著。最後他喊住不遠處的一個格魯吉亞士兵，將葉瓦涅的首級扔給他說：「給你們的拉沙國王送去吧，就說這是速不台給他的見面禮。」

那個士兵捧著血淋淋的人頭，一下癱在了地上。

由於沒有形成包圍圈，對遠處的格魯吉亞騎兵沒有威脅，所以殘軍回馬便逃。至於戰場上的士兵則沒有那麼幸運了，特別是與梅克隆爾率領的先鋒部隊作戰的那些士兵，儘管放下了武器，也還是被殺紅了眼的加里森爾和曲布的部下殺得一個不剩。

速不台指揮騎兵追擊殘軍。

由於向格魯吉亞境內縱深推進，越走路越險要，山越來越高，林越來越密，速不台怕敵人設伏，於是回軍與哲別大軍會合，向亞塞拜然首都大不里士開去。

國王月即伯剛剛外出避難回城，哲別、速不台引軍來得迅速，月即伯逃避不及，只得硬著頭皮出城迎迓，由於月即伯以重金納獻，所以哲別、速不台並沒有為難月即伯。

此時有消息說，哲別派駐哈馬丹的沙黑納被扎蘭丁的餘黨扎馬拉德殺死了，在阿拉伯伊拉克境內有不少扎蘭丁的餘黨在活動，他們圖謀起兵造反，不光殺害了沙黑納，而且抓捕了阿拉道勒。哲別第一次過哈馬丹時，知事阿拉道勒表示歸順，向哲別進獻了食物、酒、衣服布料、奴婢以及駿馬等貢禮，並且接受了哲別派出的沙黑納。正因為此，扎馬拉德以降敵罪，將阿拉道勒囚禁在吉里特堡。

駐軍僅數日，哲別、速不台便又揮軍南下，進兵巴格達，興師問巴格達招降納叛之罪。

巴格達是一個教會國家，阿拔思王朝的哈里發教廷曾經是煊赫一時的整個中亞和南亞的精神領袖，包括花剌子模、呼羅珊、波斯伊拉克、阿拉伯伊拉克等廣大地區都受哈里發教廷的管制，默罕默德一統河中地區，勢力範圍達至呼羅珊和伊拉克境內以後，與哈里發朝廷分庭抗禮。為此哈里發朝曾遣使向成吉思汗議和，聯合起來與花剌子模作戰。當時花剌子模與蒙古還處於友好通商的良好境地，所以成吉思汗沒有答應哈里發的請求。

成吉思汗征服中亞細亞的消息傳到巴格達，哈里發起初只是為蠻橫的默罕默德從此消失而慶幸，他認為蒙古離南亞很遙遠，是一個很近又實際很遙遠的鄰邦。

由於有成吉思汗拒絕聯盟的事情發生過，所以，哈里發並沒有向成吉思汗靠攏多少。只是因為發生了十字軍以維護基督教為名，對地中海沿岸國家進行的遠征，（第五次東征主要目標是東羅馬帝國殘餘勢力退居小亞細亞後建立的尼西亞帝國）十字軍不僅僅攻進了埃及，還向小亞細亞進發，逼近了幼發拉底河，佔領了達米特。巴格達近在咫尺形勢十分嚴峻。

巴格達的哈里發教廷一方面要調動大軍對付十字軍可能對阿拉伯伊拉克的進攻，另一方面還要提防成吉思汗軍狂飆般的掃擊。巴格達只有數量很小的一支軍隊負責城防，而這支軍隊填成吉思汗軍的牙縫也不夠。為此哈里發採取古老中國的遠交近攻的戰略，派出特使向成吉思汗搖動橄欖枝。

特使在撒馬爾罕郊區覲見了成吉思汗，呈上了哈里發給大汗的充滿溢美之詞的國書。得到了大汗的讚許，只要歲歲來貢，年年來朝，同意友好相處。

特使帶著成吉思汗致哈里發的詔書回到了巴格達。正巧哲別、速不台兵臨城下。哈里發急派特使持成吉思汗詔書出迎，將兩位將軍請至迎賓館善為禮請。

哲別、速不台對往事都有印象，還記得當初發兵西征時，大汗在金帳內接見過巴格達的使者，還記得成吉思汗說過的與巴格達友好的話。

特使對哲別、速不台兩位將軍說：巴格達向與花剌子模不和，決不收納花剌子模的任何降將降卒，也決不允許花剌子模的散兵游勇在巴格達興風作浪。哈里發已經向大汗保證清理一切在阿拉伯伊拉克境內反對成吉思汗大軍的愚蠢行動。特使表示，哈馬丹雖然屬於波斯伊拉克，但教廷仍將發兵，前往波斯伊拉克將扎馬拉德緝捕歸案，交二位將軍處治。他請哲別、速不台將軍駐軍阿拉伯伊拉克境內好好休整。

哲別很滿意哈里發的態度，他認為還是由他們親自去清理為好，於是接受了巴格達的禮物，回軍向巴格達東面的哈馬丹開去。其時是一二二一年的春天。

騷亂和動盪的哈馬丹經不了傑斯麥里引軍一擊，扎馬拉德還沒等大軍攻城便投降了，但這救不了他的命，對於叛亂者，哲別執行成吉思汗的命令是很堅決的。

扎馬拉德難免一死。

阿拉道勒被營救了出來，仍然作為哈馬丹的知事，哲別指派了一名新的沙黑納——突厥蠻人加里森爾，並留下他的一支突厥蠻人組成的百人隊，作為哈馬丹的駐軍。因為哈馬丹地處波斯伊拉克和阿拉伯伊拉克之間，是一個交道要衝、戰略重鎮。至於選中加里森爾，是因為他在與格魯吉亞軍的戰鬥中表現得十分出色。

哲別、速不台軍在哈馬丹縱情聲色的時候沒有忘記他們的軍人天職，他許部下縱淫，不許酗酒。他的探馬日夜不停地在外巡弋。

消息傳來，格魯吉亞國王拉沙，正在第比利斯厲兵秣馬，要雪戰敗之恥。也許這不是格魯吉亞國王的本意，也許這是歪曲了的消息，曲兒特人一次次地傳來這樣的密報。

這只有曲布和加里森爾心裡清楚。加里森爾做了哈馬丹的沙黑納，他早就垂涎這塊沃土了，如今名正言順地做了成吉思汗軍派駐這裡的行政長官，也就不再對格魯吉亞的事感興趣了。而曲布不同，他還在梅克隆爾軍中，他還記著復仇。

他的「情報」真的激起了速不台的怒火，速不台將軍要求哲別讓他領兵去同格魯吉亞國王拉沙決一雌雄。

格魯吉亞國首都第比利斯城並沒有處在狂熱的軍備之中，國王拉沙依然沉浸在失去葉瓦涅的悲痛中，那是一員勇將，可是沒想到這麼快折在魔鬼將軍速不台手下。為了儘快將軍隊從失敗的恐懼中恢復過來，他急需要鼓舞士氣。軍中勇將倒還有不少，可是拉沙看不到這些將領的長處，像麥約提斯、帕米歐、菲頓，都是騎兵中的翹楚，都是有勇有謀的人物。但他認為這些人太年輕，不堪擔當重任。他急需物色幾名他認為有勇有謀的人來指揮部隊。為此他張榜招賢，向格魯吉亞各城發出了招賢書，書中寫道：

由於蒙古恐怖襲來，格魯吉亞國處於危險之中，為了救國自救，希望仁人志士獻計獻策；拉沙國王求賢若渴，誠聘文臣武將，無論在朝官員，在野隱士，不分種族、不分國籍、不分貴賤，只要有治軍良策、治國經綸，都將受到重用和重賞。

國王的願望是聚賢招才，為國出力，使美好的格魯吉亞國不要像花剌子模、呼羅珊和中亞許許多多國家那樣受外族人的蹂躪。

正是這招賢文書成了曲兒特人密告的內容之一。

也正是這招賢文書引起了在職勇將麥約提斯、帕米歐、菲頓等人的不滿。

國王拉沙心裡很焦急，成吉思汗軍已經開始向格魯吉亞逼近了。派出去向亞塞拜然國、設里汪國以及阿蘭、奇卜察克國（高加索山脈北邊的兩個國家）聯絡，但一處都沒有同意聯合對敵。危險日近，拉沙國王只有親自出任統帥，勉強同意任命麥約提斯為騎兵司令。帕米歐、菲頓僅為先鋒，調集全國主力屯兵於忽鐵邁，準備迎擊成吉思汗軍。

忽鐵邁一地距第比利斯較遠，北有高加索山，南面是平川之地，拉沙國王的作戰意圖，是寧肯讓成吉思汗軍南去劫掠格魯吉亞南部平原諸城，也不要讓他們佔領首都第比利斯，造成實際上的亡國。

拉沙國王決心依靠遍地險隘的高加索山區與成吉思汗軍好好周旋，只要第一仗在忽鐵邁擋住了成吉思汗軍，那麼退保第比利斯，就成為可能。

哲別、速不台軍順利進抵距忽鐵邁四十里地的地方，傳令停止前進，部隊提前吃飯，兵不卸甲，馬不解鞍。因為雖然此前已有探馬偵得了格魯吉亞軍在忽鐵邁地方佈陣的情報，但佈防情況並不十分清楚，地形地貌也不十分詳備，為此小心行事，駐軍於米那爾那個小地方，尋找對策。

拉沙國王見成吉思汗軍開進至離忽鐵邁四十多里的地方就勒馬不前，心裡也很嘀咕。他召見麥約提斯、帕米歐、菲頓連夜商量對策。

麥約提斯認為成吉思汗軍肯定是要進攻的，只要嚴守防線，就能打垮他們。

帕米歐提出派小股部隊進行夜襲，以騷擾他們，使他們夜不安寢，人心惶惶。

拉沙國王憂慮重重，遲遲下不了決心。哪知會議還沒有結束，敵情就已經飛報進司令部了——成吉思汗軍一部約二百人黃昏時分越過了警戒線，對正在吃飯的我軍進行偷襲。

拉沙國王聽報，佩服成吉思汗軍的精明和神速。雖然帕米歐也提到了這一戰術，但人家想在先，他也就想不起帕米歐腦袋不比蒙古人笨了。

成吉思汗軍已經襲來了。他心裡只知着急，一時也拿不出什麼好的對策來，還是麥約提斯提出：「成吉思汗軍恐怕是為摸清我軍虛實，所以派小股部隊騷擾，以偵察我軍。」

拉沙哪裡相信，一口咬定是大軍襲擊的前奏，他下令派軍追截，但成吉思汗軍已經消失於夜幕之後，不見了蹤印。

一夜數警，把格魯吉亞在忽鐵邁的伏兵攪得徹夜難眠，為了防止成吉思汗軍襲營，格魯吉亞軍在駐地外倉促設置了許多拒馬和鹿砦，為了看清可能襲近的敵人，也為了嚇唬敵人，格魯吉亞軍在營地張起了許多燈火和篝火。殊不知哲別、速不台派出的小股襲擾部隊，並不是為了殺傷敵人，真的是為了摸清格魯吉亞軍佈陣情況。

藉著黎明前的黑暗掩護，他們順利地從各個陰暗角落悄悄地撤退回了米那爾。

經過周密偵察，發現忽鐵邁地形險要，只要進入戰場，格魯吉亞的騎兵很輕易就能從兩邊高地衝擊下來，形成包圍圈。而可以展開兵力的地方很狹小，既不便於增援又不便於撤退。為此重新調整了進攻方案。

天一明，速不台就督著先鋒部隊開近了忽鐵邁。

打頭陣的是曲布的曲兒特人和加里森爾留下的突厥蠻人。

當曲布領著五百人攻入陣地的時候，格魯吉亞騎兵並沒有出動，速不台隨即又投入了一千人的簽軍，雙方進入了血戰。殺聲震天的戰場上，鬼哭狼嚎般的慘呼聲驚天動地，到處都有斷肢殘缺的人，到處都有濺滿血污的斷刀殘槍，屍體一層接著一層擼起來了，而刀光還在閃爍，血影還在飄浮。雖然經受一夜折騰的格魯吉亞士兵困累不堪，但被敵人激起的仇恨怒火更其高漲。熱血已經把他們的眼睛蒙上了一層紅翳，他們已經不是理智地在揮動刀劍，而是機械地在作著殺人動作了。

速不台見先鋒已經死傷過半，投入的簽軍更是沒經受過如此酷烈的戰鬥，不少人已經拔腿逃跑了。

奇怪的是平時凶悍無比的速不台，此刻竟不肯上陣，只是大聲喊叫著「不許後退！不許後退！」

督陣的成吉思汗兵，也一個個揮舞著刀槍在喊：「不許後退！不許後退！」

格魯吉亞軍方面似乎感知了成吉思汗軍有逃跑的跡象，拉沙國王要麥約提斯讓騎兵立即出擊，起碼將這一千五百人先消滅掉，以振軍威。

麥約提斯苦諫，他認為等成吉思汗軍的援兵趕到再動手也不為遲。

帕米歐、菲頓一起勸諫，拉沙才勉強同意暫緩出擊。

速不台似乎在觀察和判斷著什麼，見敵人追擊力量不強，於是又投二千人，將潰兵壓回前陣。格魯吉亞軍吃不住勁兒，抵抗的底線被迫回移。拉沙國王不再聽麥約提斯守住陣地等待敵情變化的勸告，下令增派步軍與速不台增援的簽軍展開了搏擊。

陣地反覆拉鋸，一排排倒下的雙方戰士，就像刈倒的莊稼，血花飛濺，遍地殷紅。速不台的人馬又一次動搖了，簽軍首先開始後退，速不台仍然大聲喊著：「不許後退！不許後退！」

但兵敗如山倒，速不台已經壓不住陣腳了，他只好倉促上馬隨著兩三千人的逃跑隊伍向後方退去。

拉沙國王對麥約提斯說：「司令官，該你了！你的騎兵，我們格魯吉亞的勇敢的神鷹該出動了。應該追上去，從背後給敵人狠狠一擊。」

麥約提斯沒法，只好調動二千騎兵出擊，拉沙國王不滿，又出動了三千騎兵，這可是格魯吉亞騎兵的最精銳部分。

看見格魯吉亞的騎兵出動，速不台下令撤退，原先滿地遍野亂跑亂竄的隊伍立即聽令沿著大道拚命奔跑。

格魯吉亞的騎兵是國之中堅，一直有著戰無不勝的美譽。他們有著非常漂亮的鎧甲，連戰馬也是披甲出戰的，遮覆嚴密到只留兩隻眼睛。

每個騎士都有長槍和重劍，長槍是遠距馬戰用的，重劍則是近身砍殺敵人用的，在戰場上輕重武器相較，重者要佔力量的光，輕者只佔便捷的光。格魯吉亞士兵個個身高馬大，因此重劍在他們之手也就算不得多麼笨拙了。

由於騎兵出動，格魯吉亞的步軍也就不再追擊，一個個癱坐在路邊地頭，眼看著駿騎一匹匹地從他們身前馳過，長長地喘著粗氣閉上眼好好地歇歇乏，心想是該你們這些老爺出馬了。

速不台眼看敵人越追越近，怕步軍吃虧，又下令四散，分向兩邊山坡跑去，或者繞個圈子又向忽鐵邁方向跑去。

格魯吉亞的騎兵當然不會管那些散兵游勇，只是沿著大路奮勇追擊速不台的主力。由於地形限制，格魯吉亞騎兵只能三騎或者四騎並進，五千鐵騎拉了好幾里地長。速不台的人馬越跑越慢，越跑越吃力，而且一路不斷有人棄械投降，而且棄械投降的人越來越多，看來很快可以趕上速不台，所以格魯吉亞騎兵越追越勇，越追越快。眼看追出四五里路去，突然，橫地裡趕出一批約有七八百匹的馬群，潰兵如獲救星，紛紛搶馬逃命。

格魯吉亞軍哪裡肯放他們從眼皮子底下逃生，也不想讓煮熟的鴨子再飛掉，於是個個快馬加鞭，人人奮勇爭先。

速不台的人由於搶馬需要時間，就這麼一耽誤的工夫，格魯吉亞騎兵衝近來了，連連有人被搶挑下馬。

誰也顧不得照管誰，那倉皇逃竄的樣子，就像只恨爹娘少生了兩條腿，否則可以像馬兒、狗兒、貓兒一樣奔走，那樣就少了許多危險。

追擊戰還在繼續著，突然，看似淨無一物的道路兩旁，像來了一群冥兵一般，從地下躍出了許多鈎鐮槍手、快刀手，紛紛鈎住了馬腿，削去了馬蹄，頃刻間人仰馬翻，兩邊伏兵四起，飛火槍手，轟天雷手，朝著騎兵絞殺過去，數里地長的路上全是哲別的伏兵。由於地形的限制，騎兵集群突擊的優勢喪失了，整個部隊拉成了一根長長的帶子，而哲別軍的伏擊得以像一把剪刀似的一寸寸、一節節把他們切斷吃掉。

菲頓見勢不妙，兜住戰馬正想往回撤，橫刺裡突地砍過一斧，斧刃從後腦勺上過，虧得菲頓聽見風聲，頭低得快，避過了凌厲一擊，戰馬錯身，這才看清是一員驍將。

不是別人正是速不台將軍本人。菲頓認不得速不台，但獨眼將軍人人皆知，由此推測是魔鬼將軍速不台來到陣前，這一下更無了鬥志，打馬伏鞍而逃，速不台哪裡肯放，縱身跳離戰馬，著地一躍，神抓疾出，從馬背上把菲頓揪了下來，戰斧一抹，首級就滾落下地，早有手疾眼快的士兵用長槍尖一挑，將菲頓的首級高高挑起，而且在眾人頭上晃動，就這一下，把菲頓的部隊驚得呆了，一個個扔下手中兵器投降。

原來，先前速不台率領的簽軍的潰退也是有意巧妙安排的，分散逃竄的士兵重新集結，回頭狠狠一口，咬住了格魯吉亞步軍，這些步軍本來是追擊他們的，而騎兵趕到以後，便讓過騎兵，停下在路邊休息。這一回成吉思汗軍可不是潰兵的狼狽相了，他們露出了復仇的兇相，揮舞戰刀砍瓜切菜一般，收拾原先與他們肉搏的敵人。

等到敵人騎兵回頭，他們又四散逃上山坡去。哲別的伏兵只追擊了很短一段路，怕在險惡的地勢上，敵人見樣學樣，也來一個伏擊，所以早早鳴金收軍。

拉沙國王見精銳鐵騎大敗，人馬傷亡過半，將領菲頓戰死在亂軍馬下，麥約提斯身負重傷，拉沙十分痛心。

拉沙又怕成吉思汗軍追擊，於是命令殘軍，死守各個關口隘道。拉沙心想只要成吉思汗軍不進一步犯邊，他也就死了與成吉思汗決個高下的心了。

格魯吉亞的首都第比利斯是進不去了，因為山隘險要，關口重重，重創格魯吉亞騎兵的戰鬥雖然獲得了勝利，戰鬥表明進駐第比利斯的路將是十分險要的。哲別、速不台決定：向南去南格魯吉亞。

十九　巴魯灣之戰

馬魯。

拖雷率中軍浩浩蕩蕩而來，大軍經略了阿必瓦爾、撒拉哈代、拉的康爾等地，征發了七千人的簽軍，向北包抄向馬魯。在距城二十里的外圍形成了大包圍圈，而馬魯守軍渾無所覺。

先遣的探馬報告了穆爾加布河兩岸敵軍佈防情況，河南岸紮營駐守的為穆智爾的一萬二千人的突厥蠻騎兵，他們常常在黎明時分向馬魯城進發，攻打堅守在城池裡的叶赫的亞爾丁的另一部分突厥蠻人。而城裡的守軍仗著人多勢眾，從來不甘示弱，只要穆智爾發兵來攻，他們必定開城出戰。雖然勝負時常易主，但這種襲擾戰一直沒有停止過。

拖雷下令封鎖大軍到來的任何消息，他劃定的戰區內，任何百姓只准出，不准進。

他親自化裝成突厥蠻士兵，與十幾個驃悍的衛士一起裝作遛馬的樣子，一連四天視察了馬魯城內外這種戲劇性的場面。

拖雷繞城一圈，觀察了外壘、城池、濠塹，覺得馬魯城不是一座容易攻擊的堡壘，而且市內貯存著足夠的糧草，士氣並不低落。以他率領的七萬之眾的大軍來說，攻擊這樣的城堡，不是一件難事，但他始終認為攻堅不是蒙古士兵的強項，他不想讓士兵在攻堅中作無謂的犧牲。他苦苦思索著破敵良計。

穆智爾沒有注意到馬魯城及四周出現的異常，這一帶的農夫近來只有離開家下地幹活的，但直到夕陽西下時也見不到一個回家；從城內出來的人也只有出沒有進。對此，穆智爾和叶赫的亞爾丁都沒有起疑。

因為叶赫的亞爾丁認為人被穆智爾的人抓起來了。

而穆智爾則認為這些人是因害怕而逃走了。

這一天，天近黎明，穆智爾派出一千人馬，向城廓開去，突然，道路兩旁湧出無數黑衣人，他們的鈎鐮槍將一匹匹駿馬拖倒，一個個士兵被抬起扔入了穆爾加布河。

沒有刀光劍影，只有悶悶的水聲。湍急的穆爾加布河水打著旋兒，將他們捲得無影無踪，然後歸寂於無聲無息。

當閃閃的太陽從巍峨的馬魯城頭將夜的陰影壓下去的時候，一支五百騎的突厥蠻士兵，打著穆智爾的旗幟，又在城門口叫陣了。

雪合里斯坦門洞開，從城裡衝出兩百名騎士，為首的正是阿爾浦將軍。他是在穆智爾與叶赫的亞爾丁決裂以後，加盟馬魯，加強城防的。他戴著一頂有護喉器、護耳器的尖頂鐵戰盔，身穿鋼質護身甲網，雙層編織夾著一層銀絲，銀光耀目，十分堅固。連戰馬也有披甲，可以說是刀槍難入。

阿爾浦所持的兵器是一柄波斯戰斧，斧體起花嵌金及藍寶石，鋼柄二尺，上面鑲金，中段裹著絲絨，大約便於手持。而手中圓盾則是銅架犀皮盾，上面有小圓孔，使得盾牌呈半透明，可以在抵擋時看見敵手，但箭又難以射穿犀牛皮。

這樣的裝備雖然堅不可摧，卻也顯沉重笨拙，所幸騎士從小就穿著，因此，也還適應戰爭需要。

雙方按戰律，各出二百騎。

攻方首領是一員青年驍將，將手中舉著的突厥蠻士兵的盾牌用力一甩，盾牌高飛起竟越過眾人頭頂飛上了城堞。

全場一片驚呼。

只見他右手從腰間抽出一柄鋒利的鋼劍，迎風一揚，發出一道劍光。

「中國劍！你是什麼人？」阿爾浦不由發問。他已經覺察來者不是穆智爾的突厥蠻士兵。

來者並不答話，一柄利劍夭若游龍般向阿爾浦襲去，阿爾浦不敢怠慢，連忙用盾牌阻擋。回身用波斯戰斧砍殺，那柄戰斧顯然不是尋常板斧，加上阿爾浦力大無窮，不是一般人能對付的。

來者知道阿爾浦鎧甲堅硬，刀劈劍刺都不可能奈何他，於是仗著身無長物，輕靈矯捷地避過波斯戰斧的砍擊，在戰馬相錯的瞬間，一招回風擺柳，用劍柄猛擊阿爾浦的後腦勺，擊打得阿爾浦好一陣發暈，幾乎墜下馬來。

兩將各自撥回馬首，重新開始波斯戰法的衝擊，等兩馬再次相錯時，阿爾浦凶狠地將波斯斧攔腰砍向來者，這幾乎是無可一避的一斧，因為，這一次阿爾浦差不多將馬貼著來者的馬匹錯身相過，來者幾無躲避的可能。然而，來者在利斧加身的一剎那，翻身跌下馬去，利斧從馬背上削過，將馬鞍削去了鞍轎。然而，幾乎是同一時間，一支鈎鐮槍從馬腹下穿出，一下鈎住了阿爾浦戰馬的馬腿，戰馬身子前衝，腳下一踮躓，轟然撲倒在地，阿爾浦甩出去丈遠，連鐵盔也拋離了腦袋。來者兩個箭步，輕靈跳躍至阿爾浦身前，用劍指住了他的咽喉。而此時四百人已經開始混戰，金鐵交鳴之聲、吶喊聲不絕於耳。

城內叶赫的亞爾丁見狀忙派人出城增援。但為時已晚，另三百喬裝突厥蠻的鐵騎已經搶佔了城門。

有人高呼：「蒙古王子拖雷殿下在此，誰還敢頑抗？」來者摘去突厥蠻的帽子，露出了英俊的臉蛋。

突厥蠻士兵驚異不已，不少人丟下了刀槍。混戰漸漸停息下來，敢於妄動的士兵已經身首分家，反抗者的下場，只有死亡。但阿爾浦站起身子，面對拖雷的劍毫不畏懼死亡。他朝拖雷怒喝道：「拖雷！不必炫耀你詭計的成功！」

拖雷笑笑道：「這是詭計嗎？好，我不殺你，我要打到你心服口服為止。」他用腳踢還給他那柄波斯斧。

阿爾浦拾起來，並不是不講章法地發動突然襲擊，而是禮讓地讓拖雷先動手。

拖雷詫異地問他為什麼。

阿爾浦說：「這是波斯武士的武德！」

拖雷說：「愚不可及！」嘴上這麼講，心中倒起了憐惜之念。

他們你一斧，我一劍地拚殺，身穿鎧甲的阿爾浦不到十個回合拚下來，已經汗如雨下了。

拖雷閃挪騰躍，用劍提、點、挑、扎，將阿爾浦沉重的鎧甲繫繩一一割斷，鐵甲東掉一塊，西拋一塊，阿爾浦雖然卸甲鬆快了，但他卻把戰斧一扔，引頸就戮。

「為什麼這樣？」拖雷不解地問。

「技不如人，力不從心，心服口服！你殺吧！」

拖雷還劍入鞘，向隨從衛士道：「給他一匹快馬！」又轉臉對阿爾浦說：「你走吧！」

阿爾浦無言以對，他突然拾起利斧。

拖雷的衛士紛紛舉起兵器防範。哪知利斧是向阿爾浦自己砍去的。

眼看阿爾浦要自戕當場，說時遲，那時快，拖雷飛起旋風腿，一腳踹去，踢飛了阿爾浦手中的波斯利斧。

「為什麼要死，像默罕默德那樣的只顧自己逃生，置人民生死於不顧的蘇丹，值得你效死，而像我這樣的人，就不值得你效忠嗎？」拖雷問得十分嚴厲。

「你願意接受一個敵人？」

「我願意接受一個朋友！」

「那我這條命就屬於殿下了！」他感念這種知遇。

阿爾浦手下的人，跟隨阿爾浦投降。由於城門掌握在拖雷軍手裡，所以阿爾浦在城裡的三千多人陸續順利反出馬魯。

拖雷將他們編入簽軍。

拖雷問計於阿爾浦：「如果攻城，城裡將會如何反抗？」

阿爾浦道：「城裡有七萬軍隊，十多萬城民。他們抱必死之心的話，那麼攻城部隊的傷亡將是慘重的。」

「可是我已經有了入門的鑰匙，雪合里斯坦門已經掌握在我的手裡。」

「城中早有破城準備，所以遍設街壘。一道雪合里斯坦門又有多大效用。」

就在此時，屬下來報，穆加布爾河對岸的穆智爾派伊斯蘭的教長扎馬魯丁前來求見。

原來，黎明時分派出的軍隊中有倖存者回到了營地，報告了遭到突然襲擊的情況，他已經意識到是詭計多端的成吉思汗軍。於是迅即派出快馬，向四野偵察，結果證明他的猜測是對的，成吉思汗軍的大包圍圈已經形成。

當穆智爾聽完探馬的報告時，他的腿已經哆嗦得站立不住了。當初在馬魯稱王稱霸的豪氣，已經飛出了九霄雲外。他知道拖雷大軍的到來意味著馬魯即將毀滅，他們即將死亡。於是他派出了使者，唯求投降一途，能夠自救。

出乎意外，拖雷並不要他的命，只要他把當初從城裡城外搜羅來的六萬多隻牛、驢、騾、羊，獻出來，以此換得和平，此外，拖雷讓他把城裡富豪的名單寫下來。同時讓他帶領他的人馬回到馬魯去，他要他們去告訴城裡的軍人和百姓，成吉思汗軍隊如何強大，如何眾多，作戰如何威猛，要他們向大家講述阿必瓦爾、撒拉哈代、拉的康爾等地反抗的下場，講述被屠殺和被毀滅的慘狀。

拖雷讓穆智爾帶領五六千人順利進城以後，當即撤回了雪合里斯坦門的蒙古士兵。

叶赫的亞爾丁見了「冒死」衝回城來的穆智爾，見了他那一身染血的戰袍，不得不相信他，並捐棄前嫌。

就在此時，潰軍帶回的恐怖消息如同黑色的蝙蝠，在春夜裡飛遍了全城。軍心和民心浮動起來，猶如一池渾濁不堪的泥湯裡的魚蝦，誰也看不清前途出路，好像末日就在眼前。

上半夜傳來消息說，叶赫的亞爾丁同穆智爾商議，穆智爾說蒙古人有七萬之眾，抵抗是絕無希望的，唯一趁蒙古人包圍不十分嚴密的時候，衝出去，最好是裡應外合，撕開蒙古人的包圍網。

穆智爾建議叶赫的亞爾丁派人去答失塔吉爾找沙亦黑將軍，要求他解救馬魯。叶赫的亞爾丁認為穆智爾與沙亦黑將軍熟悉，還是要他派人去。

下半夜時分派出的使者回來了，他說沙亦黑將軍已經同意率軍來救。前鋒已抵郊外，即將對蒙古人發動衝擊，以舉火為號，等戰鬥打響時，希望城裡的軍隊裡應外合，掩護城民逃生。

黎明前的黑暗來臨了。

濃黑的夜空裡果然亮起了耀眼的火光，城頭上的士兵清楚地聽見遠方的吶喊聲，和刀槍撞擊的聲響。

馬魯城開始行動了。

軍隊是逃跑的先鋒，民眾拖家帶口，高一腳低一腳地跟在後面。

並沒有沙亦黑將軍的隊伍。

也沒有蒙古人的隊伍。

當人們奔跑出去五六里的時候，天已經大亮了。

不知是誰驚叫一聲：「蒙古人！」

人們這才發現，漫地裡到處都是成吉思汗軍的戰馬，到處都是閃亮的刀槍，穆智爾派人找沙亦黑原來是騙局。

晚了。

像群狼一樣，拖雷軍團從虎視眈眈轉而成為窮兇極惡，揮舞各種兵刃向包圍圈中的獵物發起了進攻。

馬魯軍隊的半數被蒙古蒼狼吞吃淨盡。

但是頑強的抵抗也使拖雷的人馬有很大的傷亡。

穆智爾開城歡迎拖雷大軍入城，按照他提供的富豪的名單，拖雷讓他們挖出了他們埋藏的金銀財寶。作為反抗的報復，他讓他們獻出了馬、駱駝、騾子，然後將所有的男人集中到了郊外，接著傳令，除了選出四百名工匠以外，其餘一個不留。

至於穆智爾，他不像阿爾浦有那樣的下場，拖雷跟他父汗成吉思汗一樣欽佩的是忠臣硬漢，而痛恨反覆小人，所以穆智爾也挨了刀，不過他是在夜間被處死的。

馬魯的浩劫是空前的，男人幾乎全部殺光，女人分給士兵，供他們發洩戰爭帶來的性飢渴，至於那些兒童，也難逃死亡的威脅。

拖雷指派馬魯一名著名的人物，退隱已久的吉亞丁・阿里做馬魯的行政長官，留下先鋒官巴兒馬思作軍事長官，然後揮軍南進，殺向尼沙不爾去了。

吉亞丁這位隱士出山後極力收留管治那些倖存者，可是，另一支殿後的蒙古軍隊發現這廢墟上有許多雜色的人群，許多人穿著突厥蠻的軍裝，於是又一次屠殺降臨了。

如此三番，馬魯經歷了每一支過往軍隊的屠殺，最後成了無人區。

失吉忽托忽將軍奉了成吉思汗將令，率領三萬兵馬往喀布爾山中。雪格諾克的八千人、阿爾思蘭的七千人都歸他指揮，不過失吉忽托忽指派的先鋒官都是他自己的人，他的四員部將，一名莫克哲，一名莫哈爾，一名烏克古爾扎，還有一名多斯古爾扎。這些都是跟隨他多年的「年輕老將領」。西征以來失吉忽托忽一直未有機會上最前沿與敵血戰，看著別的軍團捷報頻傳，他的這些部將都憋著一股勁兒。人人爭當先鋒，也就輪不到雪格諾克和阿爾思蘭這樣的來自屬國的軍隊了。

成吉思汗要失吉忽托忽帶兵往喀布爾山中的用意在於：掩護中軍側翼的安全，因為成吉思汗率領的中軍攻克塔里寒以後，翻越興都庫什山脈，路經可爾丹要塞，向范延城進攻，而扎蘭丁正在范延附近的巴魯灣（今阿富汗喀布爾之北）。因此，失吉忽托忽軍團的行動，一方面為掩護本軍，一方面為威脅扎蘭丁軍的側背。

莫克哲和莫哈爾兩將率領前鋒開向瓦里安城。北方的軍情已經向扎蘭丁示警，成吉思汗軍已經越過興都庫什山南來了，扎蘭丁便從哥疾寧揮軍向北。

扎蘭丁預有準備，莫克哲、莫哈爾卻有些趾高氣揚，自詡成吉思汗大軍進軍中亞細亞以來，從不曾敗過，所以不把扎蘭丁放在眼中。

兩軍相遇於瓦里安。

扎蘭丁以五倍於敵的兵力，全力進攻莫克哲、莫哈爾部。驕兵必敗，一方是有備而來，一方是盲目應戰，一番血戰，失吉忽托忽軍團前鋒遭受了沉重打擊，莫克哲、莫哈爾不得不倉促退過巴色爾河，拆毀了橋樑，在河那邊固守待援。

扎蘭丁並不以小勝為滿足，繼而揮軍強渡巴色爾河。

莫克哲、莫哈爾都負了傷，他們率領傷了元氣的敗軍慌裡慌張逃竄，直至遇上失吉忽托忽的本軍為止。

扎蘭丁軍奏凱而還，駐守巴魯灣。牛刀小試，士氣受到了極大的鼓舞。

失吉忽托忽整軍數日，調整了部署，鼓舞起士氣，率軍向巴魯灣進發，扎蘭丁同時也領兵前進，相遇在巴魯灣的原野上。

巴魯灣地勢十分獨特，巴色爾河由興都庫什山上流下來兩道川合成，好像一把兩股叉，到了瓦里安便越靠越攏。右川，河面不寬，卻很湍急，雪山溶水，冰冷徹骨。川外側有一道山樑，河與山之間有一里地的平原；左川，從巴魯灣西側流過，河的一側也有一片平原，數里地外也有一道山樑。兩河在喀布爾北側相合流向下游印度河。

扎蘭丁命阿明軍抵達巴魯灣後，分兵一部背河列陣，一部則從右側山樑那側隱蔽前進向前迂迴；阿克拉海軍從喀布爾向左側迂迴，扎蘭丁自將中軍迎敵。

失吉忽托忽見敵人正面佈陣，而右側阿明軍背河而戰，顯然犯了兵家大忌。便迅即將大軍展開。

烏克古爾扎和多斯古爾扎的前鋒和雪格諾克軍直撲右翼阿明軍，企圖十分明顯，即使不能將他們一口吃掉，也要將他們趕下冰冷刺骨的巴色爾河。

阿明軍雖然奮力抵抗，但經不住蒙古軍的衝擊，漸見勢拙。

突然扎蘭丁隊伍中號角聲變，「刷！」的一聲，馬上的將士全部下馬步戰。烏克古爾扎和多斯古爾扎見機，立即打馬衝擊前進，不料剛接敵，呼啦啦戰馬倒了一大片，接下來，斧劈刀砍，如同砍瓜切菜一般，將落馬的將士砍了個血肉模糊。第二批人馬衝上來，仍然是如此，呼啦啦又倒下一片，又是咔嚓嚓死傷無算。

原來這是扎蘭丁新創的戰術，根據蒙古軍擅於馬戰的特點，他設計出了與騎兵步戰的戰術和武器，每名戰士均備有兩支長槍，一塊圓盾，長槍長度是普通槍矛的兩倍。敵騎衝擊時，人在馬後，待敵騎衝迎時，扎蘭丁的中軍以號角變音為號令，接到命令全部下馬步戰，而將馬匹的韁繩繫於腰中，人從馬腹鑽出，長槍斜立，正好借力使力插入馬肚，敵騎很難逾越。

成吉思汗騎兵在兩次衝擊吃了大虧以後，不得不棄騎與扎蘭丁的士兵步戰，結果，扎蘭丁的士兵又飛身上馬，利用騎兵的優勢快速突擊。戰刀在成吉思汗軍士兵頭上閃光，慘呼聲不絕於耳，扎蘭丁親身入陣，縱馬馳騁，穿插分割，斬獲眾多。

失吉忽托忽軍團仗著人多勢眾，反覆衝擊，兩軍各有傷亡，鮮血染紅了巴色爾河。

一天激戰下來，未分勝負，各自退回營盤。

失吉忽托忽率軍團受到連續的失利，十分氣惱。他不是派出探馬，詳察敵情，而是閉營苦思良計。他突然悟出一計，派人用氈子做成許多假人，縛在備用乘騎上，造成突然援兵大增的假相，想以此威嚇扎蘭丁。

從夜至黎明，人喊馬嘶聲不絕於耳。

扎蘭丁的部下都認為是蒙古援兵到了，紛紛向扎蘭丁提議暫退。

扎蘭丁卻微笑不語，他派出的探馬早已搞清了失吉忽托忽的詭計。他下令阿明軍和阿克拉海軍繼續像昨天一樣與成吉思汗軍廝拚。

黎明的曙光被雪山反射到戰場上，一片明亮。如同天女燃亮的無形的天燈。旌旗獵獵，戰馬蕭蕭，失吉忽托忽在中軍的位置上，他指揮烏克古爾扎、多斯古爾扎所部向左翼阿克拉海所部衝擊，他對他們提出的要求是，為了防止扎蘭丁軍利用長槍傷人，等兩軍衝近時，同樣下馬步戰，使敵人的長槍失去作用。

烏克古爾扎、多斯古爾扎奉命出戰了。

這確實是兩員勇將，他們十分勇敢，衝鋒在前。

戰場上刀光閃耀，殺聲震天。

阿克拉海軍列陣的戰馬上均是空位，顯然士兵都在馬下。

烏克古爾扎命令：「下馬！」

蒙古騎士動作嫻熟地從馬背上跳下來，還未等他們把馬控好，突然，箭如飛蝗一般從馬腹下飛出，烏克古爾扎當即中箭，蒙古騎士紛紛倒地。攻勢頓挫。

扎蘭丁換了招式。

失吉忽托忽氣得大吼。他親自率軍衝擊，然而，迎接他們的卻又是長槍隊。扎蘭丁變化多端的戰術，使失吉忽托忽無計可施，只有用人海戰術，反覆衝擊。

失吉忽托忽的人馬已經出現了很大傷亡。

此時，扎蘭丁舉旗示意，右翼阿明的伏兵，左翼阿克拉海軍的伏兵一齊出擊。頓時，從左右兩道山樑那邊豎起了花剌子模軍的大旗，接著成千上萬士兵像瀑布一樣漫下來，殺聲震天動地。

扎蘭丁下令全軍上馬，他大聲高呼：「花剌子模的好漢們，我們有三倍於韃靼人的兵力，一定能把他們打敗，跟我衝啊！」一馬當先向失吉忽托忽衝去。

左右兩翼圍攏來了，扎蘭丁的花剌子模軍群情振奮，人人賈勇，個個爭先。

失吉忽托忽開始倒還鎮定，用旗幟指揮士兵衝突敵陣，及至發現左右兩翼有伏兵時，包圍圈已經形成，成吉思汗軍四面受敵，儘管奮力突圍，但扎蘭丁是集中了優勢兵力來對付他們，加上失吉忽托忽軍連續失利，軍心已潰。

失吉忽托忽回顧原野中，隊伍大都被驅趕到了河邊灘地或者溪澗處，人馬不是墜澗，便是陷足泥淖，而扎蘭丁的駿騎，產自西域，腳力非常健捷，在絕地之中追殺敵人十分得力。

因為烏克古爾扎、多斯古爾扎他們要佔頭功，所以阿爾思蘭軍被指派殿後，此時他們被隔在包圍圈外。

阿爾思蘭見兩邊山上冒出那麼多旗幟，知道大事不好，接下來見失吉忽托忽及主力被圍困，便立即會見雪格諾克和莫克哲、莫哈爾，他們決定傾全力，即使拚光全軍也要把失吉忽托忽將軍和士兵們救出來。

雪格諾克因為自己受傷，便召來手下偏將，要他們服從阿爾思蘭將軍指揮。

阿爾思蘭號令全軍：「弟兄們，我們的許多朋友被包圍在裡面了，只有殺出一條血路，才能把包圍圈內的失吉忽托忽將軍和士兵弟兄們救出來。現在我命令，不論是海押力來的還是阿立麻里來的，還是蒙古本土來的，都是大汗的部下，誓死出戰！」

「誓死出戰！」

「誓死出戰！」軍隊高呼著戰鬥口號出擊了。

他們真的奮力殺開了一條血路。

包圍圈內的成吉思汗軍士兵已經被砍殺過半了，失吉忽托忽率領的衛隊和一些將領已經陷入絕望。突然，阿爾思蘭來援，無異是天降救星，兩下合兵一處，奮力突出重圍。

巴魯灣之戰，失吉忽托忽軍喪失了一萬多人，是成吉思汗大軍西征以來最大的敗仗。

成吉思汗聞報，沒有像往常聽到失利的消息那樣震怒。

他心裡有著陣陣隱痛。

他居然隱去了憂鬱的面容。

失吉忽托忽帶罪自縛來見成吉思汗，請求發落。

——他何嘗不能、不應該，給他一刀！

——然而，他卻確實不能、不應該妄動此刀。

……失吉忽托忽是訶額倫母親的第四個養子，當弟弟鐵木格將僅僅六七歲的那個塔塔兒部落的孩子領進大帳時，訶額倫母親的眼睛立刻就亮了，他戴著金耳環，身穿著金緞織成的肚兜，臉色白裡透紅，眉清目秀，又大又亮的眼珠骨悠悠地放著光。

母親訶額倫說：「這是誰家的孩子？」

他告訴母親，「是塔塔兒部落的孩子，叫失吉忽托忽，我把他揀回來了，他的父親是有罪的，他沒有罪。」

母親嘉許地點點頭說：「好吧！交給我吧！」

他說：「我答應他做我的六弟，讓他排在鐵木格的後面，長大了一定也會是個將才的。」

訶額倫母親說：「連同曲出、闊闊出、博羅忽，我要好好地把他們養大，白天是鐵木真的眼睛，夜晚是鐵木真的耳朵。」

慈祥、智慧、勇敢、無私無畏的訶額倫母親真的把他們培養成了一代豪傑，在平定蒙古高原諸王之亂的戰鬥中每一個人都立下了赫赫戰功。

——他何嘗不能、不應該、給他一刀！

——然而，他卻確實不能、不應該妄動此刀。

當年蒙古薩滿教的教主帖卜・騰格里（意為預測天意的人）幾次密告御弟合撒爾要謀反，並且有調戲妃子忽蘭的舉動，他信以為真，怒不可遏，將他戴了枷，扔進了一口乾井。

無論木華黎為首的九位大臣怎麼諫勸，他也是不答應饒恕合撒爾。他們只有請來訶額倫母親。

他是一直很孝順母親的。

她氣憤地對鐵木真說：「你生下來就是一個自咬衣袍的狗仔，還記得嗎？十三歲那年，因為別克帖兒（成吉思汗異母弟）搶了你的雲雀，你一箭就把他殺死了。難道你殺一個弟弟還不夠嗎？那年別克帖兒死後，無論他的生母、還是他的一奶同胞別勒古台都沒有因此而記仇，影響家庭的和睦和團結。」

訶額倫母親用五箭的故事訓育他們，以後五兄弟就像那捆箭一樣從來沒分開過，從來沒有鬧過彆扭，就像弓和箭一樣密切配合。慈愛的母親訶額倫把所有年輕的蒙古人都當作自己的兒子。她說她一定要見合撒爾。

合撒爾帶來了，她問合撒爾到底犯了什麼王法。合撒爾見到了母親委屈得只顧流淚。好半天才說出一句話：「額吉，我沒有，我怎麼會奪大哥的王位，調戲王嫂……」訶額倫母親相信合撒爾，她把胸前衣襟一扯，把乾癟的乳房托出來，她說「兩乳連腸，十指連心，你們倆一同吃這個奶子長到三歲，你九歲死了父親，失去了家、部落、財產，我們一起過著打野鼠，挖野菜的苦日子，後來是誰來跟你一起打天下，是你的親弟、義弟們，有合撒爾。」

他沒有立即放開合撒爾，經過調查，是自己矇昧，聽信了讒言。

這才放了合撒爾，懲治了帖卜・騰格里。

為此，他跪在訶額倫母親的膝前請求寬恕，一份椎心的內疚使他牢記住了母親的訓導，不再對弟兄妄開殺戒。

——他何嘗不能、不應該、給他一刀！

——然而，他卻確實不能、不應該妄動此刀。

這是為了回報對訶額倫母親的敬意。

他隱起了心海裡翻騰的波濤，隱起了怒氣，隱起了憂鬱，陡然間他想起了耶律楚材說過的話。

耶律楚材說：「陛下，對主掌帥印的失吉忽托忽將軍來說，打狼恐怕要有打虎的準備！」他是很機敏的，表達也很巧妙。言外之意不是想說一句：「陛下您輕敵了。」但他沒有說出來。他知道耶律楚材不可能扭轉自己的思路，他機敏地表達出了自己的意思。

當時自己說：「失吉忽托忽也是一員驍將，應該讓這位大斷事官到前線去斷斷事了。」給他的只是偏師。

責任在何方？受責的應該是自己啊！

成吉思汗自責起來。失吉忽托忽長期擔任大斷事官，從政多年，對指揮已經生疏了，西征以來一直沒有讓他獨立作戰，而指揮部隊已經是過去在漠北的事了。任用這樣的將領肇致失敗，敗在用人失當，敗在警示乏力。

成吉思汗為失吉忽托忽解去了縛繩，對他說：「你過去在漠北常打勝仗，未曾受到挫折，滋長了驕傲與輕忽的錯誤，如今遭此慘敗，當以此役為戒。你回去，好好休整部隊恢復一下元氣，以後還有仗可打呢！哪裡跌的跤，哪裡爬起來。」

失吉忽托忽走後，成吉思汗又召見了雪格諾克和阿爾思蘭，對他們奮勇作戰、主動營救的行為大加褒獎，任命阿爾思蘭和雪格諾克為一路軍團主副帥，統領失吉忽托忽的殘軍、他們兩國的本軍、征發的簽軍，組成三個圖門的新軍，整訓備戰。

阿爾思蘭和雪格諾克對大汗如此信任和重用，深表感激。

而耶律楚材暗暗欽佩成吉思汗任人唯賢的大度。因為在他的帳前不僅僅有乃蠻人塔塔統阿、賽夷人扎巴爾、維吾爾人鎮海、還有東遼、西遼的耶律阿海、耶律禿花、石抹也先、石抹明安、穆斯林哈散，如今更將屬國王子任用作帥，胸襟器識非同凡響。

此時，成吉思汗對他們說：「巴魯灣一戰敗在何處，除了朕用將不當外，在戰地還有什麼教訓要一起探討出來，損兵折將要損得值得。好了，擇日朕陪你們赴巴魯灣戰場研判。」

就在此時，范延城傳來了噩耗。

二十　雪山論道

察合台接到「飛箭諜騎」所傳的王命，帶領衛隊飛騎趕赴成吉思汗駐蹕之地范延城郊外。他跳下戰馬，走進大帳，向成吉思汗行過大禮。

成吉思汗見到了察合台，一下熱血湧上臉面，滿臉漲得通紅，眼中冒出的是一種憤怒過後、哀傷之餘的鈍迷、漫散的光芒。

察合台趕忙上前扶住父汗。

「父汗，你怎麼啦，身體欠安？」

成吉思汗拂開他的手，答非所問地說：「察合台，我的孩子，你能服從我的命令嗎！」成吉思汗講此話時聲音不高，但是十分嚴厲。

察合台不由愕然，他想不到父汗會這樣說話，因為，他從來沒有想過違抗父汗的任何命令。他真的摸不著頭腦。他以為父汗要追究玉龍傑赤延誤攻克時間的事，於是他回答道：「父汗，察合台脾氣不好，對朮赤或許有意見不和的地方，造成了此次攻打玉龍傑赤的延誤……」

「不要說那麼多廢話，我只問你，聽不聽我的話！」

察合台知道不是為了玉龍傑赤的事，那麼又為什麼呢？他只得說：「父汗，察合台有九個膽子也不敢違抗父汗的命令，我還不想那麼早就死！」察合台似乎還想在父親面前幽默一番。

成吉思汗始終緊繃著臉，察合台剛剛展開的笑的紋路又繃緊了回去。

「聽著！察合台，莫圖根在范延城戰死了，我禁止你悲傷哭泣。這便是我的命令！」

「什……什麼……」察合台不相信自己的耳朵。

「你先記住為父的命令！」

「記……記……」察合台一邊在喃喃自語，一邊在回味剛才父汗的話，好像是說自己的愛子莫圖根戰死了。他對成吉思汗說：「父汗您是說莫圖根戰死了？」

成吉思汗點了點頭，他頭微仰，似乎怕有什麼東西從七竅中流出來，只一瞬，他便堅強地面對察合台，目中流露的是堅定不移的光芒。那光芒照耀在察合台身上，如同一層鐵的鎧甲，使得察合台僵化在那裡。

在成吉思汗面前他沒有對莫圖根的死表露出任何哀傷，他只是請求成吉思汗派他去剿平范延城，生擒殺死莫圖根的人，以祭亡靈。

成吉思汗平靜地說：「為父已經替你做了，莫圖根是為父最喜愛的孫子之一，不會就這樣讓他寂寞地走的。」

成吉思汗為了莫圖根的死下了一道極為嚴厲的命令：「一定要攻陷此城，不留一草一木，全部斬盡殺絕，直到百年之後，也成為荒無人煙的廢墟！」

無人敢勸，無人能勸。

范延攻克下來了，城裡的鮮血流成了河，城池在成吉思汗的憤怒命令中化為灰燼。屍體堆放在城中廣場上，一摞接一摞，堆成了小山包，伐下城郊的大樹，架在了屍堆上，烈焰熊熊，燒了整整三天三夜。人肉燒焦的焦臭味，飄到了十里之外。黑雲和煙塵籠罩在范延上空，如同死神垂下的長長的翼。

巴魯灣戰場。

天空彤雲密佈，山間陰風怒號。

到處都是被射殺的人和戰馬，折斷的槍桿和戰刀斜插在泥中，殘破的戰旗在淒風中激烈地飄動。一片大戰後未有人打掃過的戰場，慘景歷歷在目。成吉思汗命令部下打掃戰場，掩埋戰死者。

他頭戴著有後披的羔皮蒙古帽，身披著寬大白熊皮袍，那柄鑲金嵌銀的鷹劍斜懸在腰間，右手持著馬鞭，他像一座山一樣，騎著高大的天山大宛馬，佇立在巴魯灣右側的山樑上。將領們簇擁在他的身後左右。

他理了理被風吹亂的鬍鬚，聽著失吉忽托忽和阿爾思蘭的講述。

他不停地搖著頭，最後才說：「迂迴作戰，製造袋形陣地，大包圍，這是我軍的作戰特色。你們沒有稔熟於胸，不能運用也當防範，可是……失吉忽托忽這是你輕敵所致，我們都小看了扎蘭丁，總以為他是敗軍之將，不堪一擊。恰恰是這樣的敗將給了我們沉重的教訓。但是朕的軍隊不會為小挫而餒氣，必將活捉扎蘭丁而雪恥。」

扎蘭丁大獲全勝，意氣矜張，聽說成吉思汗從范延到了巴魯灣，而且對巴魯灣一戰有評說，於是派人來向成吉思汗說：「如果對巴魯灣一戰心有不甘，那麼你想指定那個地方作戰，就請你指定好了。我一定赴約。」

這無疑是下了戰書，成吉思汗認為是對他的莫大汙辱，於是決定親率人馬尋敵作戰，誓將扎蘭丁生擒活捉。

扎蘭丁將兵馬調至哥疾寧，在那裡他準備犒賞三軍。戰利品很多，有鎧甲、盾牌，蒙古刀槍，還有數以千計的牲口。以及蒙古軍在佔領各地以後擄掠的財寶，如今又易了主人。

有人向阿明報告，戰利品中有一匹阿拉伯種駿馬，品相出奇的好，混身上下雪白一片，連半根雜毛也沒有，而四個蹄子卻是灰照色的，高大英俊，名喚「踏雪無痕」，據說這種馬腳力分外健，可以日行千里，夜行八百。是成吉思汗軍失吉忽托忽主帥的坐騎。

也有人向阿克拉海將軍報告。

幾乎，二人同時趕到，文官愛書，武將愛馬，阿明和阿克拉海雙雙搶住馬轠各不相讓。

阿克拉海說：「這馬是我的部下繳獲的，理當歸我。」

阿明說：「在誰的地盤上打仗，戰利品由誰來分配，花剌子模國我都當小半個家，你來跟我爭短長？」

阿克拉海說：「你不要借著你那狗屁康里國舅的名頭來嚇唬人，花剌子模都是叫你們康里人給敗了，還有臉在這裡吹噓。」

二人你一言我一語地吵了起來。任扎蘭丁怎麼勸說也不濟事。

阿明十分驕橫，他自恃自己是皇太后托爾罕的弟弟，扎蘭丁的舅爺爺，又是密爾浦的總督，加上手下有這麼幾萬人馬，誰也不看在眼裡，他舉鞭抽擊了阿克拉海的腦袋。

抽打得阿克拉海噭地一聲慘叫，阿克拉海捂住了右眼，血從指縫裡流了下來。

扎蘭丁死攔活攔才止住了兩下裡火併。

不過，扎蘭丁知道康里人是不會當眾認錯的，於是沒有責備阿明，只是先把他們勸開了事。

阿克拉海氣憤不過，當晚點起自己的兵馬，揚長而去。

扎蘭丁聞訊喊聲：「苦也！」星夜追趕阿克拉海，去苦苦挽留他。

然而，阿克拉海去意已決。

他說：「花剌子模是你們默罕默德家族的，該由康里人去向成吉思汗討還江山。」

扎蘭丁無功而返。

他急急馳返哥疾寧，他想，無論如何要保留住阿明的部隊。但是等他趕回哥疾寧，阿明也已率部遠去。只剩下了從各處投奔扎蘭丁而來的散兵游勇和鐵木爾・密里克帶領的骨幹，加在一起不足萬人。

勝利的歡呼聲在耳邊尚未平息，而創造勝利的這桿大旗，像是插在沙堡頂上一般。一股無形的塵暴颳過，沙散塵飛，大旗已經被沙暴撕成了碎片，什麼也沒有了。

他告誡自己決不能倒下去，勇士只能戰死在與成吉思汗決戰的疆場，決不自暴自棄自了殘生。

已經顧不得向成吉思汗發出挑戰了。他引軍急退，銷聲匿跡於原野。

成吉思汗軍開進至哥疾寧。

哥疾寧城並無軍隊駐守，城民並不抵抗，不戰而降，他們派代表向成吉思汗納幣輸誠，告訴成吉思汗，扎蘭丁軍已經逃離哥疾寧有十多天了。

成吉思汗讓人曉諭全體城民，不要當面輸誠，背後謀反，那樣只會得到范延城那樣的徹底毀滅的下場。他指派了一名軍事長官留下治理哥疾寧城。隨即馬不停蹄向印度河畔追去。

默罕默德並沒有到印度河彼岸避難，而許多消息卻都表明，扎蘭丁確實奔向了那裡。所以成吉思汗令部下星夜追擊，好在成吉思汗軍每人都有備馬可以換乘，不致過度疲勞，影響速度。

「飛箭諜騎」急報，扎蘭丁將於明天逃過印度河。

成吉思汗只在馬背上啃了幾口肉乾，喝了幾口冷水便一馬當先向前追去。

部下無不賈勇，無不爭先。

馬蹄敲碎了邊陲的殘月，蹄風帶起了莽原的枯草敗葉。隊伍像一支支飛箭向南。

追上了，終於追上了。

成吉思汗的前鋒在印度河邊追上了扎蘭丁的殘部。

成吉思汗夤夜趕至陣前，借月光觀敵料陣，當即下令以偃月形包圍了扎蘭丁所部。一重又一重地將扎蘭丁的退路封得死死的。而他的出路只有那條湍急的印度河了。

扎蘭丁一邊備船，一邊倉促佈陣。

黎明時分，當東邊喜馬拉雅山背後透射出曙光的時候，成吉思汗親自指揮發起了對扎蘭丁殘部的進攻。右翼勇猛的朵兒伯發起猛攻，首先破了扎蘭丁倉促佈下的陣勢，那些簡易的路障、拒馬，根本阻擋不住朵兒伯神勇的部隊。接著左翼察合台也已率人突破攔阻，一番砍殺，扎蘭丁的人馬已經身陷死地，背水一戰，人人都抱必死之心，所以拚搏分外激烈。戰馬衝陣，刀槍交擊，聲聲交鳴下，血流成河，屍橫遍野。

扎蘭丁已經處在水火夾攻之中了，一邊是猛若烈火的成吉思汗的重兵，一邊是湍急異常的印度河水。他的部隊只剩下了七百人，但扎蘭丁和鐵木爾・密里克仍一起並肩奮勇拚殺。他們的佩劍飲足了鮮紅的血漿。

但是成吉思汗的士兵好像殺不絕的蜂群似的，撲滅一群又撲上來一群。

扎蘭丁幾次想突圍，但處處圍得像鐵桶一般，無法成功。

他的妻子、兒女、還有嬪妃們一起蜷縮在河邊斷崖上，從那裡向水邊看，盼望著天降神船，然而，除了蟻蝗一樣密集的敵人在一步步進逼，哪裡有人可以救他們出水火？

成吉思汗軍逼近了，扎蘭丁對他們說：「你們投河吧！免得做韃靼魔鬼的俘虜，一個個受汙辱。」

她們沒有一個有這樣的勇氣，去跳入打著漩渦的印度河。

鐵木爾・密里克雖然已經身中數箭，仍英勇阻擋著敵人，給扎蘭丁一個處理後事的機會。

扎蘭丁回身望望奮不顧身替他阻擋敵人的鐵木爾・密里克和越來越近的敵人，覺得已經不可再氣短了，遂將妻子拖起，猛力抱在懷中，含淚吻別，隨即猛然用力將妻子推下河崖，他吻了他的兒女們，同樣投下河去。嬪妃們提著長裙走向扎蘭丁，擁吻他，隨即自跳長河。

扎蘭丁終於長長地嘆了一口氣。

他看見鐵木爾・密里克將軍已經倒下去了，成吉思汗軍在他身上刺滿了長槍。

七百名壯士所剩無幾。

最後的時刻到來了。他跨上他的戰馬，揮舞著利劍，帶領著幾十名傷殘軍士，就像一頭發瘋的野獸怒吼著衝進敵陣。成吉思汗軍後退了，他將馬兜轉來，脫下了他的鎧甲，扔向他的敵人。他手持一面圓盾，一把佩劍，便像入了無人之境。

拖雷惱火了。他不願意看到這樣一個瀕臨末日的敵酋還再瘋狂，他下令箭筒士集中，要將扎蘭丁射成刺蝟。

成吉思汗看出了拖雷的意圖，他把手一揮，道：「不要對扎蘭丁放箭！要千方百計活捉他！」扎蘭丁敗而不餒的英雄氣概使他十分欽佩。

拖雷只得罷休。

扎蘭丁看出了其間的變故，他換了一匹從馬，像一頭雄獅，向成吉思汗軍作最後一次衝擊，他衝到哪裡，哪裡的成吉思汗軍便避開他的鋒芒，自動後退。但人海波浪層層迭迭，最後必然力竭而被擒。

扎蘭丁拔出身上的短劍，突然回馬調首向河岸疾馳，臨到河岸，猛地將短劍插入馬臀，戰馬受此創痛，奮起一躍，閃電般騰飛而起，從兩三丈高的河岸上一躍而下，落入印度河。

拖雷指揮英勇無比的成吉思汗軍也要縱馬入河追擊扎蘭丁。

成吉思汗卻揮劍截住部隊。

成吉思汗立於河岸高處，目睹此情此景，對拖雷道：「生子當如斯人！」

成吉思汗隨即又制止了下河欲渡水去追擊扎蘭丁的朵兒伯部，和發射箭弩的察合台部，他說：「讓這位英雄逃生去吧！」

他又把他的王子和將領召集到身前，對他們說：「扎蘭丁真正是一個英雄好漢，是世上唯一打敗過成吉思汗軍的將軍，你等應該好好效法他的榜樣。」

扎蘭丁躍馬跳河，幸得不死，孑然一身逃至印度德里，他仍不氣餒，重新召集花剌子模的散兵游勇，圖謀東山再起。

成吉思汗得知扎蘭丁生還，又在四處募兵時，便急召拖雷，要他帶同巴拉和朵兒伯兩位將軍入印，他對他們說：「扎蘭丁既然能這樣從戰場上死裡逃生，日後定然能成就許多事業，惹出許多亂子，你們率軍過印度河去，好好搜尋，除惡務盡。」

拖雷奉命率軍前往印度河那邊進行搜索。

他們到了印度南答納（今印度旁遮普邦傑盧姆縣的達丹罕），這地方從前是馬魯丁．迦兒漫所統治，後來被默罕默德手下的一名將官征服，自立為這一地區的君主。拖雷軍攻陷了南答納，然後轉攻木魯坦省和拉合爾（今屬巴基斯坦）。他們在這一地區反覆尋找，都沒有得到扎蘭丁的下落，只好燒殺搶掠一番。由於不適應那裡的炎熱氣候，許多兵卒患熱症而死，拖雷不得不半途而退，班師回到了印度河北岸，到達哥疾寧，向成吉思汗覆命。

轉眼就進入四月了。

鎮海派來的「飛箭諜騎」又一次把東方仙師的行蹤報到了大汗金帳。這一回東方仙師邱處機是真正地到了，他在成吉思汗派去恭請的御醫劉仲祿的陪同下，率十八名弟子，經長途跋涉已經到達大雪山下。

成吉思汗馬上想見全真教教主邱處機。

然而，邱處機回答道：「長途跋涉，塵封土掩，如此晉謁，有違教規，也不恭敬王駕。待備好法器，整飾形容，沐浴冠帶，三日後再朝奉王駕。」

鎮海只得如實向成吉思汗啓奏。

成吉思汗覺得邱處機所言表示出一種恭順，道理也很對，於是讓鎮海引仙師在行館先住下，第三日正式召見。

第二日，成吉思汗小宴近臣，請幾位文臣武將小酌。說是小酌，陣勢卻是大得很，銀桌上放著一盆盆羊腿，一隻隻酒罈，成吉思汗一手拿著尖刀，一手拿著羊腿，不停地往下剔肉吃。時不時地端起大海碗，大口大口地往下灌酒，他從不要人代勞，也不要隨從侍候，一定要自己動手撕啃，才覺分外香。

吃到高興時，他說：「傳說當年中原魏王曹操有個煮酒論英雄的故事很精彩，如今咱們吃得高興，不妨也來論論英雄。耶律楚材你說，朕與秦皇漢武比得嗎？扎巴爾，你也來說說朕與亞歷山大大帝、撒旦王比得嗎？」

這倒是個難題！耶律楚材遲疑了一下道：「陛下出的這道題，難煞了臣，因為不知陛下要比功還是要比過？比功各有千秋，比過各有孽債。」

「此話怎講？」成吉思汗放下了手中的酒杯，抹了一下花白鬍子問道。

「要論功，秦始皇橫掃六合，統一中國，書同文，車同軌，統一度量衡，功不可沒。唐太宗均田畝、興府兵，開言路，開科舉，任賢納諫，取得貞觀之治，開大唐盛世，同樣豐功偉績赫然。而陛下武功煊赫，武略奇變，師心獨往，開疆闢域，縱橫千里萬里，將軍騎韜略發揮到了極致。孫子、孫臏集軍家理論之大成，而陛下以軍行萬里，百戰奇變形成大觀。秦皇漢武唐祖均不能比。」

「論過呢？」

「秦始皇焚書坑儒，遭人千年唾罵，陛下一怒之下，滅絕了范延全城數萬之眾，恐怕將來也難逃歷史的評判。」

「大膽長鬍子，又胡亂放屁！」察合台沉不住氣了，他聽不得有人說他父汗半個不字。他幾乎要跳到耶律楚材跟前撒野。

成吉思汗：「嗯」了一聲，察合台縮了回去。

「扎巴爾你說說看！」成吉思汗轉頭向扎巴爾，要他比較。

「陛下！要扎巴爾比較，陛下可先得說淸，會不會像二王子那樣生氣。」

「如果朕要生氣，豈不是正中長鬍子之的，他一定會說朕不能納諫。哈哈哈哈！」成吉思汗爽朗地笑了起來。

耶律楚材也笑了，笑得很尷尬。

「那好，依我看，亞歷山大雖然也曾征服了大半個世界，建立過一個從小亞細亞到印度的大帝國，征服過埃及、波斯，他把希臘文化帶向了當時的世界。但他的韜略，沒有一處可以和大汗相頡頏。至於撒旦，那是一個魔鬼，臣不希望大汗與魔鬼比高下，臣和萬民一樣只希望大汗成為雄主，成為至尊的明君。」

成吉思汗點了點頭說：「二位論判得好，依朕的評判，有秦皇立國的豪氣，卻尚無秦皇建國的智謀，有唐祖開疆闢域的胸襟，卻沒有李世民招賢納諫氣度，有亞歷山大的武功，卻無亞歷山大的文化，只有武功，缺少文治。蒙古族至今還是剛剛學習了維吾爾的文字，因此朕才需要眾位多多幫助，才需要延攬各國的文人學士，工匠藝人。」

耶律楚材沒提防成吉思汗說出這樣一番話來，倒是大大吃了一驚。他當即俯伏在地奏道：「陛下胸襟氣度前無古人，後無來者，臣適才妄言，罪該萬死，請陛下懲誡。」

「哎呀！什麼東西酸了！」成吉思汗故意嗅著鼻子找尋什麼。

眾人半天才明白過來，一起笑了個哄堂。

「來！為大家能直諫乾杯！」

一隻隻海碗都亮了底。

正吃得熱鬧，布托來了。他告訴成吉思汗，哲別、速不台將軍派遣的押送俘虜的偏將阿木爾令已經將花剌子模國皇太后及嬪妃們押到了。

沒有捉到默罕默德，他已經死在了裡海中的小島，沒有讓那個蠻橫無理的花剌子模國王親吻他的馬靴，這是一個很大的遺憾。而逮到了他的母親，花剌子模國的皇太后，也算是一種精神補償吧。

成吉思汗朗聲說：「將他們押上來！」

托爾罕被押來了，在她身後還有許多默罕默德的親屬和嬪妃。

大約押解者早已告訴了托爾罕，晉見成吉思汗時必須親吻他的馬靴尖，托爾罕進得金帳來，不敢抬頭，只顧尋找成吉思汗的腳，尋找那使所有西域人丟臉的靴尖。

成吉思汗故意把腳抽回來，使得托爾罕無從吻起。

他隨手將自己手中的一塊羊腿骨扔在地下，扔在托爾罕跪倒的鼻子前。

無疑，他要她像狗一樣啃他啃剩下來的骨頭。

托爾罕抬起頭來望著成吉思汗，對他說：「你都是這樣戲弄戰敗者的嗎！」她是女人裡的強悍者，一向頤使氣指慣了，一時還放不下架子。

「妳搞錯了，親吻蒙古汗的靴尖，在蒙古來說不過是一種禮儀，表示一種敬意，不存在什麼汙辱。妳是長者，可以免去。」

托爾罕這才鬆了一口氣，她看看成吉思汗，覺得這個人氣度不凡，不像傳說中的是魔鬼，不過她認為，菩薩臉面，蛇蠍心腸的也大有人在。眼下還不知他將如何發落自己呢。

成吉思汗道：「但是大汗的賞賜妳是必須接受的！」

成吉思汗此話一出，旁邊立即有好幾個人拔出了快刀。

托爾罕盯視著成吉思汗嚴厲的目光，也許她想到了「在人矮簷下，不得不低頭。」的古話，她只能屈辱地拾起地上的骨頭，含淚啃了一口羊骨上的剩肉。

「哈哈哈哈！」成吉思汗大帳內一片笑聲。成吉思汗對托爾罕說：「對於花剌子模的滅亡，不知托爾罕有什麼感想？」

「對此我無可奉告！」

托爾罕當然不會承認她胸中燃燒過男子一樣的野心，是她在花剌子模分享了王國一半權力，而造成了整個王國的分裂，削弱了抵抗力量。

托爾罕說：「回顧花剌子模的往事已經無用了，但我對閣下以殘忍的屠殺造成的恐怖，倒是十分欣賞。花剌子模滅亡在你的蒙古恐怖中。」

「不不不！恐怖不過是一種手段，當初妳的丈夫花剌子模老國王打敗塞爾柱克、西遼、古耳人，沒有殺人嗎？戰爭本身就是殺人，不用刀槍來教育妳的臣民，怎麼知道服從？再說，是妳的族人叶納勒朮無端地殺了朕四百多名友好商人，吞了朕五百匹駱駝的財貨，才引起了這場戰爭。」

「壞事是叶納勒朮做的，我和默罕默德有不教之過，懲罰我們是應該的，但也用不著濫殺那麼多無辜！」

成吉思汗不語，稍頃，成吉思汗說，「朕反覆宣諭，詔告天下：順者昌，逆者亡。但是就有那麼一些人不聽，就說扎蘭丁吧，還在到處招兵買馬，康里人還不死心，還想東山再起。難道不予理睬，聽任他們殺朕派出的地方官員，向朕挑戰卻視而不見嗎？」

輪到托爾罕不語了，她確實無法回答這個問題。

「本來叶納勒朮的罪，由叶納勒朮頂也就可以了，偏偏你們舉國要抵抗，所以無法抑制朕的將士們的憤怒。好了，朕不再追究你們的責任，不過，朕不能將妳留在故土，妳必須跟隨朕的人走。」

「大汗想把我等送到何處監禁是大汗的事，我等身陷囹圄也不作奢望。」

成吉思汗道：「你們就上朕的故鄉去吧，那裡山明水秀，不比花剌子模差。在那裡你們可以很好地自由生活，朕不會監禁你們。」

托爾罕沒法，她只能按成吉思汗的命令去走自己今後生存的路。

托爾罕一行被押走了，她們後來到了風沙漫天的蒙古本土。托爾罕在征服者的蒙古包裡生活，從此被世人遺忘。

雖然她的後半生是寂寞的，但也有值得她自己滿足的地方，她比征服者壽長，直到一二三三年才在哈剌和林去世，那時成吉思汗已經去世了六年。她認為真主是公平的。

召見東方仙師的儀式將在大汗的金帳中進行。

成吉思汗幾乎將他的將領和文臣都召來參加這個儀式。連不常見面的，派駐在佔領區後方管理隨軍牛群、羊群的博爾朮和者勒密將軍也請了來。

與強壯的蒙古將領比，這個又矮又乾的小老兒可是實在瘦小得令人可憐。

然而，他可是盛裝來覲見成吉思汗的，頭戴混元巾，身穿羽衣，周身卻顯出一股異常的氣質，他走進帳幕以後沒有像所有人那樣行大禮，更沒有像許多降將降臣那樣親吻成吉思汗的馬靴。他微微彎腰，然後直起身子將胳臂交叉放在胸前，走到成吉思汗面前。

別勒古台最恨那些在大汗面前不恭不敬的人，瞧著邱處機那怠慢的樣子心裡很不舒服。都說是請來個仙師，瞧那糟老頭子，跟個乾驢糞蛋子似的，風颳大了都能跟頭軸轆地颳跑。他真想給他一些教訓。但邱處機是大汗請來的人，他又不好像當初對待耶律楚材那樣。正這時，大汗發令賜座，他靈機一動，裝作上前攙扶的樣子，要把邱處機拽上軟墊。

別勒古台暗地運力，相信運動神力不把糟老頭兒骨頭攥碎，也要讓他疼上半月二十天的，他要讓老道知道，傲慢在大汗的金帳裡是行不通的。

別勒古台剛剛搭手用力，殊不知左手捏肘，如同捏在了綿軟的棉花上，右手扶腰如同扶在冰硬的鋼板上。他等不得多想，猛一用力，想把邱處機掣起帶往軟墊。哪知邱處機的肘部猛力反彈，本來綿軟似棉的手肘，突然變得如鋼一般堅硬，本來冰硬的腰板，忽似一團熱流，彈、觸並起，將別勒古台震出了丈遠。沒有看見邱處機怎麼行動，瘦弱的身子已經悄然落在了軟墊上。

成吉思汗何等敏銳，他不光對邱處機一派仙風道骨頗有好感，從他對別勒古台的魯莽舉動聲色不露的反挫，覺察出這個鶴髮童顏的老人確非凡夫俗子。

他對別勒古台的魯莽舉動無法直接申斥，只好視若不見，回頭再說。他對邱處機說：「老仙師，朕聽說別的國家邀請老仙師，你都沒答應，可是朕沒經得你的同意就下詔召見，老仙師不遠萬里來到了這興都庫什山下，朕非常高興，實在應該嘉獎你。」

精通蒙漢兩種語言的鎮海將軍作了翻譯。

邱處機道：「我這山野之人，應召前來，完全是天意，所謂天命難違。」

鎮海將邱處機的話譯成了：「大汗您將是統一天下的皇帝，仙師說他應召而來，因為他已窺破天機，長生天的命令是不可違抗的，所以，他才不辭萬里來到異國他鄉。」

成吉思汗十分高興。不過他注意到邱處機始終沒有抬起頭來仰視自己，在他的眼前彷彿是一片山野，空無一人。他的視點是漫散的，眼睛毫無目的地注視著空中的一點，好似一個沒有視力的盲人。

成吉思汗揚手，眾多侍從端上了美食，每個將臣面前都放上了許多精美佳餚，其中烤羊羔油亮金黃，撲鼻噴香。奇怪的是端給邱處機的那一盤上竟沒有刀子，這也許是侍從的疏忽，因為蒙古人以肉為食，無論將佐文臣，人人都自帶刀子。邱處機這一盤也同其他盤一樣沒有插刀。

合撒爾見狀隨手扔出一柄蒙古小刀，刀鋒閃亮直撲邱處機面門。

眾人不由得驚叫一聲。

哪知邱處機頭不抬、眼不睜，顧自在那裡聞吸食物的香氣，眼見得刀尖奔近，說時遲，那時在旁邊的鎮海要去搶救。可是明擺著還有二尺距離，是怎麼也救不贏了，就在這剎那，邱處機望空吹了一口氣，那刀竟折了方向，落進旁邊二尺遠的鎮海手裡。

誰也沒有看清危機是怎麼化解的。

只聽邱處機說：「貧道長齋，用不著這撈什子。」

成吉思汗狠狠地瞪了合撒爾一眼，在金帳裡敢鬧點頑皮的就他們兩人，他的目光很嚴厲，是在警告他們，再不老實定斬不饒。

合撒爾縮回了頭。

但誰也可以看得出來，這個瘦小的老兒，非等閒之輩。

邱處機此來從山東萊州出發，經濟陽到撫州，而後到了蒙古境內御弟鐵木格的營帳，鐵木格派兵護送到了巴拉嘎森，轉道葉密立和別失八里，翻過阿爾泰山然後順著西征的路到了俄脫拉爾、撒馬爾罕、巴里黑直至巴魯灣。一路上過大漠，越冰川，忍飢挨渴，餐風露宿。以七十五歲高齡跋涉萬里，來到花剌子模，且精神如此飽滿，確實非天人不能。

還是博爾朮和者勒密二人識器，他們扯住合撒爾和別勒古台：

「別鬧了，看不出他深懷絕技嗎？」

「不要引大汗發火！」

「仙師不必介意，我這兩個老弟弟都是老頑童，得罪之處，多多包涵。」

邱處機若無其事地說：「陛下，童心純正，比起狡獪和凶殘之心來，我還是喜歡他們的童心。」

邱處機話中是有骨頭的，成吉思汗並不計較，他虔誠地對邱處機說：「仙師有何高見可以賜教？」

成吉思汗有些迫不及待，自從向耶律楚材詢問世上有沒有長生不老之術，楚材推薦了當代高人、山東崆峒島上的全真教龍門派教長邱處機，說他會煉仙藥金丹，服用以後會益壽延年。此後，他一直盼著邱處機早日到來，能為他獻上長生不老之丹。如今高人已經到了帳前，卻為繁文縟節所纏，不能直截了當告訴他，不免有些着急。

邱處機知道成吉思汗急於問長生之道，卻故意迴避，因為在來西域的一年多的萬里跋涉中，他親眼見到了成吉思汗大軍西征造成的殘破景象，耳聞了許多成吉思汗大軍屠城的血腥故事，對於蒙古恐怖造成的長久的為害，他深惡痛絕，深感與全真道禁殺生的道旨不同。所以進言道：「欲統一天下者，必在乎不嗜殺人。」

鎮海聽後頗感為難，因為此話無疑是犯上。

但邱處機閉目靜待，等鎮海譯出。

鎮海無法只好硬著頭皮譯出。不料成吉思汗全然不介意，他覺得邱處機的話不無道理，既然長生天已經托仙師傳言，他是天下的統治者，那麼仙師代天而言，就不應計較，於是他點頭稱是。

邱處機又道：「治國之術，應以敬天愛民為根本。」

成吉思汗又點頭同意。

邱處機進得金帳來，似程咬金似的三板斧砍向成吉思汗，沒料成吉思汗生生受了兩「板斧」，居然沒加任何辯駁，於是邱處機也不好馬上將第三板斧再砍出去了。

成吉思汗馬上轉入正題，接著問道：「仙師從遙遠的東方來，有什麼長生不老之藥獻給我嗎？」

邱處機說：「世上只有衛生之道使人益壽延年，沒有長生之藥使人永生不死。」

邱處機講話時只有嘴唇上下翕動，而不見他有任何喜怒哀樂的表情變化。

成吉思汗似乎不相信鎮海的翻譯，又問了一次：「世上當真沒有長生不老之藥！」得到的回答是肯定的：「沒有！」

邱處機的回答使成吉思汗大感意外，因為當初向耶律楚材詢問世上有沒有長生不老之術，楚材推薦了當代高人邱處機。其實他長生心切，忘記了耶律楚材講的也是邱處機會煉仙藥金丹，服用以後會益壽延年。與現在邱處機說的並不相悖。

邱處機進一步對成吉思汗說：「當年秦始皇橫掃六合，統一中國以後想長生不老，派出三千童男童女赴海中仙山找長生不死之藥，可是天下哪有此奇藥，秦始皇五十歲就駕崩了。漢武帝也是一代雄主，迷信長生不老，服過仙丹，最後並沒有長生，七十歲也就去世了，人生七十古來稀，歷代短壽的皇帝大都因為不講衛生之道。」

成吉思汗已經感到自己以前是受了別人欺騙，不過他覺得花那麼大力氣把邱處機請到金帳來還是値得的，因為起碼知道了真相。此外他喜歡邱處機的直率。

邱處機接著請鎮海譯解，他說：「你對大汗講，山野之人共有師兄弟四人，一起師從王重陽學道，知識都是先師所教。其餘三人都已羽化。我等學道之人，都不能長生不死，哪裡還有什麼長生不死之藥呢。所以說長生之道是沒有的，只有衛生之道。」

「請問仙師何謂衛生之道？」

「貧道所在全真道，所謂全真者，全其本真也。全精、全氣、全神，是故精氣神為三元藥物，身、心、意為三元至要。神仙法不必多為，但驗精氣神三寶為丹頭，三寶會於中宮，成內丹。養身延年。」

鎮海譯完，成吉思汗要求他講得淺顯一些。

邱處機這才正眼看了成吉思汗一眼。他說：「全真，首重個人身心之完善，大汗常年在外征戰，勞體傷身；權謀兵略，殫精竭慮、勞心傷神；征戰必有勝負，勝則大喜，敗則大悲，氣為之開，氣為之結，此易傷氣。而衛生之道，淸心寡慾為要。一是要淸除雜念，二是要減少私慾，三是要保持心地寧靜。」

無疑邱處機說的這些與成吉思汗揮軍西征的現實一條也不符，但每一句話都打動了成吉思汗。

成吉思汗與邱處機的對話雖然要通過鎮海的翻譯，但絲毫不影響他們之間的交談，很久以來沒有一個人不把自己的話當作命令來接受，唯有面前這個七十四歲的小老兒，能與他如此平等地談心。

成吉思汗問：「人們都把真人稱做是騰格里蒙古孔（天人），那麼是你自己這麼稱呼自己的呢，還是別人這麼稱呼你的呢？」

「那僅僅是人們這樣說，我自己並不以為自己是什麼天人。我與許多人一樣是平凡的普通人，所不同的是多了一些學問，懂得一些天文地理陰陽八卦。」

鎮海如實翻譯。成吉思汗不住地點頭。只要成吉思汗不開口問話，邱處機便一句話也不說。

成吉思汗聽完邱處機的話，對他說：「不，你是天人，是天賜給我的仙翁，句句都是箴言，使我茅塞頓開。」他命人將邱處機的話一一記錄下來，以便將來用來訓導諸子和將臣。

成吉思汗問鎮海：「仙師名號叫什麼？」

鎮海說：「有人尊稱他師父、真人。」

「真人是什麼意思？」

「神仙！」

「好！朕將賜給真人信符和詔書，他可以在任何蒙古人的地方往來而不受阻撓。」又叮囑部將今後一律不稱仙師，稱神仙。

「陛下！邱道長有號為長春子，不妨欽賜道號長春真人。」

「准奏！從今以後尊稱仙師為長春真人。」

兩天後，劉仲祿求見成吉思汗，他帶來了長春真人的幾首詩，他是在漫漫長途跋涉時在駱駝背上吟出來的，每當宿營便錄下，他吟詠了一路所見，其中有撒馬爾罕、輪台，綠洲、沙漠等等。

成吉思汗要劉仲祿唸一首聽聽。劉仲祿選了一首出鐵門關的詩。真人在詩前有注：宣差楊阿狗督導回紇酋長以千餘騎從行。由陀路回，遂歷大山，山有石門，望如削蠟，有巨石橫其上若橋焉，其下流甚急，騎士策其驢以涉，驢遂溺水死，水邊尚多橫屍，此地蓋關口，新為兵所破。

出峽復有詩兩篇：

水北鐵門猶自可　水南石峽太堪驚

兩崖絕壁攙天聳　一澗寒波滾地傾

夾道橫屍人掩鼻　溺溪長耳我傷情

十年萬里干戈動　早晚回軍復太平

其二：

雲嶺皚皚上倚天　晨光燦燦下臨川
仰觀峭壁人橫度　俯視危崖拍倒懸
五月嚴風吹面冷　三焦熱病當時痊
我來演道空回乎　更卜良辰待下元

劉仲祿講完其詩，成吉思汗不言語。他知道長春真人詩的用意，也是規勸罷兵息干戈。他笑了笑對劉仲祿道：「告訴真人好好養息，過幾天我再聽他講道。」

成吉思汗收了長春真人的詩，找到耶律楚材，將詩交給他，對他說：「你也是個詩才，把你跟隨朕從軍西來寫的詩選出幾首，朕要交給長春真人。」

由於天氣漸漸炎熱起來，成吉思汗的車帳要移進雪山避暑，長春真人跟著行動，一路上突然風雲際會，天邊傳來了陣陣雷聲，蒙古士兵幾乎個個抱住腦袋堵住耳朵，伏在地上，似乎在找地方躲藏雷電。一個個驚恐萬狀。

長春真人撚鬚搖頭。

成吉思汗問道：「真人，天擂戰鼓、電掣長劍，地上人無不掩耳，朕想究其由？」

長春真人答道：「雷，是天在發威，聽說蒙古人夏天不在河裡沐浴，不洗衣服，不造氈子。禁止採收野生的蘑菇，是因為畏懼上天的威勢。其實這不是順天之道。以貧道所見，人有罪三千，不孝為其最大者，天為此打雷警告。我聽說蒙古人裡不孝者較多，若皇帝以自己的威德，誡勉人民的不孝，雷就不足為懼了。」

成吉思汗道：「真人所言甚是，朕對此深有同感，蒙古人怕雷確實不是一般的怕，除了堵耳外，若遇雷火，必定拋棄所有財產遠走他鄉，一年後才敢回到原地。」

成吉思汗命人記下了長春真人的話。

長春真人道：「光記下有什麼用，應該即刻布告民眾付諸實行。」

成吉思汗立即頒下一道法典，令天下蒙古人都必須遵行孝道，改變許多陋習。

——誰都沒有意識到成吉思汗頒下這道法典會對整個民族走出落後，走向文明起到重要作用。當然那是作用於揉進歐亞各國文明以後的蒙元帝國。

就在成吉思汗移駕雪山時，北方傳來了警訊，維吾爾人在那裡發動了叛亂。

廿一　橫越高加索

拔都來了，跟他一起來的還有葉賽寧，那個西域工匠。

哲別、速不台很高興地接待了來自薩萊的朮赤王子的驕傲——拔都。

拔都在攻打撒馬爾罕的戰鬥中立了奇功的消息，早就傳遍了全軍，小小年紀能建奇功，別說成吉思汗高興，就是朮赤也展開了難得一見的笑顏。

朮赤在玉龍傑赤戰鬥中與察合台齟齬後，心中一直快快不快，所以玉龍傑赤戰鬥一結束，他便找了個藉口，離開了玉龍傑赤，開拔到了薩萊這個美麗的地方駐防。薩萊處於鹹海和裡海之北，豐饒的欽察草原上。

他認為反正父汗有過話，各自的疆土，自己去開拓，自己的箭所能射到的地方，自己的駿馬能夠踏到的地方就是自己的封地，他認準了薩萊這個好地方，準備早早著手加以建設。他認為耶律楚材的建議是對的，蒙古人應該治天下，而不應該掠天下，掠天下會遭天下人恨，治天下方能保江山永固。

朮赤派人從草原後方將拔都的母親接了來。然後以拔都的母親想念孩子為名，早早地把拔都從成吉思汗跟前召回了他的麾下。他要親自調教他，他看準了這孩子的治國平天下之才。好在大兒子鄂羅多自認為才能不如弟弟，甘居弟弟之下助他，其他兒子尚幼，兄弟之間無爭，所以一心培養拔都成才。

王命詔書一到，朮赤不敢拂逆父汗的王命，打點行裝，派遣一千五百精兵，交由拔都提調，原先成吉思汗金帳的宿衛吉傑達和達爾罕請求隨行，他們倆都是年輕勇敢的先鋒將領，在成吉思汗跟前多年，成吉思汗把他們派到朮赤帳下以建功立業。如今有此機會，當然要請戰，護送拔都西行。

朮赤當即同意，選最好的戰馬三千匹，交由他們使用，而且備足了夠吃半年的肉乾。選了一萬張羊皮，送給哲別、速不台軍團做御寒冬衣。

拔都一行沒有從伊朗高原走，而是向南沿著裡海邊繞向裡海北岸到達木干。

哲別、速不台見到拔都十分高興，又見朮赤太子給他們送來堆積如山的羊皮更是興奮不已。他們為拔都設宴洗塵，拔都提出讓吉傑達作北進的先鋒，讓達爾罕作副先鋒，他說：「父親交代，他那邊已無多少戰事，而勇士只有在征戰中立下大功，才能真正算得上勇士，為此父親要兩位將軍將他們放在北征前線，給他們一個立大功的機會。」

哲別、速不台哪有不從之理。

哲別向拔都說明了情況，他說：「並非在下故意要勞動拔都殿下您的大駕，而是這幾千里路的追擊戰下來，深感語言不通的苦惱，在花剌子模、呼羅珊還好，因為大汗原先準備了許多通譯，許多降臣降將可以幫助。如今打到了亞塞拜然、格魯吉亞，語言越來越不通了，再往北過了高加索山，那邊有基輔侯國、加里奇侯國、羅斯國、斯摩稜斯克侯國、契爾尼戈夫侯國、莫斯科公國等等國家，語言更是難懂，您和葉賽寧是到過那邊的，請您來就是要請您來審問俘虜，幫我們瞭解那邊的情況。」

「那我可不幹！」

「拔都殿下，您為何……」速不台感到有點意外，他跟拔都很熟識，小時候拔都經常纏著速不台要騎在他的脖子裡，讓他當大馬，速不台的兒子兀良哈台，哲別的兒子申虎，都是他的大夥伴。過去都是說話很隨便的。速不台說：「拔都，你要不聽話，速不台爺爺可是要打屁股的歐。」

拔都歪著腦袋說：「叫我來就幹這個，我當然不幹，大汗爺爺還叫我參加撒馬爾罕的戰鬥呢！」

「原來為這呀！成！成！我們都聘您當軍師！」

「一言為定！」拔都十分高興地說。

「一言為定！」哲別、速不台心誠意真。

「拉勾！」

「慢！」

「想反悔？」

「不是！」哲別說：「聘您當軍師我沒意見，但當軍師就得有個軍師的樣，不能到處亂跑，還像個穿開襠褲的孩子似的，叫全軍笑話。」

「成！」拔都一口答應。

其實哲別的心思在於為了拔都的安全，他絕不讓他脫離他和速不台左右，一定要保護他的安全。

拔都當初隨使者一起出使過奇卜察克、羅斯等國，瞭解那裡的國情，由於葉賽寧精通多國語言，所以拔都也就學會了一些，畢竟是少年，記性好，到過的地方，聽到的事，加上有心，凡重要事都能做到爛熟於心。至於兵法戰陣，得益於耶律楚材的啓蒙，也得益於成吉思汗的親自培養，從行獵到出戰，以及將軍們的帳前奏報，作戰會議，每戰後的提點，這種耳提面命的戰爭訓導，使得小小年紀的拔都，對成吉思汗及其四駿四狗作戰時經常擺出的海子陣、鶴翼陣、長蛇陣、大小魚鱗陣等等；以及那種以聚攻散，老虎掏心的「鑿穿戰」；以及來如天墜，迅雷不及掩耳之勢，出其不意，攻敵不備的「閃擊戰」等等，無不瞭如指掌，所以才有撒馬爾罕城下的勝算。他對哲別、速不台萬苦不辭的大追擊戰，也是欽佩之至，這一切都裝在他靈活聰明的小腦袋中。

在申虎之後派去撒馬爾罕郊區向成吉思汗報告軍情的使者回來了。成吉思汗有王命詔書。成吉思汗在詔書中對哲別、速不台說：「追截敵酋，行遠道險，二將勞苦功高。西域底定可待，爾等應乘勝北征，捨其子城不取，北逾太和嶺（西稱caucase即高加索）與朮赤軍匯合，共征奇卜察克，爾後通過欽察草原回到蒙古斯坦。」

接受王命詔書後的第一件事，就是召集高級將領商議如何北上。

拔都和吉傑達、達爾罕都來了，拔都一副奇異的打扮，穿著一條褲腿細細的褲子，戴著一頂斜插一根美麗翎毛的大沿帽子，披著一件漂亮的亞麻布做的彩條花飾披氅。把哲別、速不台都逗笑了。

「怎麼？不好看？」拔都問。

哲別說：「不不，好看是好看！不過要是大汗見到了，恐怕……」

拔都稚氣地頭一歪，把嘴一噘道：「咱們蒙古的衫子不好看，帽子更不好看，我喜歡這，這是葉賽寧專門給我製做的，要去西方各國，穿你們這種蒙古大袍，那不是告訴人家我是蒙古人，你們快來抓我嗎？」

速不台聽了把頭一仄，睜大那隻好眼，瞧了瞧說：「嗯！不錯，等過了高加索山，叫葉賽寧也替我製一套。哈哈哈哈！」

哲別言歸正傳說：「各位將軍，大汗要我們北去與朮赤太子殿下匯合，這就需要翻過高加索山。路倒是不少，但條條道路都要翻越險山峻嶺，而且絕大部分是在格魯吉亞境內。雖然與格魯吉亞軍作戰，兩戰皆勝，但沒有傷格魯吉亞軍的元氣，如果再從格魯吉亞境內翻越高加索山，勢必要在險山惡嶺間受格魯吉亞舉國軍民的襲擊。」

先鋒吉傑達贊同說：「對！戰騎在山間完全失去優勢，簽軍在平地易於控制，在山地易於逃散。那樣的軍事行動的結局也是可以預料到的。」

速不台道：「格魯吉亞是不能去動它了，山高路險林密，易守難攻。我們軍團本來就像大汗射出的一支箭一樣，沒有攻城摧堅的器械，不適合攻堅，所以我想應該像大汗訓導過的，將硬骨頭放在一邊，先吃肥羊腿，等羊腿、羊脖、羊胸吃差不多了再去剔骨頭。為此要尋找一條容易通過的路。」

拔都在這種會議上居然一副老成持重的樣子，這也許是在成吉思汗身邊耳濡目染的結果，他不聲不響地聽著，直到哲別問他：「拔都殿下，我想派人先尋找道梅，您看如何？」

「好啊！好啊！我想最適合的人選就是我和葉賽寧了。不過我去做探馬，你們幹什麼呢？在這兒等嗎？」

「拔都殿下您的意思是？」哲別問。

「我們要找向北的路，你們就要向南去。」拔都一副漫不經心的樣子，在哲別聽來卻覺得很有道理，向南就把北線的注意力引向了南方，便於他們偵察。

但哲別不讓拔都親自出動，而是派申虎率領三個百人隊分散行動。

拔都惱了，他說：「哲別將軍，如果你當我是吃奶的娃娃，那麼我就回撒萊去了，在那裡可是誰也不拿我當娃娃，而是叫我拔都將軍。」

哲別無法，跟速不台交換了一下眼色，當即決定讓拔都南下。他說：「拔都殿下，殺鷄要用牛刀嗎？好刀要用到宰犟牛上，您跟我去設里汪，我們去對付費里布爾思三世。」

畢竟年輕好動，拔都聽說攻設里汪國有大仗打，欣然放棄了當探馬的要求，他讓葉賽寧跟了申虎做通譯。而速不台則暗地讓兀良哈台悄悄保護拔都。

哲別、速不台軍團回軍向設里汪國，直搗京城舍馬哈（今北亞塞拜然）。

北上的道路終於打聽到了，從打耳班隘道走，可以進入高加索北方草原。不需要翻越重巒迭嶂的高加索山脈，但是打耳班隘道易守難攻，且駐有重兵。

哲別、速不台主力橫穿設里汪，圍攻設里汪京城舍哈馬，但遭到了舍哈馬軍民的頑強抵抗，簽軍傷亡慘重。

城壕被屍體填滿了，一次又一次地反覆衝鋒，但城內軍民始終沒有屈服，仍然牢牢守衛著城池。

速不台憤怒了，限令先鋒吉傑達和達爾罕三天之內必須拿下舍哈馬城。

他們可沒那麼多辦法，只有拚命，拚光了簽軍，拚本軍，拚光了士兵，拚他們自己。

吉傑達突然想起，為什麼不去向拔都殿下問計，看看他有什麼妙法。

然而，帳裡帳外，陣前陣後，任哪兒也找不著拔都。

整個指揮部都慌了，速不台到處找兀良哈台，因為他下令讓兀良哈台看住拔都。結果帳裡帳外，陣前陣後，任哪兒也找不著兀良哈台。

哲別、速不台急了，一邊封鎖消息，一邊繼續佯攻，不使城裡敵人覺察有變，哲別估計他們是潛入城去偵察去了，一旦消息透露出去，城裡展開大搜捕，那麼拔都殿下就處境危殆，這是他和速不台最不願意看到的。另一方面派出精悍人馬，四出到周邊城市找尋。

第三天夜晚，城裡突然起了大火，人聲嘈雜亂成一鍋粥。

就在大火造成混亂不多久，拔都和兀良哈台幽靈似的出現在哲別的帳門前，穿著破衣爛衫，滿臉花得亂七八糟，活像兩個叫花子。

「長生天，你可保佑殿下和兀良哈台回來了！」哲別先是禱謝蒼天，然後迫不及待地一手一個，摟過了滿身髒污的拔都和兀良哈台，疼愛地說：「你們都到哪裡去了嘛？連招呼也不打一個。」

正這時速不台得信趕來哲別大帳，一臉絡腮鬍子怒張著，獨眼都快彈出眼眶了，袖子一擼就要揍兀良哈台。嚇得兀良哈台直往拔都身後躲。

拔都滿不在乎地說：「等等，速不台將軍，你可不能不問淸紅皀白地打人，兀良哈台是為了保護我，才跟我去舍哈馬城裡的。要罰，罰我好了！」

「什麼什麼？你們去了城裡？真是初生牛犢不怕虎，哪裡都敢闖啊！兀良哈台，還不快滾回去！」速不台心裡又驚喜又害怕，驚喜的是兩員小將進城偵察，平安回來，雖有驚卻無險，害怕的是要是有個三差二錯，怎麼向朮赤太子殿下和大汗交代。

拔都怕兀良哈台吃虧，連忙對速不台說：「你可不許罰他，如果罰了兀良哈台，我就不把破敵妙計告訴你。」

速不台也不是真正一定要責罰自己的兒子，拔都平安回來他已經放心，所以滿口答應道：「好吧！賣你一個面子，我不打他軍棍。你說吧！有何破敵妙計？」

拔都這才說：「我想了好幾天都沒有想出好辦法來，前天傍晚，我發覺有人從地洞裡鑽出城來，這才想起，我們對城裡的情況太不熟悉了，應該進去看一看。於是想偷偷進城，兀良哈台不讓我走，我趁他不備就自己溜了，可是他還是趕上來找到了我。當然被我一起拖進了狗洞。」

「哪裡，是下水道！」兀良哈台糾正拔都。

拔都哈哈一笑道：「跟狗洞沒兩樣，我們兩人在城裡到處轉了轉，發現城裡已經人心惶惶，不少知道有下水道的人偷偷逃出來以後，軍隊已經派人看守了通道，一方面怕城民逃走造成恐慌，一方面怕城外滲透進去。不過這樣一來把我們像兩隻狗兒似的關在了裡面，不得已，我們放了一把火，趁亂殺了幾個守軍才鑽了出來。」

速不台聽到這裡不以為然，他認為他們兩個純粹是兒戲，下決心要把拔都送回到朮赤那裡，省得為他擔驚受怕。察合台殿下的長子莫圖根在范延城被射死後，大汗發的那火，讓范延城鷄犬都沒有留下。要是拔都有個三長兩短，誰也吃罪不起。

「好了！好了！殿下，你們兩個還是快快去換件乾淨衣衫，好好用水沖沖身子。」速不台不耐煩了。

哲別止住速不台道：「兄弟，讓他們把話說完。」

拔都不滿地斜了速不台一眼說：「本將軍的破敵之法是，連續用飛火槍、震天雷帶上石油包向城東、城南發射，那裡的民房緊靠城牆不遠，完全夠得著。然後……」拔都只向哲別耳語，偏偏不讓速不台聽見。急得速不台抓耳撓腮。

一連三天，城裡都有大火爆燃。

第四天，哲別、速不台軍團的陣地上突然出現了混亂，一彪人馬從哲別、速不台軍團背後殺出，一時混戰，刀槍撞擊聲和喊殺聲震天動地。

有幾個打著設里汪國旗的士兵衝到城前，用設里汪語大喊，「我們是費里布爾思國王派來的援兵，馬尼克將軍已經引開了敵人，快！打開城門，出兵兩面夾擊！」

城上哪裡肯信，只唯恐中了敵人的奸計。

報信的士兵沒法，只得回馬。

城外戰場上依然殺聲震天，一會兒是成吉思汗軍得勢向前掩殺，一會兒是設里汪軍反捲過來。雙方時有人被砍於馬下，時時有人中刀倒下。

這一切城上的守軍看得一清二楚。

又有人趕至城下，大聲吼道：「馬尼克將軍命令，立即出擊，否則貽誤戰機，軍法從事。」

城上看清確是馬尼克將軍的令旗。

開城了。

還沒等他們從背後殺成吉思汗軍一刀，馬尼克將軍的部隊已經突破防線衝了過來，城裡守軍停步，正等待與馬尼克將軍會合，哪知馬尼克將軍的部隊沒等他們反應過來竟從他們面前衝頂而過，直向城門口衝去，轉眼就突進了城門。

成吉思汗軍竟也不管他們，跟著捲進了城。

舍哈馬城陷落了。

大多數軍民被屠殺，原由是他們進行了反抗，全城被洗劫一空。

馬尼克將軍與成吉思汗軍的達爾罕將軍並馬出城。他哪裡是什麼設里汪國的馬尼克，而是吉傑達化裝而成。那個報信的設里汪人也露面了，不是別人，正是葉賽寧。

高加索支脈的打耳班堡是個圓形堡壘。公元初歐洲各處的城堡都是木料所建，巨大的木柵城，兩層木柵中間填上土，以此作為城寨，約一一○○年後，攻城戰術有所改變，木柵城已不足以自保，羅馬人攻城每每以巨石或尖銳的木棒衝頂，並且有了投石機，兵士攜斧登城，或乘撞城車登城，木柵城難以自保。十字軍東征後，羅馬的戰術傳入歐洲，於是開始以堅固的石堡代替木城。開始是方形城堡，後來發現方形城堡不如圓形城堡堅固，於是選擇懸崖之上建築堡壘，藉地勢建瓴，使之變得易守難攻，特別利用懸崖設置吊橋，橋後用厚木設吊門，由上而下開啓，更有關隘重鎖之感。至於堡中高塔，一般是領主所住，主塔以外，便是軍隊所住。此外還有儲備豐富給養和軍器的房屋及頂禮膜拜的教堂。打耳班堡便是這樣的典型堡壘。

打耳班易守難攻，成了哲別、速不台軍團北上的一隻攔路虎。而且有消息傳來，北方的阿蘭人（他們是古代的薩兒馬忒人的後裔，基督教徒，希臘正統派）已經與奇卜察克人（欽察突厥人）高加索種的勒思路人與車爾克思人聯合起來，組成一支聯軍，準備在奇卜察圍殲他們。

過打耳班關隘一事迫在眉睫了。

哲別對速不台說：「打耳班是設里汪國北邊最後一堡，不相信沒有一條能不戰而越的通路！我想……」哲別對速不台說，「我想把設里汪軍機大臣馬尼克等人誆來，好好審一審！」

「他要寧死不說，怎麼辦？」速不台無心說。

哲別有心聽。

設里汪國王費里布爾思三世聽說成吉思汗軍願意與設里汪議和，一下來了精神，為了表示誠意，按哲別的要求派遣了馬尼克為首的十名大臣前來進行和談。

有談判桌椅，但不讓他們坐下，在他們背後只有林立的刀槍、殺氣騰騰的武士。

完全是不平等的，在哲別、速不台看來，這是勝利者的審判而已。

在設里汪使臣來看，完全是待宰的羔羊而已。

哲別只問一句話：「誰知道過打耳班隘道不用流血的路？」

無人回答。

哲別還是只問同一句話：「誰知道過打耳班隘道不用流血的路？」

還是無人回答。但是眾人看向了馬尼克和他身旁的一位貴族，他是北方的打耳班地區的領主。

哲別又問了一句話：「誰知道過打耳班隘道不用流血的路？」

馬尼克沒有回答，那領主的嘴卻在哆嗦。

速不台走到馬尼克身後，拔出利刃，只一揮，馬尼克的人頭便已落在了使臣們的腳前。九個人一齊跪在了地下，那個領主哆嗦得說不出話來。

哲別對他們說：「誰不說出過打耳班隘道的秘密小道，馬尼克的下場就是他的下場！」

「我說，我說！」那領主已經嚇破膽了，他近乎呻吟地說：「我……領你……們走……，確……有一……條……條小……路路。沿……沿著山……谷可以……繞過……設……設防……堅堅……堅固的……打耳耳……耳班……隘……隘道。」

九人免死。

領主領著成吉思汗大軍兵不血刃繞過了險隘，進入了阿蘭國。等待他們的將是什麼呢？

奇卜察克人沒有想到哲別會派人來議和。雖然是身分不算太高的梅克隆爾先鋒官。但畢竟是蒙古人主動來議和。

康恰克國王接待了梅克隆爾。

梅克隆爾對康恰克說：「國王陛下，哲別、速不台將軍差遣在下來到貴國，我完全是作為一個和平使者的身分前來的，因為我也是突厥蠻人。哲別、速不台將軍要我轉告國王陛下，欽察人和突厥人本是同一個民族，異民族是不可信的，今天為了他們自身的利益可以與你們聯合，明天又可以為了他們的自身利益與別人聯合再來與你們鬥爭，與其與異族聯合攻擊同族，不如言和，我軍願向國王陛下敬獻金幣和錦帛，以示永好。」

梅克隆爾向康恰克國王獻上了兩皮口袋金幣，和兩馱馬錦帛，這都是從亞塞拜然和格魯吉亞劫掠而來的財寶。

如此眾多的外國金幣把康恰克的眼都看花了。當即答應與成吉思汗議和，立即下令給他的兒子尤里・康恰科維奇，將軍隊帶回本國，退出與阿蘭人、勒思路人與車爾克思人的聯盟。

尤里・康恰科維奇非常不理解父親的做法，但又不能違拗，只有撤軍。哲別、速不台軍團幾乎沒等使者梅克隆爾回到他們駐地阿斯塔拉干，一見尤里・康恰科維奇撤軍，便以一萬人的強大鐵騎，分四路，像四把利劍切進敵陣，迅雷不及掩耳之勢從奇卜察克軍出缺的空擋，直搗而入，急襲阿蘭國中軍。然後橫向剖割，迅速分割包圍，運兵之神速，猶如天風狂飈，閃電一般掠過，便已經倒旗易幟了。

阿蘭部頃刻間土崩瓦解。勒思路人與車爾克思人更是不堪一擊。

剛剛擊敗阿蘭國的軍隊，摧垮了阿蘭人與勒思路人、車爾克思人之間的聯盟，哲別、速不台軍團連氣也沒喘，迅即回兵奇卜察克。按拔都的話說，連續用老虎掏心的戰術，果不然哲別、速不台軍團全部主力出動，未用簽軍一兵一卒，直搗尤里・康恰科維奇的指揮部。尤里・康恰科維奇倉促應戰，雖然他擁有奇卜察克的大部分軍隊，但他無法戰勝哲別、速不台軍團。

國王康恰克率先逃跑了，尤里・康恰科維奇只好跟著把軍隊帶向第聶伯河和伏爾加河那邊，那邊有許多遊牧的欽察人，他們希望得到他們的幫助，以免全軍覆沒，尤里・康恰科維奇想保存實力，以圖東山再起。

梅克隆爾又返回康恰克的宮殿，那些金幣和錦帛都在，一絲一毫也沒有少，反而多了許多奇卜察克國康恰克國王珍藏的金銀財寶。

廿二　勸世箴言

法壇已經布好。

共搭了兩個法壇，左邊是長春真人講道用的，右面是成吉思汗聽經用的。成吉思汗與長春真人並坐在一條線。

之所以設計成這樣，是因為長春真人說：「真人不過代天行言，大汗也是天人，應該與貧道並坐。」至於成吉思汗以下的王族、將軍、大臣則齊齊盤腿坐在下面聆聽。

在大汗的金帳裡設置了豪華的帷帳，懸掛了輝煌的燈火，為了齋戒，侍女一概迴避到了遠處，不得接近。

除了諸王諸子和重要將臣外只許撒馬爾罕知事、西遼太師阿蓋與阿里仙，還有劉仲祿、鎮海在場。因為長春真人請求說：「仲祿是萬里同行的同路者，鎮海從數千里外護送而來，阿蓋與阿里仙是當地知事，應該讓他們來聽取道話。」

成吉思汗准奏，並對諸王諸子和將軍大臣們說：「漢人尊敬神仙，正好同你們尊敬長生天是一樣的，我以為長春真人才是真正的天人。天，通過他對我說的話，你們也要永志在心不可忘懷。」

只有耶律楚材稱病，未來參加長春真人的講道。

人人都覺得意外，成吉思汗卻心知肚明。

成吉思汗把長春真人的詩交給了耶律楚材，同時又讓耶律楚材把他的詩選幾首交給劉仲祿轉給長春真人。他想這兩個人都是我分外器重的非凡人物，二人都愛詩文，一定會有許多共同之處的。此後他問長春真人，耶律楚材的詩寫得怎麼樣？長春真人答道：「寫得很優美。」

他問長春真人，是不是想和耶律楚材見見面暢談一番。

長春真人卻說：「貧道山野之人，與他這樣的大臣相距甚遠，是談不到一起的，所以並不是很想與他會晤。」

成吉思汗對此感到費解。為此，他把耶律楚材找到金帳，問他：「長鬍子，你想不想和仙師見面晤談？」

耶律楚材說：「陛下，他的詩是寫得不錯，但為什麼一定要見面晤談呢？」

這更使成吉思汗納悶，怎麼兩個人會異口同聲呢？他不理解的是兩人一次也沒有見過面，卻彼此竟有隔膜似的。他想，既然如此，當初你耶律楚材為何要把自己不喜歡的人推薦給我呢？他想唯一的解釋是長鬍子的大度。可是為什麼會沒有好感的呢？他起了探幽尋勝的興趣，非要問個水落石出不可。

成吉思汗道：「長鬍子，你想過為什麼長春真人會對你沒有好感？」

耶律楚材說：「陛下，我想是因為我跟隨著陛下的大軍，來到西域，得到陛下恩寵，但又沒有建立武功，長春真人和他的弟子都是武功蓋世的人物，說不定是輕蔑我這一點。」

「不會，武功是功勳，文治也是功勳，想來他不會不明白這一點。那麼你為何對他沒有好感呢？」

耶律楚材說：「陛下把長春真人禮請了來，他也是不遠萬里，不辭勞苦到了這西方，但他能給陛下做什麼事情呢？他也只能眼看著陛下的英名從歷史當中泯滅。」

成吉思汗勃然變色。「長鬍子何出此言，朕和蒙古軍隊所建的偉業，難道不能與世永存嗎？」

耶律楚材倒也絲毫沒有驚慌失措。他回答說：「陛下的英名能不能留下，首先看所作的是否是利國利民的好事，禹王留英名是因為他治大水，救了天下蒼生；唐太宗留英名是因為他盛唐開國結束了三百六十一年內亂，他從諫如流，以開明著稱。十分遺憾，陛下的名字能在歷史上保留下來，則是因為陛下讓自己的部下無節制地殺戮，留下了蒙古恐怖。」

成吉思汗聽了耶律楚材這些話，臉色越加陰沉可怖，他氣得雙手發顫，站起走進旁邊的偏帳，他一把抓住了掛在帳壁上的鷹劍，他拔了幾次都沒能拔出來。並不是呑口太緊，而是不忍出鞘。

——這個該死的耶律楚材，問他與長春真人的關係，他竟七兜八轉轉到了老話題上，顯然他對向反叛的維吾爾人開殺戒的王命心猶不甘。

——這個長鬍子，鬼呀！

停了好一會才走出來。他對耶律楚材故做狠樣道：「我本應將你處以極刑，但在朕的法典裡任何處罰都不足以懲罰你說那番昏話的罪過，所以我要找一個恰當的刑罰！」

成吉思汗想想還不解氣，又罵了一句：「你這個無禮的奴才。」罵完，他憋不住在心中偷笑了。因為無論如何，雖然耶律楚材的話使他很不愉快，但畢竟清楚耶律楚材是從反面苦諫，想用激怒他的辦法，加深對現行策略的反思。對於他深心喜歡的忠誠義士，他是打心底裡喜歡的。

他讓耶律楚材走了，但要懲罰他的旨意卻沒有撤銷。耶律楚材稱病也許就是為此事。

成吉思汗讓布托前去宣召耶律楚材，他對布托小聲耳語，布托應命前往。

耶律楚材真的病了。偶感風寒，加上成吉思汗屢屢口頭應諫，實又反諫，把燒殺當作遊戲，使他很無奈。深感自己沒有盡到責任，所以心情沉重鬱悶加重了病勢。

布托來傳口諭，說大汗有諭，因耶律楚材犯上，所以懲以薄戒，著耶律楚材即刻抱病聽長春真人講道。

必須在場侍候，這是一種懲罰，這是成吉思汗想出來的點子。

也確實是一種懲罰，耶律楚材信奉佛教，長春真人信奉道教，兩者道不同不相為謀，是以，聽對方講道，成了一種懲戒式的行為。只不過成吉思汗還不知道他們兩人信仰不同罷了。

耶律楚材抱病到場時，長春真人已經開始講道了。

長春真人神態端莊地說：「道者，能夠生天育地。日月、星辰、鬼神、人畜都是由道而生。人只知道天大，而不知道，道比天還要大。道開天闢地，爾後才產生了人。人剛剛出生下來，與猿猱狻猊無不同，茹毛飲血，爬行如飛，後來隨時光歲序變遷，人漸漸直立，人體變得沉重，會說話、會思想、愛慾變深。這是人與野物的區別，也就是道給了人感情、人倫……」

雖然有通譯一句句地翻成蒙古話，但要明白其間深意是很困難的，好在鎮海學問淵博，得以淺釋。

成吉思汗對長春真人道：「朕依靠長生天的幫助，從日出之山到日落之地，建立了無數種語言、數十個部族的大蒙古國，希望它能百年長存下去，借真人的慧眼，看看是否能萬世永固。」

長春真人微微一笑道：「請問陛下，漠北的風很烈，能持續颳幾天？江南的雨很大，能連續下幾天？是誰製造了大風大雨呢？是天和地，地之蟄氣上行，天運之為風，播之為雨。天地都不能使祂際起的風神雨婆長久永續，人怎麼可能使江山長久永續呢？唯其德政才能使天下長久。回顧中國歷史，秦始皇橫掃六合統一中國，但只歷二朝十六年，便敗在他兒子手中。漢歷十四朝四百二十六年，後敗亡於漢獻帝的腐敗。後來三國、魏晉南北朝折騰了三百六十一年才為唐朝中興所替代，唐皇朝歷二百八十九年才亡於唐哀宗，五代十國興，又是分裂了五十三年才由宋取代……」

長春真人見成吉思汗聆聽不語，便略略停頓。

成吉思汗知覺忙說：「真人請繼續講下去。」

「國運是隆興還是敗亡，不是亡於天，而是亡於人。歷朝歷代都是子孫敗家，王孫敗國。秦二世如此，隋煬帝也是如此，唐哀宗更是如此。長生天只是幫助人成事或是敗事，如同長生天幫助了陛下一樣，他能助明君雄王興盛，也能促不肖王孫敗亡。」長春真人的話概括了歷史教訓，以史警喻是很深刻的。他以為蒙古王朝無文字，也無歷史，剛剛從野蠻的遊牧民族進化至半野蠻半文明階段，談談這樣的歷史教訓很有必要，也算是啓蒙吧。

成吉思汗在心中笑了笑，他不能稱自己是一個非凡的君王，但一切先進的東西都會被他演化為提升民族素質的鑰匙。他從世界各地搜羅了那麼多工匠，那麼多手藝人，那麼多謀臣學士，就是為了在他這多半生中，將已經完成了從茹毛飲血到人間煙火的蒙古民族再向文明之邦轉變。過去他做到了，統一了蒙古高原幾十個落後的部落，如今仍然要去做。

成吉思汗注視著他的王子王孫道：「爾等必須切記！」

成吉思汗雖然這樣講，也覺得真人所言皆是真理，不過他始終覺得，要統治這麼大的疆域，要完成王圖霸業，要教訓好後代子孫，頭一等的大事還是生命的長久，長生不老藥沒有，那麼長壽之道能不能指點得淸楚明白呢？他就此事問計於長春真人。

長春真人道：「陛下原為天人，上天借陛下之手去討伐凶惡殘暴的邪惡勢力，在劫滿功成的時候，陛下還應該歸天去作天人。陛下在人世間時一定要減聲色犬馬之事，少嗜慾慎殘虐，確保體康神健，如果能做到這些，長壽自然就在陛下的身體之中了。」

「按真人所言，朕該怎樣修行？」

「陛下的修行之法，應外修陰德，內固精神為要，所謂外修陰德，就是要體恤黎民百姓的疾苦，保護眾生，救民於水火，免降戰禍，使天下太平。所謂內固精神就是保自己的元神，戒色慾、戒酗酒、酒色是兩柄刮骨鋼刀……」

一旁拖雷聽了頗不以為然地說：「真人，酒是我們蒙古人的茶，也是我們蒙古人的膽，更是我們蒙古人的歡樂。」

長春真人說：「四王子面酡鼻紅就是酒量過頭的表症，那是會傷身短命的。（拖雷因酗酒，酒精中毒早夭）到那時膽有什麼用，歡樂也盡空。」

長春真人口若懸河，滔滔不絕地指點著在場每個人的面相論述他們的病症，說窩闊台也將為酒色所傷，把他們個個都講得目瞪口呆。

長春真人講道，顯然以勸誡成吉思汗罷兵息戰為主。成吉思汗聽來，覺得自己的所作所為與長春真人所講格格不入。儘管如此，成吉思汗每逢長春真人講道，都是始終如一嚴肅安靜地聽講，有時他也會打斷他的話頭，因為有時候長春真人的話，如同鞭子抽在他的心上，不過他不像部將那樣會勃然變色。他對長春真人沒有絲毫惡感，相反，他相信他。

就在約定再次講道的時候，成吉思汗突然召見長春真人，對他說：「很不幸，真人您對我講了那麼多息戰罷兵的道理，可是維吾爾人不讓我息戰罷兵，他們在到處發動叛亂。為此，我只有親自出馬調動軍隊去平叛。」

長春真人道：「那是劫數未滿。」

成吉思汗道：「那麼講道一事放在何時為好呢？」

長春真人說：「待貧道占一卦再定。」

占卜的結果，說是半年後的十月是大吉大利的日子，講道最好。於是他們相約半年後再見。

長春真人要求道：「陛下，貧道跟隨軍隊，人馬雜亂，精神不爽，難以靜修，不如讓貧道居於撒馬爾罕郊外，在那裡等待陛下奏凱。」

成吉思汗道：「好吧，在講道之前的日子你就在撒馬爾罕渡過。我會派人把你們所需物資送去的。真人不食葷腥，那麼多送這裡盛產的葡萄瓜果。」成吉思汗讓布托派一千軍兵送行並留駐保護。

及到大汗要走，他還派人追問要不要多配駱駝和馬匹。

長春真人答道：「山道彎彎，步行強身，謝了。」

彼時的撒馬爾罕正在從戰禍中復甦，逐漸開始恢復原狀，變得美麗許多。長春真人等到達那裡，只要有餘糧，他就救濟當地饑民，他還不斷行醫，救活了許多人，這是後話。

成吉思汗一邊率領部隊清理花剌子模各城市內維吾爾人的叛亂，一邊強化各地的行政管理，除了向每一個城市派出由當地人中選出的親蒙古的德高望重的長者擔任知事外，還加派設置了達魯花赤。根據哲別攻打西遼的經驗，對西域的統治，很重要的一條是尊重被征服民眾的信仰，對伊斯蘭教要寬容。於是他發布命令，宣布尊重一切宗教信仰。從而獲得了人民的擁護。此外在「飛箭諜騎」的基礎上，加強設置驛站，暢通東西方的交通大道，使得任何人都可以安全地通過這條成吉思汗大道暢行於中亞和東亞。

殺戮還在進行，只要有抵抗就有殺戮，成吉思汗毫不動搖他的鐵一般的戰爭定律。

——以牙還牙，以眼還眼，這種報復的人類天性，落在戰爭身上是十分殘酷的。

——這是人類千年生存競爭得來的教訓。是蠻荒時代帶來的胎記。

成吉思汗說：「當仇敵將刀砍向你的脖子時，難道你應該把脖子伸到他的刀下，而不應該拿起刀來還擊嗎？」

「當仇人劫掠了你的家園，搶走了你賴以生存的牛羊和財產時，難道你還該向他作揖歡送嗎？」

「不反抗是懦夫；以更強烈的反抗、更殘酷的報復、更無情的殺戮去行動，那才是勇士。」這便是成吉思汗的鐵的生存律條。

無論誰，褒也好，貶也好，他都不會動搖。他還篤信另一個信條：「勝者王侯，敗者寇」論定英雄的標準，不會僅僅是耶律楚材說的，行了多少德政。

然而成吉思汗沒有想一想，被奴役的異民族他們也有著同感，他們也要爭自己的生存權利。他們也要以牙還牙，以眼還眼，也有這種報復的人類天性，也會以戰爭形式表現出十分的殘酷。他們也有人類千年生存競爭得來的教訓。也有蠻荒時代帶來的胎記。

於是殺戮還在中亞細亞大地上進行，任何抵抗都會遭受到猛烈的殺戮之火。

扎蘭丁還在抵抗的傳說，復活了東波斯尚未被佔領的城市的勇氣，那些被蒙古大軍的洪水沖刷過的地區，也已重新集結起了不少反抗者。哥疾寧人舉起了起義的旗幟，結果再次遭受破壞。赫拉特這個在戰火唯一沒有破壞的城市，由默罕默德的一個部將率領來這裡集中，於是蒙古伊魯奇將軍領兵來圍攻，那裡就變成了廢墟。麥魯維、尼沙不爾……凡是重新點燃反抗之火的城市，沒有一處不成為屠場。許多原本富庶的地方變成了不毛之地，變成了人間地獄。

成吉思汗掃平了各地的叛亂，又回到了興都庫什山下。

他在戰地營帳裡接見了前後方派來的使者。

從漠北老營鐵木格那兒派來的使者除了報告留守地一切平安外，還報告了東遼國的變故。

東遼王耶律留哥病死以後，一直無人接替耶律留哥的東遼王王位，鐵木格怕久而久之削弱了東遼的力量，像先前那樣引起郡王內亂，故承制命耶律留哥之妻姚里氏佩金虎符，代理東遼王。

成吉思汗對東遼王耶律留哥一直頗有好感，當初契丹為金所滅，金朝對付契丹的辦法是兩戶女真人夾居一戶契丹人，為的是防備契丹叛亂。

契丹壯士耶律留哥當時是金國千夫長，對金國的民族歧視政策很不滿，聽說成吉思汗起兵反金，於是也揭竿而起，很快發展到了十萬之眾，耶律留哥被推舉為都元帥。成吉思汗當時得到訊息，認為這是一股可以借用的力量，於是特派大臣按陳和渾古都將軍前往遼東聯絡，合議抗金大事。他們行至遼河邊遇到了耶律留哥，一問，原來他們是要向蒙古去，歸附大汗，因為路途遙遠，兵士疲乏在這裡暫歇。兩下目的相同，於是在金山（今遼寧昌圖一帶）殺白馬白牛，折箭為盟。

金國知道了以後，派兵征討耶律留哥。成吉思汗得報立即派兵馳援，合兵大敗金軍。戰後，留哥將全部虜獲，都送往成吉思汗金帳。成吉思汗覺得留哥既有才幹，又很忠順，加上遼東戰略地位十分重要，於是讓留哥當了代遼王。以後金國多次發兵征討東遼都被蒙遼聯軍擊敗。一二一五年，耶律留哥率兵攻破了金國的東京（今遼陽），聲威大震，手下郡王那斯布等人勸留哥趁機稱帝，留哥不答應，他說：「先前我與蒙古特使在金山折箭為盟時，已發誓依俯大蒙古國，怎麼可以食言，自稱遼帝呢，那樣做是大逆不道的。」

眾人不肯罷休，一定要他稱帝。

耶律留哥還是不肯，他與長子耶律薛闍悄悄收拾了取之戰敗之城的財寶，裝了九十車，前往蒙古拜謁成吉思汗，以表自己心跡。

當時正逢漠北朝會，各地降順的首腦，都來朝拜，成吉思汗第一個接見了耶律留哥。成吉思汗對眾人說：「耶律留哥貢獻的東西，白之於天，方可接受。於是在金帳中鋪上了白色地毯，將禮品陳列在上面，讓諸王諸子大臣將領和各地歸附的首領，見識一下耶律留哥的無私。」

也是在那一次朝拜時，留哥向成吉思汗訴說眾人要他稱帝，他自己絕不答應。

成吉思汗當即賜給他金虎符，成為正式的遼王。

遼王還未回東京，家中郡王那斯布與將領乞努等人發動了叛亂，他們要自己稱帝，殺死了在遼的蒙古兵三百人。

消息傳到成吉思汗金帳，耶律留哥將長子留在蒙古，自己隻身要回東遼，成吉思汗勸他稍安勿躁，好好坐下來商量一下對策。為此成吉思汗派了一支勁旅交給耶律留哥指揮，平息了叛亂，救出了其妻姚里氏，並乘勝追擊，那斯布在逃跑途中被部下所殺，乞努逃到了高麗，被部將靳山所殺，靳山又為另一名部將咸舍所殺。

蒙古軍協助耶律留哥征討了四年，才將東遼全部收覆。東遼依然是蒙古的屬國。耶律留哥死了，姚里氏只能監國，究竟誰來接掌東遼權柄？他想召姚里氏來聽一聽她的意見。再者耶律薛闍在是次西征中英勇作戰，他在布哈拉一役中中了毒箭，久治未痊癒，他必須向姚里氏有個交代。

為此，他要耶律楚材發出詔書，召東遼代理遼王姚里氏晉見。

西部前線來的使者，仍然是哲別的兒子申虎。

成吉思汗要申虎坐到他的身邊。作為戰將，他能將哲別和速不台軍團的戰鬥情況說得一清二楚。這也許是哲別屢屢派遣他回大汗身邊報告軍情的原因吧。

成吉思汗問：「申虎，你父親和速不台將軍現在在哪裡？」

申虎道：「在高加索那邊，離這裡三個月的路程。」

成吉思汗驚異地說：「這麼說你說的是四個月前的戰鬥情況？」

「是的！」

申虎指著從西方帶回的外國地圖對成吉思汗說：「我們的隊伍越過高加索山，破了奇卜察克、車爾克思、勒思路的聯軍，西進到了波羅物（保加利亞）。現在……不不不！還是三四個月前的事，與波羅物軍進行作戰。」

「勝負如何？喔！你也不知道。」

成吉思汗不由得笑了起來。

「長生天，感謝您賜給了我哲別和速不台這樣的勇士。申虎，如今不是大汗要遠征，也不是你父親和速不台將軍要遠征，而是長生天在導引著你們軍團。讓你們乘著一團天光向天的盡頭飛去。你回去告訴你的父親和速不台將軍，大汗能夠做的就是向長生天祈禱，你們是朕射出去的兩支飛箭，落地之前只有向前飛行，飛行。」

成吉思汗問起了拔都的情況。

申虎告訴大汗說：「陛下，拔都殿下是戰爭天才，我弄不懂他哪裡來那麼多計謀，也不知誰教了他那麼多兵法，什麼『上兵伐謀』，『其下攻城』，什麼『其疾如風』，『動如雷震』。父親說是大汗教的孫子兵法，要我多留時日向大汗您請教。」

成吉思汗捋著鬍鬚笑道：「我也是學來的，用了多年，很有用，長鬍子，拔都是你的學生，你就再教一個怎麼樣？」

一旁的耶律楚材自然稱是應下。

成吉思汗下詔表彰了哲別、速不台兩位將軍的功勳，嘉獎了一批將領勇士。

哲別、速不台軍團如此輝煌的戰績，著實使成吉思汗興奮了一陣子，不過他很快想起了另一個人——朮赤。

自從玉龍傑赤一戰被撤去主帥之職之後，朮赤離開了玉龍傑赤，說是到裡海和鹹海那邊增援哲別、速不台軍團去了。然而，申虎的報告，只提到拔都和葉賽寧，從沒有提到過朮赤軍團有什麼軍事行動。

太遙遠了，以至「飛箭諜騎」也要走三個多月才能到達朮赤軍團駐紮的地方——薩萊。他有點鞭長莫及的感覺。總覺得有什麼東西擱在自己心中。

他下詔給朮赤，要他盡快結束欽察草原的戰鬥。

——不管他是不是在戰鬥，都要他盡快結束。

他要朮赤向裡海以北的廣大地區進軍，征服那個地區的異民族，然後與哲別、速不台將軍的軍團會師。

就在這時來自東亞的使者帶來的消息沖淡了他的抑鬱。

木華黎將軍從金國前線送來的戰報，表明他仍在按大汗的計畫，繼續幹著平定金國的大事。

木華黎將軍沒有打多少引人注目的大仗，他卻仍然一如既往地為了征服金國北方廣大地區在不停地鏖戰著。他在將金國的版圖一寸一寸地切割，一寸一寸地拼裝到蒙古的版圖上去。

成吉思汗心裡明白，木華黎從來是衝鋒在前的，每一個城市的攻克，除了他的智謀外，還有他勇冠三軍的武藝。他給木華黎將軍發去表彰的詔書嘉獎他的功勞。他從沒有懷疑過木華黎的忠心。可是，那個朮赤，為什麼成了他的心病？

廿三　大汗之疑

叛亂被平息了，成吉思汗回師撒馬爾罕。

撒馬爾罕這座大街小巷曾經堆滿死屍，大大小小的房子被戰火燒得面目全非的城市。僅僅一年多的光景，竟奇蹟般地復活了。

真是想像不到，一個城市會有如此巨大的再生能力，就像負了傷的人一樣，舐去傷口上的熱血，敷上一點藥，用不了多久傷口結了痂，便重又站了起來。

人們有意識無意識地醫治著戰爭的創傷。

城裡現在雜居著許多民族，過去康里人是主體，是高人一等的民族，如今回紇人是大多數，康里人都殺光了，有倖存者也怕殺頭，都跑了，而別處的康里人也不敢再到這個恐怖之地來，只有回紇人大量從北方湧來，人人都知河中是個好地方，因為這裡土地肥沃，適合農耕，比北方富庶，也適合生存。

房子已經修建起來，店鋪也已陸續開張，城郊的花圃果園開滿了鮮花。從各地來的商人，還是像以往一樣趕著駱駝，牽著馬幫來到這座城市做生意。看著這一派繁榮景象，除了親歷者，有誰能夠想得起當初曾是那樣的荒涼。

布托奏請成吉思汗移駕住進撒馬爾罕的宮殿，但成吉思汗不允。說不上為什麼，他是憑著潛意識中的一種排斥，拒絕進入正在復興繁榮起來的撒馬爾罕。

布托告訴成吉思汗，在城裡有專門為他準備的離宮，還和從前一樣巍峨壯美，有非常豪華的賓館和花園，假若大汗願意，他可以在花園中放入從其他被征服國家搞來的孔雀和大象。而且所有部下都期待著進入撒馬爾罕城。

大汗還是不允，他命令駐蹕在郊外。部隊在離城一天和兩天行程的地方駐紮。

如今的撒馬爾罕，回紇人算是生活在社會底層的民族，漢人、西遼人、西夏人，都可以騎在他們頭上欺負他們。因為後者都是參加西征的勝利者。

戰後的行政管理大都委由突厥人、伊朗人、阿拉伯人等等來執行，這些色目人種，作為蒙古人的代言人，為他們徵收賦稅，維持地方治安，管理這座城市。而蒙古人不僅僅達魯花赤是至高無上的統治者，連養馬牧羊的蒙古人也是以不可一世的勝利者姿態出現在異民族面前的，他們摟抱著不同膚色的女人，出入於酒樓飯館、妓樓花窯，過著花天酒地的生活。

沒有人管得了他們，沒有人治得了勝利者的特權。將領們也一個個喝得酒氣沖天。

成吉思汗不會管，因為酒是蒙古人的歡樂、蒙古人的膽。然而長春真人卻要管。

當大汗要請長春真人再次講道時，長春真人卻宣布飲酒者禁止入內。他站在帳門口，只要見微醺者，管你王公大臣，毫不留情地阻擋在帳外。察合台那天正好喝了個半醉，不由大怒，與其他幾個將領湊成對，準備把老道拖出去扁上一頓。

長春真人令他的弟子出頭，疾出駢指，點戳連連，察合台和其他四五個人一齊僵站在那裡再也動彈不得。

成吉思汗晚來一步，知道原委，便申斥道：「帝王、武將，飲酒過度，有損健康，敗壞事業，甚至還會無法統帥部隊作戰。真人處治得對，從今後必須牢記。」

在聽真人講道之前，成吉思汗又說：「朕不想頒布禁酒令，但飲酒必須節制，此物少喝則興奮，多喝要亂性，一個月裡喝三次為宜，三次以上是違規。兩次為好，喝一次最好。逐漸規戒一定會有完全不喝酒的人。」

他要塔塔統阿把這寫進《青冊》裡去，要所有蒙古人作為養身之道去認真對待。講道開始，察合台等人就在帳外僵站到了講道結束，被點的穴道自開，才獲得了自由。

成吉思汗在撒馬爾罕城郊駐蹕了好幾個月，轉眼到了十一月。西風一吹，天漸漸冷起來了，於是決定到溫暖的南方去避寒。

大汗仍然按照自己祖先的方式，按照遊牧的習慣，走到哪裡支起一片帳篷城，逐水草而居，不斷地遷徙著。不過這可不是小群的部落，而是龐大的集團。一啓程千軍萬馬，一宿營遍地白帳。好像雨後的蘑菇遍佈草原。

根據拖雷的提議，這年冬天，成吉思汗準備到印度河的發源地，大雪山山中的不亞克特爾去度過。據拖雷說那裡四季如春。

一二二三年的新年賀宴剛一結束，成吉思汗便急著宣布了大軍啓行的命令。他要離開這風景綺麗的山區，到錫爾河邊去，他認為那裡的草原最適合他。

行軍路上，成吉思汗幾次聆聽了長春真人的講道，儘管長春真人深奧的道家學問他並不都能聽懂，他卻十分喜歡長春真人的論述。他不僅僅覺得新鮮，而且覺得極富哲理。

這一天太陽剛剛從東山升起，成吉思汗就親自到長春真人的帳幕來了。

長春真人忙出帳迎迓，說：「陛下，降尊紆貴有何指教？」

成吉思汗笑笑道：「哪裡哪裡，今天天氣很好，朕想同神仙一起出獵，不知神仙能否賞光？」

長春真人說：「貧道不能盤馬彎弓，恐怕跟不上陛下的寶馬雕弓。」

「哎！神仙的神技，朕是知道的，全真七子個個都是身懷絕技之人，恐怕不用雕弓也能射得大鵰。」

「那是外人誤傳誤導，貧道倒是習過武，但那是年輕時防身之用，並不像傳說的那樣神乎其技。何況貧道年已七十七歲了呢！貧道跟去打不了野物，陛下可莫見笑！」

「你不能射獵，還有你的弟子嘛！」

成吉思汗如此一說，長春真人也就不好再加拒絕，命人備馬跟隨大汗出獵。

成吉思汗領著這支狩獵隊，來到了預選好的獵場，北邊是錫爾河，南邊是密密的林地，而中間有塊台地高丘，高丘前是一片遼闊的草原，那裡長著密密的嫩草。地勢選擇得十分好，居高臨下可以看見整個草原上的勝景，當然從林地裡轟趕出來的野物也就更不能從大汗的眼下溜過。

真是良辰美景，錫爾河水碧透，草地、樹林一片嫩綠，枝頭鳥語花香，山色水光，美不勝收。

「老神仙，你看出來走走該有多好。」成吉思汗回首對走在他旁邊的長春真人說。

「是啊，看見這山光水色，倒使貧道想起東方大海之濱的家鄉了。」

「神仙也想家嗎？」

「貧道也是肉身凡胎而來，難以免俗。貧道與陛下有約，三年為期，我也是這樣向貧道的門人許願的，但願大汗不要讓貧道失信負約於門人方好。」

「打獵！打獵！不談去向，不談去向。」成吉思汗顯然不願意長春真人離開。

「老神仙年屆七十又七，身體如此康健，不知有什麼養身妙法可以傳授？」成吉思汗還是不忘打聽長壽之法，看樣子長春真人不把他所認為的長壽秘訣抖出來，他是不會同意長春真人返回山東老家的了。

長春真人知道成吉思汗的心思，便對他說：「陛下要問貧道有什麼修身之法，這倒可以一一奉告。」

「願聞其詳！」

長春真人說：「我們道家修道有三障，這三道障礙是修道之障，也是修身之障。」

「哪三障？」成吉思汗十分虔誠地聆聽。

「三障即為魔障、業障、災障，因貪、嗔、癡而生魔障；因五逆十惡而生業障；因三災八難而生災障。光一個貪字就斷送了多少英雄豪傑。杯中之物助興，但貪杯會害命、色授魂與，是人生一大樂事，但貪色傷身，陛下不知漢字色字之解？」

「何解？」

「色字頭上一把刀。色慾過度成淫，那刀可以伐人性命；嗔為怒甚，大喜大悲、暴怒惡狠，都能使人中瘋著魔，墮入魔障，所以戒貪杯、戒貪色、戒大喜大悲、暴怒惡狠，都可以使人長壽……」長春真人還要講下去，遠處負責轟趕野獸的士兵已經開始吼叫連連了，許多野物從遠處的林子裡被轟趕出來，向著林子外緣的草原奔去。

成吉思汗對長春真人道：「老神仙，狩獵完畢我們再講！」說畢揮動旗幟，他的王子王孫、將軍大臣們紛紛出獵，一個個彎弓搭箭，只聽得弦索鳴響，箭如飛蝗，各趨目標。

獵物紛紛中箭，人人都有斬獲。

「老神仙，輪到我們了。」成吉思汗對長春真人說。

長春真人不慌不忙地說：「陛下，莫要忘記了自己的年齡，您已經六十多歲了，要切記，一切不可過份。」

成吉思汗點了點頭表示贊同，接著回身指揮行獵去了。正這時從林子裡跑出一群七八頭野豬來，成吉思汗一見野豬，馬上興奮起來，他大喊道：「老神仙，我先上啦！」那種欣喜若狂的表情，像個頑童。

那野豬凶猛猖狂，雖然受了人的驚嚇，但衝出林子後，四下環顧了一番便旁若無人地向草原深處跑去了。

成吉思汗緊加一鞭，快馬似箭衝上前去。緊隨的是宿衛中的兩名神箭手。放開嚼環的天山龍馬像一支赤色的箭，貼著草皮飛去，一眨眼就把兩個神箭手甩在了身後。成吉思汗在馬背上張弓搭箭，那是一支響箭，金國匠人製作的用火藥助推的響箭，射出的箭經藥筒推進速度分外快捷。一隻野豬射中了，射得很準，巨大的助推力使響箭穿透了野豬的腦袋。然而，凶猛的野豬性子很硬，受此重創，居然還能回頭撲向天山龍馬，天山龍馬一驚，橫身竄跳，成吉思汗控馭不及，竟從馬上跌落下來。野豬群見有人墜馬便集群撲向成吉思汗，衝得快的一隻已經近身。不過牠瞳眼如照直瞪瞪地看著成吉思汗，似乎沒想著撲倒他。

長春真人見狀斥喝一聲「孽畜！」聲出人飛，已從馬上飛躍而下，馭風駕電般從神箭手身後掠過，燕飛鷹掠似地搶在大汗身前，只見他抖動袍袖，嗖嗖嗖將從箭筒士箭壺中抽出的數支骨箭拋出，直飛向野豬群，當即撂倒兩三頭，那隻迫近成吉思汗的野豬遽而退走，其餘的跟著回身便逃。

長春真人見兇圍已解，輕吁了一口氣。

天山龍馬飛也似地逃遠了。

成吉思汗看得都呆了，他說：「老神仙你是真人不露相！」

成吉思汗拂開隨從伸過來的手，從地上爬起來，十分氣惱地拍打著身上的泥土，他真不敢相信墜馬事件會發生在他身上。發生在一個在馬背上長大，騎了一輩子戰馬的人身上。

長春真人稽首道：「陛下，沒有傷著吧！」

成吉思汗搖了搖頭，自言自語地說：「怎麼會呢？怎麼會呢？」

長春真人說：「陛下已是高齡之人，墜馬是天之所戒！」

成吉思汗聞聽疑道：「是戒律朕？」

長春真人點了點頭又說：「野豬沒有襲擊陛下，也是天之所祐，您今後要減少狩獵的次數。」

成吉思汗回答道：「老神仙勸朕的話，至理，但朕從小就在馬背上馳騁，雖然不能立即停止，但老神仙諫言，朕永誌不忘。」他對兩位宿衛說：「今後即使老神仙不在身邊，你們也應該提醒朕。」

——難道自己真的老了嗎？

——難道成吉思汗不中用了嗎？

成吉思汗自己問著自己。

這次墜馬實在打擊了他的雄心，他覺得自己的王圖霸業剛剛開始，衰老卻不依不饒地像凶狠的賊一樣偷偷地逼近了他，要偷走他的雄心。他真心有不甘。但神仙說是天之戒，天之祐則讓他不得不信。

翌年三月。

長春真人第三次向成吉思汗請求恩准返回山東。

成吉思汗終於點了頭，准許長春真人辭行回國。他要布托按最高禮儀歡送長春真人。他委派拖雷部的千夫長阿里鮮將軍為宣差正使，蒙骨岱、巴海、黑刺等為副使率領一支一千人的部隊，護送長春真人東歸。

臨走前夜，成吉思汗執意要同他坐而論道一個通宵，他要再聽聽長春真人的逆耳之言，那些常常讓他聽不下去，甚至嚴厲指責他，使他的部將幾乎要拔刀砍人的逆耳之言。而這些開初聽不入耳的話，如今卻常常在耳邊縈繞。

——只有諍友才有箴言相贈。

——只有忠臣才有死諫相勸。

成吉思汗篤信這兩句話。為此他給了他很高的封贈，稱他為「帝師」，雖然帝師給他的差不多全是逆耳之言，幾乎沒有什麼溢美之詞從長春真人的嘴裡漏出來，但成吉思汗認為這才是真正的帝師。

他們秉燭夜談，直至紅日東升。

第二天，又是一個艷陽高照日，長春真人上道了，文武百官夾道相送，隊伍擺了數十里。

長春真人與成吉思汗依依惜別。

不再是來時那種冷漠，長春真人臉上掛滿了常人的離愁。

不再是當初那種盛氣，成吉思汗胸中滿含著常人的悵惘。

——道，雖然不能徹底開化一個半開化的民族。但畢竟點化了矇昧，點燃了偉者智慧之光。

——文明是需要栽種的。

——如同荒原需要種子和水。

（長春真人回到了燕京，駐太極宮，尊為大宗師，被人們稱之為「帝者之尊師，亦天下之教父。」受命掌管天下道門。全真教得以全盛。後成吉思汗從「飛箭諜騎」專報得知，欽賜宮名為長春宮，遣使慰問，在詔書中對長春真人說：「朕常念神仙，神仙毋忘朕也。」）

當長春真人離開金帳回東方去後不久，他的內心有一種回歸故土的願望在萌發，而且就像點燃的野火，迅猛地燃燒得他不可自制。

他去告訴忽蘭，他以為離開鄂嫩河已經五年的忽蘭，一定會很高興地說聲：「我跟你回家去！」

然而，她沒有講。

她只是說：「如果大汗要回不爾罕山去的話，忽蘭怎麼能反對呢。」顯然她沒有想回的念頭。

成吉思汗說：「難道妳自己一點也不思念故鄉嗎？」

忽蘭說：「我的心已經獻給大汗了，即使大汗與膚色不同的女子同牀共寢時，我的心也還在與大汗一起跳動。」說這話時，她的面容有些冷漠。

那時他已經看出常年的征戰對她的身體損害有多厲害了，過去她是那麼豐腴，明眸皓齒，走到哪裡哪裡就多了一輪月亮，她的皮膚像玉石一樣滑膩細嫩。如今身子變得細瘦修長，雖然眼睛還是那麼明亮，卻不再有以往那種彈射攝魄光芒和神韻的力度。

她說：「假如大汗希望回故土的話，忽蘭不會有不同意見，不過，我只想隨便地說幾句……」她有些吞吞吐吐。

他告訴她說：「想說什麼就說什麼吧！我會考慮妳的意見的，西征不是也有妳的一分意見嗎？」

忽蘭正襟肅容道：「我聽人說大雪山那邊還有一個沒有被征服的大國，那是一個產大象的國家，撒馬爾罕的大象就是來自他們那個國家。那裡是佛的家鄉，那裡的人都信教念佛，女人都用白紗裹面，男人都用白布纏頭，他們有僧王神兵，我只是感到奇怪，大汗為什麼不把那個國家收進自己的版圖呢？」

他哪裡不明白忽蘭的意思呢，她希望的不是去收服那個佛國，她是希望在那兒進行激烈的戰鬥。他問她：「為什麼妳總希望戰鬥？」

忽蘭蒼白的臉上顯露出了一絲狡黠的笑容：「您想知道嗎，我是喜歡戰鬥，不是喜歡殺戮，希望的是與大汗一起同甘共苦，生死與共。我不想做您稱王稱霸的伴當，不想在金帳中與您一起稱孤道寡。大軍已經橫掃了中亞細亞，這個世界已經沒有什麼可以阻擋蒙古蒼狼的腳步，假如說大汗還有什麼困難的話，那可能就是與天相接的喜瑪拉雅山，洶湧湍急的印度河。也許過了河以後會遇到數不清的象軍，那些龐然大物是大汗從來沒有戰勝過的。不是嗎？」

他對她說：「忽蘭，妳這麼想打仗，可是妳想過沒有？妳的身體能經受得了大雪山厚達千尺的寒冰，能夠受得了印度河那邊的酷熱嗎？」

「大汗啊，我和您所生的孩子都被拋棄了，淹沒闊列堅的人間冰山還比不上大雪山的冰雪嗎？我把闊列堅都扔進比印度河還要洶湧的人間大河裡去了，我自己的生命又有什麼可惜的呢？」

成吉思汗沉默了好一會兒，他在思考，儘管忽蘭的話與長春真人息戰罷兵的勸導，與耶律楚材對他傾訴過的停戰回師的話，南轅北轍，但不知為什麼，作為一個男人，忽蘭的話像春雨一樣，點點滴滴都化入了他的心中，他還是接受了忽蘭的意見。「好吧！我依從妳的意見，妳準備和我一起去印度！」

成吉思汗很快發出了調動軍隊的命令，要在外執行軍務的察合台、窩闊台、朮赤、哲別、速不台，從他們各自所在的地區立即返回錫爾河的金帳。

只用了二十多天，察合台、窩闊台便奉命回到了金帳，而朮赤、哲別、速不台則因路途遙遠一時難以回來，成吉思汗估計朮赤要到夏天，哲別、速不台則要到秋天。

成吉思汗在北方山區狩獵渡過炎夏。

而到了夏末，成吉思汗下達了一個令全軍驚異也令全軍振奮的命令——向印度前進。

這是追擊扎蘭丁到印度河邊時產生的戰略意圖，扎蘭丁逃到印度，他派朵兒伯帶兵越過印度河在印度北方邊境地區進行過清剿，領教過這個佛國的士兵的戰鬥力，要不是炎熱使得朵兒伯的人馬染病，朵兒伯早打過德里去了。

窩闊台的人馬也越過印度河，進行了若干次戰鬥，取得了印度方面的許多情報。印度並不是個可怕的地方，征服印度完全是可行的。此外還由於忽蘭的堅持，所以成吉思汗制定了進攻印度的作戰計畫。

這是一個龐大的計畫，按照計畫，成吉思汗的軍隊要翻越興都庫什大雪山，越過印度河，進入炎熱的佛國——印度，在橫掃北方數邦，攻下查謨、阿姆利則、安巴卡和德里等大中城市以後，待對印度的戰爭結束以後，再東渡亞穆納河，取道西藏北歸蒙古。

這一計畫究竟要用多長時間來完成，誰也沒有底，因為光是準備就得半年。

命令下達後，各兵團開始忙著準備行裝，各國各民族的無以計數的俘虜為大軍碾穀儲糧，修造兵器，趕製征衣。而一線兵團則主要忙於訓練，他們一方面依靠各國的工匠砍伐樹木，架設橋樑，建造船隻，一方面訓練游泳泅渡，準備渡過大河激流。

在大隊人馬出發之前，成吉思汗又向哲別、速不台軍團和朮赤發去了敦促他們回歸大本營，接受新的戰鬥任務的聖諭。

就在此時，朮赤有消息來了。

朮赤派來了使者，帶來了口信。

朮赤說：「父汗六十大壽，沒有趕得上奉獻一份壽禮。這一回將欽察草原上的野獸從錫爾河下游驅趕過來，獻給大汗。」

「喔！朮赤！」成吉思汗露出了難得一見的笑容，就像雲縫裡閃射出的一道陽光。

其實格外使他喜悅的不是那些即將作為禮物送來的野獸，而是，使他放下了心中久懸的一塊石頭。

——朮赤啊！朮赤！你本來就不是客人，是你的父汗為你起了這個不該起的名字，使得我們兩父子久久地受折磨。

啊！他沒有對他的父汗產生異心，他還是那麼忠貞不渝。

為了接受朮赤千里迢迢敬獻來的禮物，成吉思汗提前半個月作好了在錫爾河上游圍獵的準備。將從戰場撤下來休整的部隊，全都調到了錫爾河上游，他要給他們一個休養生息的機會，在錫爾河沿岸竟佈下了三十萬大軍。這將是一場空前的大圍獵。

到了初秋時分，長途驅趕而來的野物，終於出現在了錫爾河上游無邊無際的草原上。朮赤動用了二千人的軍隊，由兩名千戶長率領，驅趕著數以萬計的野豬、野驢、野馬、野牛、獐、鹿、黃羊、雪豹、浩浩蕩蕩而來，奔騰跳躍，如長河波濤，滾滾不息，更出奇的是還有許多野兔、麂子、獾、鼬，那是一路捲進來的，像蟻群一樣鋪滿原野，各種動物的叫聲，憤怒的、哀婉的、悲泣的淒厲嘶鳴，聲震雲天。

成吉思汗開心極了，他真不知道朮赤是如何把這麼多動物從數千里外驅趕過來的。

他大聲地對身邊的耶律楚材和巴扎爾說：「看看，這個朮赤，這個朮赤。」這是從內心發出的高興的讚嘆。

大規模狩獵活動，一連持續了十多天，所有部隊都輪了一遍。

成吉思汗沒有動箭，也沒有在草原上馳騁，他牢記了長春真人的告誡。

朮赤的禮物湯水不漏地全部收下了。

等到狩獵結束，成吉思汗還不曾見到朮赤和他的部隊歸來。

成吉思汗對朮赤的火熱情懷，漸漸地變溫了。

又過了一月，還是不見朮赤一兵一卒回歸，他的心又冷了下來。

朮赤又派來了使者，告訴成吉思汗說，狩獵的過程中，朮赤得了病，不得已返回了欽察草原上的帳幕，所以不能來覲見大汗。

成吉思汗一點笑臉也不給，半句熱情話也不露，只是派出了「飛箭諜騎」，讓使者去告訴朮赤：「縱令患病也要回師！」

成吉思汗心中狐疑：即使朮赤患病無法回來，那也不至於讓那麼多將領和部下陪著他在欽察草原過日子不回來。三軍總得聽統帥部節制，王圖霸業不是到此為止，而是剛剛開始。而朮赤的蒙古軍團加簽軍有十多萬人，從玉龍傑赤一戰以後再也沒有打過什麼仗，沒有建立什麼功勳，這到底是為了什麼！

要不是傳來了忽蘭妃子重病的消息，成吉思汗恐怕將連續發出三道徵調令。

廿四　蘭歸冰川

晨霧籠罩著興都庫什山。

山頂的雪峰和大格勒冰川時隱時現地從縹緲著的霧的隙縫中顯露出來，如同印度的女子，很難得地一撩她的面紗，美極美極的姿容只亮一下相，隨即又掩覆上了。

霧裡行走，顯得飄忽，沒有送葬的樂隊，只有將官們的衣袂，發出鐵甲片磨動的聲響，和踏在雪地上的有節奏的腳步聲。

葬禮並不隆重，只有五六十個人，三十名將官，他們都是忽蘭生前十分熟稔的朋友，還有三十名士兵，他們是忽蘭西征以來在她帳前馬後效力的衛兵。

忽蘭的身體並不沉重，到她病入膏肓，不可藥石的時候，已經骨瘦如柴了。

他們在灌木林地帶行進，走了一整天。

他們需要不時停下來，等待他們的大汗。

成吉思汗單人獨馬，踽踽而行，他沉浸在無盡的回憶之中……

忽蘭睜大的雙目時時在他眼前閃動。

接到忽蘭病危的報告時，他正在行軍途中，他立刻調轉馬頭，奔回了忽蘭的帳幕。

他見到忽蘭時，忽蘭還沒有嚥氣。

她的眼光直直地望著帳門口，好像一直在等待著他的到來。

帳幕內生著火，火盆熚熚的光華照耀著那個曾經在馬背上有過颯爽英姿的巾幗女傑，天哪，她居然已經換上了鎧甲和金盔。

她是算準了自己的死期了嗎？

面前的忽蘭面色蠟黃，渾身瘦骨嶙峋，躺在牀上，再也起不來了。見到成吉思汗居然欠了欠身，想坐起來，那雙美目閃著淚光，那是火盆裡的火給她的活力。

她確實生命危在旦夕了。

「大汗，您來了？」

她望著成吉思汗，望著這個她真心真意愛了一生的男人，用盡全力吐出了微弱的聲音：「冰……冰……把我放在冰……」那聲音直如蚊蚋，簡直難以聽清，而成吉思汗則明白了她的意思，因為忽蘭喜歡潔淨，有一次她對他說過，如果有一天她死去，一定要用冰雪來覆蓋自己的身體。

他點了點頭，對她說：「我明白了！妳不想知道闊列堅的消息嗎？」

忽蘭搖了搖頭，她的眼睛已經將目光逐漸回收到深邃瞳孔深處去了。

她不再說話。

似乎該說的都已說完了，再說也是多餘。

成吉思汗心中悸動了一下，這個倔犟的女人，到了這個時候，仍閉鎖著自己的心，為了他的王圖霸業，她無奈卻至誠地獻出了作為她的生命的一部份——闊列堅，直到這時，她還是這樣執著。過去，她對自己把闊列堅給了不知姓名的蒙古族兄弟的事，完全忍受了下來，也許可以理解，但事到如今，仍不向他討要她的兒子。

成吉思汗從內心深處有一種強烈的認識，忽蘭是個十分可貴的人。

她為什麼不想知道兒子的下落？

是因為她知道他自己也不知道闊列堅在哪裡嗎？

當初，孛兒帖曾派人去找過鎖爾罕失剌老人。

鎖爾罕失剌真的守口如瓶，他說除非大汗親自來開他嘴上的封條，否則任何人都免談。

孛兒帖親自找鎖爾罕失剌：「鎖爾罕失剌，你知道嗎，忽蘭王妃在前線想念兒子都想出病來了，你怎麼忍心看著母親思子子想娘而不管，難道你真的是鐵石心腸嗎？」

鎖爾罕失剌搖頭不說話。

孛兒帖又說：「這是拖雷捎回來的家書，也是大汗的意思啊！」

鎖爾罕失剌仍只是搖頭，孛兒帖這才清楚鎖爾罕失剌已經不會說話了。

原來他把自己藥成了啞吧。

因為他無法迴避皇后孛兒帖的要求和問話。

等孛兒帖回去後商量好了辦法，召鎖爾罕失剌進大斡耳朵再一次問話時，鎖爾罕失剌的孫子來到了大斡耳朵，他哭著對孛兒帖說，爺爺昨夜去了。

孛兒帖以為有什麼意外。

而事實上鎖爾罕失剌是老死的，八十歲，無疾而終。

那個忠於大汗、忠於誓言的鎖爾罕失剌。

鎖爾罕失剌給蒙古的孛兒帖赤那留下了一個無解的謎：他們的闊列堅王子究竟在哪兒？

孛兒帖下詔在蒙古全境各部落查找，一無所獲。

她是那樣想念自己的骨肉，與其說長時間的戎馬生涯，異國他鄉的艱難困苦損壞了忽蘭的健康。倒不如說是思子之痛，徹心入肺傷了她，誰說鬱鬱寡歡不是一把戕人的鋼刀呢！

他深深的歉疚。

——為了穩定和鼓舞士氣，他不得不這樣做。

可是，雖說是為了整個汗國的利益才送走闊列堅，但也是可以想出別的辦法通融的呀！他確實不知道鎖爾罕失剌老人把闊列堅送到了哪裡，但從這一刻起，他下定了決心，等班師回國的時候一定要找回闊列堅。他想對忽蘭說的正是這個願望。

然而，忽蘭已經不能再聽他說什麼了，她的手指微微抬起來，似乎想觸摸什麼，但再也沒有能拉住成吉思汗的手，便落了下去。

成吉思汗覺得自己的呼吸也一起停息了，他悵然若失地望著闔然長逝的忽蘭，顫抖的手輕撫在忽蘭的眼皮上，替她合上了那雙已經失去一切光澤的眼睛。

這是他一生唯一真心相愛過的女人，也是一個唯一伴他戎馬征戰多年的戰友，她把愛以常人所沒有的勇氣獻給了自己，她把一切都獻給了自己的王圖大業，為了這，她與自己甘苦與共，患難相守，而現在居然就這樣撒手而去了。

他沒有掉淚，他這樣告誡自己：不能因為忽蘭的死而悲傷，就像察合台的兒子在克什米爾的范延城中箭身亡後，他禁止察合台不要悲痛一樣，禁止自己悲痛。

並不是因為看夠了將士的陣亡，而是為了將士的犧牲。

並不是因為戰爭熔鑄了鋼鐵心腸，而是為了鑄鋼熔鐵的戰爭。

成吉思汗走出帳幕，他的心情十分沉重，卻並沒顯露出悲哀。他要為忽蘭舉行葬禮。

他要為她選擇一處玉潔的冰河。

這是他要為忽蘭做的最後兩件事中的一件。

那天夜晚，成吉思汗親自指揮在忽蘭的帳幕中搭起了祭壇。並決定只向主要的將領通報忽蘭去世的消息，讓他們趕來參加祭奠的儀式，和忽蘭告別。

祭儀在漫天大雪中舉行，成吉思汗認為那是上天的垂愛，為他的愛妃撒下了潔白的喪儀。

成吉思汗抱著忽蘭已經僵硬了的身體，輕輕地放入棺木，好像怕驚醒她似的。

他在她的身側放進了他賜給她的那把寶劍和她天天使用的馬鞭。

他久久不讓蓋上棺蓋，不讓那一層薄薄的木板，阻隔他們。

耶律楚材為忽蘭寫了悼亡辭。

他虔誠地唸著，代表成吉思汗和諸將悼念忽蘭，唸完湊上燭火，隨著火花消失於無形。許多將領們執意要親自抬起忽蘭的棺木，將她送上勒勒車。

成吉思汗知道，忽蘭是這些將領們心中的偶像，像聖母一樣至高無上的聖潔神明般的女性，不少將領受到過她的庇護，因為成吉思汗震怒於他們的過錯時，只有忽蘭能夠勸阻得住；不少部隊受過她的勞軍，往往打得異常艱苦，軍心即將煥散時，忽蘭的芳駕一到，立即群情振奮。王妃與他們在一起同生共死，該是多麼巨大的鼓舞。這是一個令他們難忘的人。

天地蒼茫。

勒勒車在前面走著。

二十四位將領輪流抬著忽蘭的靈柩行走在茫茫的雪原上。

成吉思汗單人獨馬遠遠地跟在後面。派出去尋找冰河的士兵們發現冰川下游的溪谷上有一條冰河，河面上有幾十條裂縫，他們立即向成吉思汗報告。

成吉思汗打馬來到溪谷，在這高高的雪線以上，大地披著厚厚的雪被冰毯，一片縞素，一片潔白。

從潔白的白雲到潔白的冰川，從潔白的大坂到潔白的道路，空寂得渾如原始混沌，只有冰川的碎裂聲，吱吱格格給人一種山體搖搖欲墜的感覺。

這原始的大地，素潔淨幽正是忽蘭嚮往的聖潔之地，他還記得她說過：「我是淸淸白白來到這個世界上的，我當然要清清白白地做人，我要以死維護自己的清白，不讓別人玷汙。」

他一處一處地察看，最後選定了一處毫無凡塵，適合放置忽蘭靈柩的冰裂縫作為她的永遠安息之地。

暮色四合。

大雪漫天。

勒勒車停在無路的雪原上。

雪花已經將棺木染成雪白的顏色。

成吉思汗不讓他們將靈柩放入冰窟。他要同忽蘭作最後一次訣別。

快馬送來了氈帳和白熊皮。

他不要氈帳，只要白熊皮。

眾將退到了視野之外去了，雪線以上萬徑人蹤滅絕，雪煙順著潔白的嶺脊向高山上捲去，高高的雪山頂端有一股輕煙升上九天，接向澄徹透亮的藍天。雪線以下便是溫暖的春天。

只有三個王子和皇妹鐵木倫在東南西北四個方向的隘路口帶刀護衛。

雪掩雪埋的勒勒車。
雪藏雪蓋的忽蘭靈柩。
身披白熊皮，盤腿凝目端坐的成吉思汗。
天地間只有他們倆人組成這樣一組亙古僅見的圖畫。
明月升起來了。
高原的夜色竟是那般明亮。
仿若曙色四開。曠野雪原上空，高天寶藍，映襯得興都庫什山冰峰雪嶺一片潔白晶瑩。
大格勒冰川從高山上流瀉下來，白天那是一道放射著眩目銀光的河。而此刻白得慘烈。
成吉思汗彷彿看見雪原上浮起一層綠草，勒勒車載來了一個年輕漂亮的姑娘。銀鈴似的笑聲在天上滾動，像百靈鳥的歌聲飛向遠方。
也是在河邊，那個晚上，他們在鄂嫩河邊濯足，把雙腳放在冰涼的水中打崩崩。
也是這麼靜謐，就是那回她說了那句話：「我是淸淸白白來到這個世界上的，我當然要淸淸白白地做人，我要以死維護自己的淸白，不讓別人玷汙。」

——為什麼要對我好？因為我是大汗嗎？

——不！因為你是男子漢！

——妳是世上最美好的女人。

——漂亮女人多的是！

——但如此以死追求清白的女人只有妳一個。

其實他想說的是：抵死拒絕權勢，追求愛情的唯妳一個。

就是那一句話：「因為你是男子漢！」才使他丟棄了大汗征服女人的征服慾，拾回了鐵木真的本性。

他開始狂熱地追求愛情。

他覺得這才是平生知己。

值得他一輩子去擁有。

無論生或是死。

眼前的冰雪、河川、天上的藍空、明月糾結著無盡的孤獨，壓向成吉思汗。

只有在蒼茫草原的天地間，或者在貝加爾湖邊，他才有這種孤獨。

人會有自我膨脹和自我萎縮症候出現。

當人處身無邊無垠的大海、沙漠、草原時，天地空曠，原野遼闊，氣勢磅礴，會有一種無形的力把人心擠縮成一團，人頓時會覺得自己原來是這樣渺小。

當人處身於弱者之前，面對著許多足可以踩在腳下的渺小的生靈；置身於一個狹小的空間；借助於一種無形的外力可以制控別人的時候，人會無邊地膨脹自己，以至於覺得頂天立地般偉大。

成吉思汗此刻才感受到無邊無際的世界正把他擠向他的過去，去擁抱那在倥傯戎馬中忽視了的東西。

確實，他忽略了忽蘭。

忽略了作為一個人的感情需索。

奪走了她的兒子，又把她拋入孤獨。

兩年沒與她行房。

兩年沒有滋潤她那逐漸乾涸的土地。

兩年沒給她感情的慰藉和愛。

男人可以從征戰的殺戮中昂奮自己，從刀頭舐血中獲得感官的快慰，可以忘卻一切，而女人呢？

他不應該忘記這一切的，而確確實實他忘記了這一切。

……冥色漸重。

月色漸遠。

勒勒車退入了陰影中。

忽蘭的靈柩溶入了夜。

成吉思汗的雄偉的身軀與天地間的一切漸漸地變為無形。

曙色初開。

旭陽東升。

勒勒車退出了陰影。

忽蘭的靈柩溶出了夜的暗影。

天地間的一切披上了玫瑰色的朝靄。

成吉思汗站起來，奮臂一抖，震去了身上的白熊皮袍。他俯身拂開了忽蘭臉上的積雪，低下頭，輕輕地哈去那些拂不走的積雪，他恍如覺得忽蘭的眼窩裡，流出了淚珠。呵，那是他用自己的熱氣哈雪漸漸化成的小水珠。不過忽蘭依然像活著，雖然臉已經沒有了血色，但她平時不也這樣白晰的嗎？

他要最後吻他的愛妃。

他吻了她，吻了她那冰冷如鐵的唇。

那冰冷如鐵的唇告訴他，忽蘭真的已經去了，無可挽救地走了。

然後迅即合上棺蓋，拍合榫頭，運起神力，抱起了忽蘭的棺木，走向了冰河的裂隙，緩緩地放下一頭，靈柩漸漸向冰河下伸展去。

成吉思汗用力一送，忽蘭的棺木沉入了水中。只聽得冰下傳來一陣格格吱吱的聲響，不知是棺木浮在冰下，還是沉入了水中。

成吉思汗離開了冰河這永久的墓地。

離開了愛妃長眠的地方。

他帶領將領和士兵離開，依依地三步一回首，他突然不相信長期與自己同甘共苦、生死與共的忽蘭已經留在了這亙古無人的荒原野谷，他重又奔回去。

山風吹拂他那蒼白的鬍鬚，他的下巴顫動著，他在呼喚忽蘭，但是沒有呼出唇。

冰河在喀喀刺刺地響著，他覺得好像是忽蘭的聲音，原先那個裂口已經不見了，蒼天已經為她合上了墓穴。

真的是忽蘭的聲音，他抽出鷹劍，重擊冰河封口……

「走吧！父汗！人死不能復生！」那是拖雷的聲音。

窩闊台牽過了戰馬。

察合台把成吉思汗扶上馬背。

鐵木倫默默地遞上了馬鞭。

馬兒繞墓三匝，成吉思汗這才似悟非悟地離開了冰河。

然而，興都庫什山上颳來了凌厲的山風，那風呼嘯著。

……那風在呼喚，多像忽蘭的聲音……大汗……一……路……平……安……

成吉思汗告誡自己不能哭，不能流淚，卻在心中流淚，在心中哭泣。

「駕——駕——」與其說他在吆喝戰馬，倒不如說他在狂嘯，他發瘋似地鞭打征馬，逃離那個傷心絕地。

大軍暫時停止了南征行動，在大雪山下駐紮了下來。

雖然成吉思汗不住地告誡自己切不可因為忽蘭之死而過度悲傷，但他的內心已經受到了十分沉重的打擊，那種受壓抑的情感，真還不如痛哭一場，渲洩一番來得好。但他就是不哭，因為一個大汗是不能哭的，他有主宰一切的權力，但沒有哭的權力。

成吉思汗悶默地封閉了自己，他什麼事也做不下去。

當初忽蘭初進金帳的時候，他寵幸她，天天都在忽蘭的帳幕裡尋歡作樂，二人情稠意繆，使得他無心過問朝政。西方的乃蠻部不斷傳來要「消滅可惡的蒙古人」的叫囂，朝中大臣一個個十分焦急，但無人敢諫，只有木華黎敢闖宮，當面斥責他、挖苦他，他手持寶劍真想一劍劈了這個膽大包天的木華黎，還是忽蘭進言，她深明大義，幫木華黎說話，平息了他的怒氣，使他認識到了因耽迷女色而誤了朝政的危害。如今，忽蘭已經離帳而去，他依然沉浸在無盡的思念之中，木華黎大將軍遠在征金的前線，忽蘭去了，有誰還能來闖宮苦諫，有誰還能像忽蘭那樣深明大義來勸阻呢？

成吉思汗在思索，為什麼要去攻打印度呢？

對印度用兵剛剛開始，一個多月的行軍，他們要翻越興都庫什山，到處是高山峻嶺，懸崖絕壁，深不可測的峽谷；到處是古木參天的森林，雪封冰蓋的冰峰雪嶺。走不完的高山雪嶺，走不完的林海莽原。部隊有不小的損失，大都是水土不服，得病而亡。已經在這山高林密的惡劣條件下走了許多日子了，後面還有多少日子要走呢，還有多少日子才能進入印度呢？

攻打印度是聽了忽蘭的話才去考慮謀劃的。

當時他不是沒有看出忽蘭的用意：她只是打算把自己有限的生命消磨在他的王圖霸業的征途中。

她不願回去，不願看到不爾罕山和鄂嫩河。

她認為希望大汗凱旋的不是她忽蘭，而是望眼欲穿的字兒帖和他的兒女們。

她只希望不停地征戰，與他在外度過屬於他們的時光，只有這樣她才擁有他。

為什麼要去攻打印度呢？

是為了忽蘭嗎？

是的，很大程度上是為了如她的願。

儘管忽蘭的意見和邱處機、耶律楚材等人的意見相左，但只有忽蘭的話像絲絲春風吹入成吉思汗的心田，煽起漫地的野火。

他採納了忽蘭的意見，進攻印度，決心把印度變成蒙古的屬國。他真的看出了忽蘭的企圖，她只是想把自己不長的生命結束在征途上。

現在看來，進攻印度只是為了替忽蘭尋找一個理想的墓地。

為了悼念愛妃忽蘭，成吉思汗下令大軍就地紮營，就在忽蘭病逝的地方駐紮一個月。

成吉思汗幾乎天天作夢，白天坐在金帳裡，也會入夢，有時分不清是夢境還是現實。這一天白日，他巡視各營回到金帳，稍稍飲了幾杯馬奶酒，然後依著白熊靠墊，支著前額稍息，突然，金帳門口闖進來一隻奇怪的動物。那動物初看似乎像鹿，但尾巴像馬，渾身上下長滿了綠色的毛，頭上只有一隻角，成吉思汗以為是犀牛，但身上的皮並不像犀牛那樣渾似鎧甲。那物曲著腿跪在成吉思汗身前，似乎對他說起了人話，那聲音十分響亮，竟是說的人語：「大汗早返！」那動物剛一說完便站起了身子，走出了帳幕。

他起身吆喝：「箭筒士！」

宿衛應聲。

「你們還愣著幹什麼？這麼大的野獸，以前見都未見過，還不快去將牠獵住。」宿衛都追出去了，然而哪有怪獸的影踪？

這是夢嗎？

不！一切都是那麼實在，歷歷在目，那獸的眼睛有多明亮，那獸的毛色有多柔和，綠得像三月河邊青青草。

這會是夢境嗎？成吉思汗不相信。

夢境會那樣細緻嗎？牠走進來下跪的姿態，那麼曼妙，走出去又是那麼灑脫。真不是夢境可以得到的印象。

成吉思汗召見耶律楚材，向他細細地講了那件事，他對耶律楚材說，他不認為那是一隻夢中動物。不過，如果是夢中的動物，那麼又昭示著什麼？「我的長鬍子你能解釋嗎？」

耶律楚材回答道：「這種動物名叫角端。能通曉一切語言，一是聖人出世的時候，這獸也出現，另一個時候是，牠往往出現在兵荒馬亂、民不聊生的亂世，戰禍連綿，兵燹燭天時，牠出現在明主面前，昭示不要讓兵禍綿延，災難泛濫。牠能日行八千里，靈異似鬼魂，矢石不能傷。」

成吉思汗道：「依你的看法，這是一隻吉祥的野獸！」

耶律楚材說：「是的，這是旄星精靈，好生惡殺，這是長生天賜來給您的，儆告大汗，因為大汗是長生天的兒子，天下的百姓又都是大汗的子民，願大汗上應長生天之心，保全天下蒼生。」

以往在戰和不戰的問題上，耶律楚材的主張，總是不戰的時候多於戰的時候，所以成吉思汗一般不採納他的建議。而這一次出乎耶律楚材的意料，成吉思汗居然辯解都沒有辯解，立即點頭道：「既然天意如此，那麼，我就聽從角端的話吧，就此班師。」

耶律楚材恭敬地說：「大汗奉天命而行，便是天下百姓的幸福。」

耶律楚材雖是佛教徒，但他精於卜筮，知道成吉思汗相信薩滿教，相信長生天的至無上的魅力。所以把角端神化又神化。

而成吉思汗心中想的卻又是另一回事，他覺得那角端的目光很像是忽蘭的幽幽的目光，那裡邊充滿期待。本來忽蘭是好戰的，正是她動員自己征伐印度，然而為什麼又要化作角端這樣的動物來忠告自己呢？忽蘭是愛兵的，也許她怕犧牲太多，那崎嶇的道路，炎熱的氣候，確實讓許多人喪了生。

成吉思汗接受了這樣的忠告終於下令退兵了，出鞘的東方之劍，重又插回了鞘中。

兩天後蒙古大軍各兵團紛紛原路返回，士氣分外高昂，因為無論將軍和士兵都知道征討印度是一件事倍功半、徒勞無益的事。

成吉思汗行走在彎彎的山道上，望著前面如刀鋒般屹立的興都庫什山，以及眼前古木參天的峽谷深淵，頗有感慨地想起，自從一二一九年春天祭旗出征到現在，已經在異域度過了四年半的歲月了，現在完全有必要讓那些在喋血戰鬥中熬過來的將士們回歸自己的家鄉，讓他們的妻兒慰藉他們放蕩不羈的心了。

他決定在撒馬爾罕集結所有的主力部隊，然後從那裡取道回蒙古高原。

成吉思汗下令班師。

廿五　打擊俄羅斯聯軍

「葉賽寧爺爺！葉賽寧爺爺！哲別、速不台將軍請你去！」

「嗨嗨！他們請我去，又是你多嘴吧！我的小殿下。」葉賽寧疼愛地抓住拔都的頭髮，一邊搖了搖，一邊嘟噥著說。

拔都跟他挺近乎，十五六歲的半大小子，竟學著西域人非常親昵地吻了吻葉賽寧皺得跟老橘皮似的臉頰。

「走吧走吧！千軍萬馬裡還有誰比您更熟悉這一帶情況？」

此話無疑是真實的，沒有比葉賽寧對中歐更熟悉的了。葉賽寧祖上是拜占庭人，他在歐洲各處流浪過，最後落腳到中亞。他見多識廣，會許多國語言。

不過儘管拔都央求，葉賽寧還是不肯挪腳。

拔都噘起了嘴，背轉了身，葉賽寧見拔都噘嘴不高興，便悄悄對著拔都的耳朵眼吹氣，細癢細癢的，把拔都吹樂了。

「您去不去？」

「不瞞你說，我怕那位獨眼將軍，要是我葉賽寧老頭說得不到家，他惱了，喀！」他作了個抹脖子的動作。

「您哪，不要多慮，速不台將軍不是亂開殺戒的人，再說還有哲別將軍哪！還有我哪！」

「那我求你一件事，你跟速不台將軍說說，今後攻下了羅斯國，是不是能少殺人不殺人，起碼不殺老百姓！」這是宕在葉賽寧心裡的一樁事，因為他跟隨成吉思汗大軍後，看了太多的殺戮，他無法表達自己的情感，也不敢表達自己的情感，怕人家把自己當成異族的奸細。只是當拔都和哲別、速不台有求於自己的時候，他才藉機道出來，也許沒用，但總算如釋重負。

拔都應了下來。

葉賽寧讓他等一等，他去翻自己的馬袋，居然從裡面翻出來了一張羊皮紙，展開來一看是張手繪的地圖。葉賽寧對拔都說：「哎！當初要飯流浪，隨手畫下了經過的地方，或許打仗也能用上。」

拔都見了地圖更高興了，他問，「上次跟你一起出使基輔、加里奇、弗拉基米爾的時候你就有心準備了，是嗎？」

葉賽寧說：「可不敢自吹，純是為了將來殿下不要我侍候時，流浪回西方，路上不迷路！」兩人說著來到了哲別的大帳。

這是一個戰前情報分析會。

葉賽寧進來前，各路探馬已經把得來的情報匯總過了。成吉思汗從來反對打莽撞仗，戰前必定先派出探馬，及時察明情況，並從敵人那裡捉來舌頭，或者從敵人營壘裡招降納叛，以為己用。強調不打無把握、無準備之仗。特別強調利用敵人內部和相鄰國家之間的矛盾，以分化瓦解，孤立最危險的敵人，瓦解他們的陣營，進而各個擊破。

為此，戰前瞭解清楚第聶伯河和伏爾加河沿岸國家情況就顯得十分重要，拔都知道哲別軍中無人瞭解中歐諸國，只有葉賽寧瞭如指掌，於是他自告奮勇請來了葉賽寧。

葉賽寧進來以後，先向兩位將軍行了禮，然後說：「兩位將軍傳喚在下，是不是可以把你們為什麼要瞭解中歐諸國的原因告訴我。」

哲別沒想到葉賽寧會這樣先開場，儘管不太願意把得來的情報和戰略意圖告訴葉賽寧，但事實明擺著，不告訴他便無從講起。哲別覺得平時只當他是拔都的傭人，倒是小覷這老頭兒了，每道皺紋裡，顯然充滿著智慧。

「好吧，這可是軍事秘密，你可要保守！」哲別對他說。

速不台瞪大了獨眼，非常凶狠地瞅了葉賽寧一眼。拔都吃不住了，嚷嚷道：「你們幹什麼呀，這是審犯人嘛？」他想，看來葉賽寧的擔心不是沒有道理的。

哲別忙說：「拔都殿下，請稍安勿躁，我不過提醒大家，軍機大事，不可亂講，不是對葉賽寧一人。」接道：「我軍打敗了奇卜察克，康恰克的兒子帶著他的軍隊逃到第聶伯河以西去了，據說那裡有個波羅維赤國，也就是欽察人的國家，國王庫坦帶著康恰克跑去向加里奇國求援。加里奇侯叫什麼姆斯梯斯拉夫‧姆斯梯斯拉維奇，他是庫坦的女婿，正因為有如此姻親關係，所以要幫庫坦的忙，與我們作戰。不過他勢單力薄，便又去糾集中歐的其他國家，為此我們要瞭解加里奇和其他國家的情況。」

「好！在下明白了，請看！」葉賽寧張開了那張羊皮紙地圖，讓兩個侍衛拉開，然後指著地圖開始介紹。

「高加索以北的這片遼闊土地，屬於阿蘭人和奇卜察克人，而第聶伯河以西的土地便是屬於斯拉夫人的羅斯國了，斯拉夫族現在叫俄羅斯人，十世紀時出了個英雄人物叫奧列格，他征服了大大小小的民族，以基輔為中心成立了一個基輔國，自稱為羅斯大公。

「基輔羅斯國繁榮——衰落——再繁榮了幾百年，到了近年羅斯國內的許多諸侯漸漸脫離了基輔羅斯，分裂成為無數個小諸侯國，其中較大的有基輔、契爾尼戈夫、加里奇、斯摩稜斯克、弗拉基米爾—沃倫、波洛茨克、杜洛夫—平斯克、梁贊、柯澤爾斯克、彼列索普尼察等等，不過每一個侯國都是由奧列格的後裔所統治著，只有基輔才經常更換國主，哪個諸侯強大，哪個就到基輔去。因此，按習慣基輔王被尊為諸侯的首腦，也就是說基輔大公是主君。

「六十多年前，弗拉基米爾—蘇茲達爾侯變得很強大，在伏爾加河和奧喀河之間稱侯建城，是東北羅斯的重鎮，因為都城叫弗拉基米爾，後來把羅斯托夫—蘇茲達爾侯國稱為弗拉基米爾公國，國主就叫弗拉基米爾大公，由於他的強大，他取代基輔王做了國王。由於俄羅斯人為主體，所以又稱它為俄羅斯，一般統稱之為羅斯國。這樣基輔就成了侯一級的領地。為了方便控制各路諸侯，他把自己的子侄派往各國做那裡的諸侯，使那些侯國一一成了附庸。從那時開始，各地諸侯就再也不聽基輔王的話了。每個諸侯在自己的小國裡就是主人。」

哲別插話說：「這麼說，我們面前的敵人貌似強大，其實有著他的弱點，並不是石板一塊。」

「可以這麼說！」

當哲別、速不台在召開會議，綜合各路情報的時候，姆斯梯斯拉維奇也在緊張地活動，他致書羅斯各諸侯，要求他們到基輔會合，以便討論中歐急劇變化的局勢和面臨的危機。

姆斯梯斯拉維奇在信中對他的兄弟們說：

並不是我的妻子是波羅維赤人，我才這樣著急，因為凶惡的韃靼人，今天像狼一樣掃蕩了奇卜察克，明天就會進攻你我的土地，不要以為他們吃飽了一頓就不會再吃，韃靼狼是貪得無厭的。我的親愛的弟兄們，如果我們不幫助波羅維赤人，那麼他們只有向韃靼人投降一途，那樣他們就可能成為韃靼人的戰鬥部隊，就會成為我們的敵人。當他們來求援的時候，我們無動於衷，那麼等他們與韃靼人聯合起來的時候，他們也會像韃靼人一樣無情地來對付我們，這絕不是危言聳聽。

姆斯梯斯拉維奇的信寫得很動情，但沒有激起他的全部兄弟們的響應。但畢竟也有一些回音。

加里奇侯姆斯梯斯拉夫・姆斯梯斯拉維奇到達基輔，走進巍峨的宮廷的時候，只見到了一部分侯國派來的首腦，他們是：

基輔侯——姆斯梯斯拉夫・羅曼諾維奇。

契爾尼戈夫侯——姆斯梯斯拉夫・斯維亞托斯拉維奇，他們兩人是羅斯境內德高望重的長者。

斯摩稜斯克派了位將軍來。

彼列索普尼察侯——姆斯梯斯拉夫・涅莫依，他是抱病而來的。

最後一位是青年諸侯，弗拉基米爾—沃倫侯——丹尼爾・羅曼諾維奇。

沃倫侯在喀爾巴阡山麓，離得較遠，屬於西南羅斯，他們的國王羅曼是個獅子一樣英勇的人，但在與波蘭人交戰中戰死了，留下了兩個年幼的兒子——丹尼爾和瓦西里科，這兩個孩子在對抗外敵和國內領主的經常不斷的鬥爭中成長，鍛鍊出了他們大膽而勇武的性格，二人都迷戀武功和軍人的榮譽。這一次商量由哥哥來，弟弟在家監國。

加里奇侯不是十分滿意，他認為羅斯的各諸侯國養成了一種極端自私的習性，很有點門前雪自掃的味道，很少考慮到整個羅斯的命運。他覺得各諸侯國完全是唇亡齒寒的關係，喪失了團結起來的優勢，那麼韃靼人就會把一群羊隔離開來一隻一隻拾掇乾淨，令他感到慶幸的是，還有這五六個侯國願意加入拯救波羅維赤人的聯盟。

至於弗拉基米爾—蘇兹達爾侯——尤里・夫塞沃洛多維奇推辭有病不能到會。

到會諸侯約定在第聶伯河西岸集結，一起抗擊韃靼人。

庫坦當即發誓：「是基督的國家、基督的僕人承信拯救波羅維赤人，從今以後，波羅維赤人崇信基督。」

姆斯梯斯拉維奇還向在莫斯科的弗拉基米爾大公派去使者，要求幫助。

當所有情報都證實康恰克搬來了救兵，已由波羅維赤國王庫坦忠實的女婿姆斯梯斯拉維奇率領聯軍出征。哲別、速不台的作戰決心業已形成：一定要向成吉思汗奉獻更多更廣的土地。一定要將鐵拳擊在敢於反抗者的頭上，或者說，一定要讓他們的王侯親吻蒙古人的馬靴。

「飛箭諜騎」在南俄穿梭，情報不斷報到哲別、速不台軍團的大帳。

「基輔羅斯國共調動軍隊十五萬二千人組成俄羅斯聯軍，其中奇卜察克三萬五千人；庫坦率領波羅維赤軍二萬五千人，基輔羅斯各諸侯軍共八萬二千步兵和一萬騎兵。」

「飛箭諜騎」又向位於薩萊的朮赤太子大帳馳去。

一共三萬蒙古騎兵，和四萬簽軍，要想和十五萬人的聯軍相抗衡，無疑除了勇氣外還缺一點實力。朮赤太子那裡雖說兵力也不是太雄厚，但得到他的援軍，哪怕是五個千人隊，也可以鼓舞士氣。

面對強敵，就不僅僅是勇氣和力量了，一定要靠計謀和機巧多變的戰術。

哲別一連好幾天沒睡好覺，把速不台也熬得夠嗆，最後速不台對哲別說：「我的兄弟，你怎麼佈排，兄弟我就怎麼幹，我可是要睡一會去了。」說完他走了。

哲別回身又去苦苦思索大汗領兵打仗用過的計策，突然間聽見了大帳角落傳來輕微的打鼾聲，尋聲望去，這才發現把拔都殿下忘記在一邊了，孩子畢竟是孩子，熬不住，自己先打起盹來了。他取過貂裘，輕輕地覆蓋在拔都的身上。

黎明了，軍帳城裡的號角響了，哲別吹熄了羊油燈，走到大帳門口，舒展了一下臂膀，遠方頓河在朝陽下閃閃發光，一望無際的草原綠上青天，綠得讓人心醉。

哲別不由自言自語地說：「草原啊！是我們蒙古騎手的家！」他走到申虎的帳前高喊：「申虎！跟我上草灘遛馬去。」

申虎聽見父親喊，匆匆忙忙地在帳中穿衣服，一旁兀良哈台正牽著他的白色坐騎遛過來，哲別接過兀良哈台手中的韁繩飛身騎上去，飛也似地出了帳幕城，向頓河草灘馳去。哲別的侍衛慌忙牽了常備馬跟了上去。

經過一番馳騁，白馬已經微微出汗，哲別跳下馬來，鬆了嚼口，一拍馬腚，任由駿馬自由自在地去啃青。

哲別躺在青草地上望著草原上高闊的天空，嗅著清新的草香，不知為什麼，竟想念起自己蒙古高原的故鄉來了，清清的鄂嫩河，高高的不爾罕山，在那裡有自己妻妾幼女，有自己的朋友故人，打一隻鹿或者黃羊總是見者有分，有什麼難事只要嗬嗬嗬在家門口一喚，你想幹些什麼總會有人來幫助。家呀，多麼親切，多麼溫暖的地方。

征戰在外很難得有時間這麼想一想家，出門在外有多麼不便啊，要不是這麼多鄉親們在一起組成了一個戰鬥的大家，真不知道該有多麼孤獨……

「家——家——家！」一個「家」字老在他耳邊迴響，他似乎感覺到有什麼東西在他腦際迴旋，但無法捉摸，無法言喻。

「家——家——家！」突然，他像得到了長生天的啓示似的，腦際忽地敞亮地透進一道閃電。

「備馬！」

「馬在！」侍衛應聲。

哲別沒有等召回白馬，他從侍衛手裡接過常備馬的韁繩，又著魔似地奔回大帳，要申虎立即把主要將領叫到他的大帳議事。

俄羅斯聯軍與波羅維赤人一起出發遠征。隊伍在第聶伯河下游奧連什亞城（第聶伯河河口的一座城市）渡河向東方推進。

千百旗幟，萬桿槍林粧點著這支聯軍，數萬人的隊伍，刀槍閃光，整齊的步子如同鼓棒，敲響大地。

姆斯梯斯拉維奇和丹尼爾聯合行動，在河口附近遭遇了成吉思汗軍前鋒一部約一千人，成吉思汗軍幾乎一觸即潰，被打得丟盔卸甲，狼狽不堪。丟下了一百餘具屍體，二百餘名俘虜逃跑了。

初戰告捷，雖然是小小的勝利，卻也是旗開得勝。

他們想把俘虜殺掉，然而，等到開刀時，那些俘虜紛紛開言求告饒命，這才知道都是奇卜察克被俘的士兵組成的簽軍，這支部隊由他們的蒙古長官率領，長官已經溜了，只留下他們當了俘虜。

丹尼爾對姆斯梯斯拉維奇說：「他們也是身不由己！既然韃靼人能讓他們為韃靼人服務，我們也能讓他們為我們效命。」

「你倒是仁慈！好！饒他們不死，編入波羅維赤軍中，去跟我們的共同敵人韃靼人作戰。」

有個俘虜對丹尼爾說：「長官，您想知道，怎樣識別真正的蒙古人和簽軍嗎？」丹尼爾感到這是個極有意義的事，便悄悄問了區別之法。

儘管丹尼爾與姆斯梯斯拉維奇私人關係不錯，但他仍然牢牢地抓著自己那個侯國的軍權，絕不完全混合在一起。無論宿營和行軍都是一個整體。

姆斯梯斯拉維奇並不計較，因為所有的侯爺都是如此，他們有獨立行動的自由。不過姆斯梯斯拉維奇感覺到這樣做，弊端很大，他有這樣的擔憂：也許會由於各侯國軍隊的我行我素，而使俄羅斯聯軍名存實亡。為此他想去見基輔侯，進一步去堅定聯合行動的決心。

正在此時，忽聞成吉思汗軍有使者來訪。

姆斯梯斯拉維奇傳令召見。

確實是哲別派遣的使者，一共三個人，他們出具了哲別、速不台給聯軍司令長官的信。信中說：「我們聽說貴方接受了波羅維赤人的勸說，將不惜向我們刀槍相向。我們檢查了我們的言行，並沒有作任何對不起諸位的事情，我們沒有侵犯基輔羅斯各諸侯國一城一村，一草一木，我們僅僅是召回我們的欽察人奴隸，也就是你們所說的波羅維赤人，他們犯了錯，需要責罰他們。波羅維赤人，長期以來一直是你們羅斯國的敵人。一直劫掠你們的人民和土地，你們應該借這個機會向這些野蠻人報仇。消滅他們，剝奪他們的財產。我們將不與你們為敵。」

姆斯梯斯拉維奇十分氣憤，斬了來使，這又是三個無辜的簽軍士兵。

俄羅斯聯軍沿著第聶伯河右岸，緩緩向前推進，一邊行軍，一邊等待其餘侯國的部隊到齊。

一連走了十七天，在奧西蓋又遇上了成吉思汗軍派來的使者。

這一回是真正的使者，傳達作戰文書的使者。

使者對姆斯梯斯拉維奇說：「你們聽信了波羅維赤人的讒言，斬了我軍的使者，這說明你們執迷不悟，蓄意為敵到底。好，我們就戰鬥吧，直到今天為止，我軍沒有給貴方一點傷害，現在就讓主宰世界的長生天給我們作裁判吧！」

庫坦在一旁聽了七竅生煙，又要姆斯梯斯拉維奇斬了來使。

姆斯梯斯拉維奇沒有答應，他說：「有挑戰書總得給他一個應戰書！」姆斯梯斯拉維奇割了來使一隻耳朵。然後說：「放你回去，告訴哲別、速不台，唯一的出路是早早滾出奇卜察克，回蒙古老家去。否則就不是要耳朵的問題了。」

俄羅斯聯軍按兵不動，等待其他侯的軍隊。

但是成吉思汗軍頻頻在對岸調動部隊，開始打的都是藍旗，丹尼爾告訴姆斯梯斯拉維奇，根據俘虜供稱那是簽軍部隊，不足以攻。後來出現了打黃旗的軍隊，丹尼爾對姆斯梯斯拉維奇說，那是真正的韃靼人。

姆斯梯斯拉維奇認為機會來了，可是其他侯的軍隊遲遲未到。姆斯梯斯拉維奇和丹尼爾有些按捺不住了，他們決定由他們兩國加上波羅維赤的軍隊一起聯合出擊。

俄羅斯聯軍近八萬人渡過了第聶伯河，突破了成吉思汗軍的前衛，雙方混戰，前衛先鋒被丹尼爾斬於馬前，成吉思汗軍頓時大亂，紛紛敗逃。

成吉思汗主力均是騎兵，迅速撤退得無影無踪。

這一戰俘虜了成吉思汗軍一千餘人，一問還是簽軍，問他們為什麼打黃旗？他們說：這是才換的信號旗。打綠旗的才是真正的蒙古人，就是俄羅斯聯軍所說的韃靼人。

不管是什麼旗，什麼人，姆斯梯斯拉維奇認為總是消滅了成吉思汗軍的有生力量，他認為不應給成吉思汗軍以喘息的機會，要急起直追。

連折兩陣，丟了簽軍一千幾百人。哲別非常高興。

他丟給俄羅斯聯軍兩個大大的肉包子，引起了俄羅斯聯軍這麼大的興趣。他還決心丟出一個更大的包子。

第三天，當俄羅斯聯軍追擊的步子放緩的時候，哲別丟出了二千人的大肉包子。叫姆斯梯斯拉維奇和丹尼爾美美地咬了一大口。勝利捷報也促使聯軍的其他侯爺加強了行動的積極性。

當他們在品味這一大口美味的時候，哲別、速不台帶領著主力已經消失於無形，他們一口氣退了三百八十里，撤退到了東面伏爾加河附近。在那裡他們見到了大太子朮赤。

朮赤駐軍於伏爾加河中部的薩萊城，部眾在欽察草原上養得人壯馬肥，正無所事事，聽說哲別、速不台要打大仗，一個個求戰意志高昂之極，朮赤派遣拔都的哥哥鄂羅多，率領了大半人馬前往增援，並且親去哲別大帳慰問。

朮赤心裡明白得很，哲別、速不台軍團是為他打天下，因為未來西方的國土都是他的封地，所以他絕不會按兵不動。

在哲別大帳中，哲別告訴了朮赤他的戰略設想，並告訴他，第一步棋由他出，第二步棋則由拔都小殿下出。

朮赤連聲稱好，他沒有在哲別部多待，只是看了看拔都，嘉勉一番，就回了薩萊。

一連跟踪追擊行軍了八天，丹尼爾沒有摸到成吉思汗軍一根馬毛。

丹尼爾顯得有些憂心忡忡，他說：「姆斯梯斯拉維奇你是否意識到，我們是被敵人牽著鼻子在亂跑？你是否意識到我們離開南俄我們的家太遠了？」

姆斯梯斯拉維奇何嘗沒有意識到，但出動了如此眾多人馬，無功而返，怎麼向各路諸侯交代，今後再有事，便休想再有聯軍。

當姆斯梯斯拉維奇和丹尼爾意識到這一點的時候，哲別已經在心中竊笑多時了，這是他的傑作，是在頓河草灘上突然萌發的一絲閃光的思緒。那個由「家」而起的小小的「奸」計，他就是要把俄羅斯聯軍調離他們的「家」，遠離他們的「家」，使他們成為無根之木，失去他們國家的支撐，拉長供應線，拉疲憊他們的隊伍，變十五萬為八萬，變八萬為四萬，變四萬為二萬、一萬，以便指揮部隊在適合蒙古戰騎快速突擊的地方逐個尋殲俄羅斯聯軍主力。

第九天傳來消息說：成吉思汗軍已經退到迦勒迦河附近。

俄羅斯聯軍八萬便分屯南北，南軍為基輔、契爾尼戈夫等部，北軍為姆斯梯斯拉維奇和斯摩稜斯克哈得將軍、彼列索普尼察侯——姆斯梯斯拉夫・涅莫依。以及波羅維赤王子尤里率領的波羅維赤軍。

當晚加里奇侯去見基輔侯，加里奇侯對基輔侯說：「明天如果發現成吉思汗軍，我想立刻發起攻擊。可是，直到現在為止，還有好幾位侯爺遲遲不見派兵來，這樣不顧道義，實在令人不能容忍。」

基輔侯不鹹不淡地說道：「年輕人，有我們幾個老年人陪你出來風光這一趟，應該感到滿足了，人家不來有不來的道理，因為是你的岳父來向你搬兵，如果是他們的岳父，恐怕他們也會那麼積極。」

加里奇侯惱怒地說：「你這麼一把白鬍子，難道不是吃麵包和鹽長大的嗎？難道一定要韃靼人把刀架在你的脖子上，才認為真正有威脅嗎？」

二人你一語我一言地爭吵了起來，虧得有契爾尼戈夫侯在一旁勸阻。他做個和事佬是滿在行的，他說：「大敵當前理當團結，不管怎麼說已經出兵了，如果不能打勝，這關係到我們俄羅斯聯軍的聲望，也關係到我們姆斯梯斯拉夫家族的名譽。既然互為股肱，相互增援是一定的，我們不會袖手旁觀的。」

契爾尼戈夫侯把加里奇侯勸走了，基輔侯心中還是忿忿不平。不過他不能對契爾尼戈夫的話置若罔聞。

翌日。

北軍發現了成吉思汗軍的一支部隊約五千多人，正在迦勒迦河邊不遠的海爾桑集結，看樣子是準備阻截北軍渡河。

多日苦苦追尋的敵軍出現在面前了，而且都是那麼不堪一擊的部隊，於是，姆斯梯斯拉維奇命自己所帶的五千騎兵中的二千首先突擊，三千為預備隊。丹尼爾帶領沃倫的一萬步軍隨後緊緊跟上。丹尼爾的步軍中有一支八百人的騎兵，其中有七十人是著名的騎士。是一支戰鬥力很強的部隊。

姆斯梯斯拉維奇督導著戰騎衝入冰冷的迦勒迦河中，有些戰騎被河水沖散了，但大多數戰騎還是成楔形向水流的上方突上了河岸。

成吉思汗軍似乎對姆斯梯斯拉維奇的騎兵渡河毫無感應，他們還在忙著集合隊伍。姆斯梯斯拉維奇要求騎兵迅速突擊。他在河那邊向登陸的騎兵大聲呼喝：「加里奇的勇士們，是你們顯示你們馬刀威風的時候了，衝上去，把韃靼人的腦袋割下來。」

加里奇的騎兵，鬥志很旺，儘管個個征衣濕淋淋的，還是鞭打著戰騎奔跑著圍向成吉思汗軍。

確實用兵神速，一個漂亮的大包圍，以迅雷不及掩耳之勢，兜住了位於海爾桑城郊的成吉思汗軍約五千多人。

成吉思汗軍被圍後，出現一陣莫名的騷動，莫名騷動過後，被圍的成吉思汗軍突然一下亮出了無數盾牌，而且迅速組成了五百人為一組的方陣，十個方陣滾動向前，外面是持牛皮重盾，執彎刀的士兵，裡面是鈎鐮槍手，第三層是箭筒士，方陣之間，既獨立又聯合互為左右翼。

當俄羅斯聯軍的騎兵衝擊方陣時，方陣立刻緊縮，鈎鐮槍手從重盾底下，頻頻出擊。當騎兵後退時，方陣拉長，哪一面有敵來犯，箭弩立即像雨點一般從各陣中射出來。箭響馬倒人墜，十分有效。

據俘虜的格魯吉亞士兵稱，這個戰陣是當年羅馬人發明的。

「不管是誰發明的，好，就拿過來用！」這是成吉思汗的訓誡。

所以哲別從格魯吉亞軍那裡現販現買來現用，哲別估計俄羅斯聯軍只知道成吉思汗軍慣用騎兵突擊的戰術，從沒有用過方陣戰術的記錄，所以反用其道，突然組成方陣，與姆斯梯斯拉維奇的騎兵糾纏。喊殺聲、馬蹄聲、中箭的慘呼聲、戰馬被鈎鐮槍拖住倒地的訇然聲，混成一片，組成戰場特有的嘈雜。

姆斯梯斯拉維奇也樂意看到自己的騎兵與敵人糾纏，因為他的二萬五千步軍正在渡河，只要步軍一到，那麼這五千多人就是囊中之物了。

為了確保勝利，他命飛騎去通知南軍，要基輔侯帶領南軍火速到海兒桑來增援，因為這邊咬住了成吉思汗軍的主力。

姆斯梯斯拉維奇用單筒望遠鏡仔細地觀察著戰場形勢，確實是好大一塊肥肉，五千多人已經夠讓姆斯梯斯拉維奇動心的了，他根據反抗激烈程度判斷，圍住的無疑是成吉思汗軍的一支主力。他下令渡河部隊加快渡河速度，迦勒迦河水深流急，加上天氣已寒，無法泅渡，只有靠徵調來的一百多條大小木船。

上百條渡船載著滿滿的士兵在迦勒迦河上穿梭，丹尼爾的人已經登陸，開始集結，還有隸屬於加里奇的最後一批八千人，他們乘坐的先頭船已經過了中流，不要多長時間，就可以全部完成渡河任務，投入戰鬥了。

就在此時，遠方忽然響起了沉雷滾動似的聲音，沉悶而撼人地滾動著，猶如山崩地裂一般讓人心絃顫動。稍頃，只見海爾桑右方出現了黑鴉鴉一片烏雲似的灰影，那灰影不停地竄動，像暴風驟雨捲起的風刀雨箭。漸漸地，顯現出了駿馬的矯捷的身影；接著海爾桑右方也出現了一片同樣的灰影，灰影上已經顯現了攢動的馬上人頭。只一眨眼功夫，成吉思汗軍的鐵騎猶如決堤的洪流以不可阻擋之勢，雷霆萬鈞之力壓向了迦勒迦河邊。

左軍速不台之子兀良哈台一馬當先，手中的戰斧砍瓜切菜一樣，連連把敵軍砍翻在河岸，刀似萬道匹練，槍似千百道狂蛇，像趕鴨子一樣將登岸的敵人趕到左邊，以漩渦形式不斷旋轉著，用殺戮的刀光，驅趕他們向左移動，決不給他們以喘息的時間形成戰鬥隊形。在騎兵的反覆穿插中，將他們切割成東一塊、西一團，快速地砍殺，如同刈割莊稼一樣，一批批倒下，消耗著敵人的有生力量。

右軍由傑斯麥里率領，在兀良哈台把丹尼爾的步軍捲走之後，一陣狂飇似地殺到，箭如飛蝗，飛火槍似千百條狂蛇，射向戰船，飛火槍上的火油筒雖然不大，帶油量不多，但射出的飛火槍多，戰船立即起火燃燒，渡河的士兵只好跳入迦勒迦河泅水逃命。

靠岸的船上，士兵們紛紛跳離火穴，但岸邊淤泥陷足，很難跋涉。傑斯麥里的部隊箭弩交射，使他們無法躲避，紛紛斃命，頓時河灘地上伏屍一片。不少屍體隨著翻起的濁流衝向下游，也有在水面伸著雙手呼救的，但此刻誰還顧得了誰呢？只能看著迦勒迦河將他們無情地吞噬。那些僥倖沒死在箭弩下的士兵，好不容易掙扎著、呻吟著爬上了岸，來不及重新回到隊伍中，便又被成吉思汗軍的馬刀罩上，一顆顆人頭便落下了地。

而姆斯梯斯拉維奇的騎兵一時竟被眼前的情景驚呆了。不知是繼續圍攻方陣，還是趕去馳援迦勒迦河邊遭受襲擊的步軍。

也許由於過度的勞累，也許由於長年征戰得不到很好休息，也許是上了年歲，哲別從那天在頓河草原上過度思慮以後，便感覺到自己半邊手足麻木，隨後便是上不去了戰馬。為此，只能在後方指揮。他和速不台都不讓拔都上前線，於是速不台把照顧哲別的任務交給了拔都。反正作戰方案已定，看怎樣執行了。

哲別站在海爾桑鎮中一處高房上，身邊站著撈不著上戰場，急得如熱鍋上的螞蟻似的拔都。拔都手中拿著一支與格魯吉亞軍作戰時繳來的單筒望遠鏡，觀察著整個戰場的情況，突然他眼睛一亮，河邊密密麻麻的步軍和奇襲的蒙古鐵騎阻住了騎兵的退路，使得騎兵沒有回旋的餘地，這可是敵人戰術上的一個錯誤，騎兵沒有回旋餘地就不能作機動，也就喪失了它應該發揮的戰術作用，那麼只要發動凌厲的攻勢，俄羅斯聯軍就可能擠成一團，自相傾軋踐踏。拔都向哲別提出了建議，於是哲別一邊派出「飛箭諜騎」，一邊掛出信號旗。

阻截渡河的傑斯麥里立刻按令旗指揮的方向撤退，如一陣疾風飄走了，河岸頓時寂然。

姆斯梯斯拉維奇見敵人突然走開，也顧不得多考慮什麼，依然指揮河中未遭襲擊的船隻將人快速輸送上岸。同時要騎兵預備隊立即過河。

眾士兵奮力划水，船隻迅即駁岸，姆斯梯斯拉維奇踏著自己士兵的屍體走上陸地，他的侍衛給他備好了馬，他精神抖擻地騎上去，準備展開反擊。

而此時方陣突然展開，中央方陣成凹形回縮，然後像大鳥展翅似的展開，包抄擠壓敵人騎兵。顯然方陣得到了加強，有足夠的力量反擊。

方陣得到了來自朮赤那裡的五千精騎的增援。

左軍兀良哈台已經將先期登陸的丹尼爾軍捲向了一邊，丹尼爾重鎧重甲與兀良哈台力拚，丹尼爾劍法很精湛，兀良哈台的戰斧得其父速不台的真傳，使得出神入化。雙方你一劍我一斧，戰有二十多個回合，兀良哈台一時拿不下丹尼爾，又怕整個左軍無人指揮，造成混亂，趁兩馬相錯以後回身之機，一個鐙裡藏身，隱去身子，等丹尼爾回身再看時只有光光的馬背，而馬上人影已杳。正在錯愕之際，戰馬前蹄一仄，身子控不住向前拋出，落地趕緊穩住心神，只見兀良哈台穩穩地跨在馬上，還笑嘻嘻地向他招招手。

原來兀良哈台是從馬肚底下運斧，砍了戰馬的前腿，造成馬失前蹄。也許是英雄相惜，他沒有下殺手鐧直接砍去他的大腿或者小腿。

丹尼爾自然心驚。他匆匆卸去重甲，因為沒有了戰馬，他要帶著那麼重的盔甲戰鬥，無疑是很大的累贅。他大聲召集他的部下，他的英勇的騎士和數百名士兵向他靠攏過來，那些士兵見了自己的主人，立時有了主心骨，看著丹尼爾那把利劍，聽他號令。

丹尼爾說：「韃靼人確實太利害了，再戰下去，我們沃倫來的戰士會一個不剩地留在這迦勒迦河荒灘上。準備好跟我衝出重圍去。」丹尼爾已經無心戀戰了，他不斷地召喚著自己的隊伍，準備突圍。

右軍先鋒傑斯麥里等姆斯梯斯拉維奇的後續部隊渡過迦勒迦河以後，又像一陣風似地捲回，截住了剛剛過河還未展開的姆斯梯斯拉維奇的騎兵。

而速不台率領的騎兵和鄂羅多率領的朮赤騎兵分兩路在方陣兩翼奮力擠壓，形成了兩面包圍的態勢，這樣近兩萬人全被壓縮到了迦勒迦河邊狹長的地帶。

姆斯梯斯拉維奇先遣過河的騎兵被演化的方陣一擠，只好回身擠丹尼爾剛剛登陸的步兵，一個要向前，一個要向後，雙方擠壓成一團，戰馬無處奔突，只有踩踏自己人。而兩側的成吉思汗鐵騎則不斷絞殺剛剛泅渡到達河岸的騎兵，雙方戰作一團，展開了一場短兵相接的搏殺戰。鞍上槍來劍往，刀光血影，胯下戰馬互衝互撞，奔騰嘶鳴，姆斯梯斯拉維奇要騎兵將成吉思汗軍從迦勒迦河邊推開，而成吉思汗軍的鐵騎卻要將他們推下河。

姆斯梯斯拉維奇想行使指揮權，但此時他的部隊已經被成吉思汗軍衝得七零八落了，兩軍混戰在一起，誰也聽不到誰的，他這才真正瞭解了什麼叫蒙古旋風。

沒有別的辦法，他只有毫不示弱地親自出戰，在戰場上殺出威風來吸引大家的注意力。他用兩腿的合力夾住了戰馬，右手持一把印度六葉鋼錘，一手握一把曲刃波斯長刀，左砍右擊，打殺了不少成吉思汗軍的士兵。終於他以他的大力拚殺，顯示出了主將的位置，士兵們紛紛向他靠攏。也正是他的主將氣概引起了傑斯麥里的注意。

傑斯麥里衝過來了，他將戰刀插入刀鞘，然後從腰間抽出一條長長的蛇皮鞭，他指了指姆斯梯斯拉維奇示意要與他決戰。

姆斯梯斯拉維奇當然不會示弱，刀錘並用直撲傑斯麥里。

傑斯麥里足下輕點坐騎，潑剌剌兩馬對衝，只見他將蛇皮鞭在頭頂一晃，姆斯梯斯拉維奇舉錘去擋，還沒有弄清怎麼回事，頭上的盔帽已經隨鞭而去，臉門成了沒遮攔，姆斯梯斯拉維奇對於這樣的戲弄看成是很大的汙辱，一顆王族勇士不可辱的心劇烈地跳動起來，恨不能撲上去撕裂他的喉管。他瞧準了傑斯麥里的空檔，將那柄從印度覓來的使用了多年的六葉金錘狠狠地擊向傑斯麥里的腰眼，他要擊斷他的腰骨，使他成為一條斷了脊樑的蒙古狼。哪知傑斯麥里竟平空從馬上躍起身，六葉金錘掃空，而當傑斯麥里重新坐穩在馬背上時，那條蛇鞭不知如何在金錘上繞了幾道，一股強大的吸力將六葉金錘吸附而去。

姆斯梯斯拉維奇這才知道對手並非泛泛之輩。他只好揮動曲刃長刀再戰，傑斯麥里那蛇皮鞭竟像蛇一樣靈活地避過了刀鋒，死死地纏向他的手腕。姆斯梯斯拉維奇急忙撤招避過，那鞭毫不留情地從他臉面掃過，頓時臉上開了花。他的士兵們見狀一擁而上，要與傑斯麥里拚命，可是哪兒是他的對手，左一鞭右一鞭雖然不致命，卻也打得他們皮開肉綻。

姆斯梯斯拉維奇不見了，他趁著混亂隱入了亂陣之中。

丹尼爾在他的騎士的掩護下奮力衝陣，他要殺出一條血路。

兀良哈台已經看清了他的用心，已經讓速不台急調了申虎、達爾罕、梅克隆爾、曲布等五員戰將，布於丹尼爾的去路。

丹尼爾和他的沃倫騎士們個個滿身血紅，在他們刀下不知死了多少蒙古士兵和簽軍士兵了。在他們過關斬將就要衝出重圍時，申虎、達爾罕、梅克隆爾、曲布和兀良哈台同時在這裡等待著他們。

兩軍相遇首先是戰將的戰爭，戰將勝，則戰勝，戰將敗，則戰敗。為此調集戰將決戰顯得尤為重要。

一邊是虎虎生氣的英豪，一邊是猶鬥之困獸。

中歐的騎士確實有騎士的風度，他們在這關鍵時刻，拚上自己的性命也要報沃倫侯丹尼爾的知遇之恩。

數十名騎士列陣把丹尼爾攔在了身後，他們默契地讓一名叫柯德的騎士佑護丹尼爾衝出重圍去。而其他人則一齊攻向幾員蒙古悍將。

沒有喊殺聲，只有刀劍相擊的金鐵交鳴聲，沒有了天地色彩，人人眼蒙的都是血影。

騎士一個個地倒下去了。

哲別的部下最厲害的不是別的，而是箭。

一支支飛箭從征戰的人縫裡飛出來，準確地射中了騎士們的胸膛。

速不台是不允許他的戰將犧牲在這種瘋狂的拚殺中的，對他來說最寶貴的是人，而不是別的。所以，他要用箭消滅敵人的有生力量。

一次又一次的衝擊；一番又一番的絞殺；俄羅斯聯軍終於垮了。

那些負隅頑抗的被砍殺殆盡，整個戰場成了一塊巨大的砧板，俄羅斯聯軍像迦勒迦河裡躍上來的一條大魚，被成吉思汗軍按在砧板上左一刀右一刀宰了個痛快淋漓。

姆斯梯斯拉維奇在逃跑中不時回頭，他巴望著基輔侯能率南軍盡快趕來救援，哪怕僅僅是恫嚇一下韃靼人，迫使他們不要追逼那麼緊也好啊！

基輔侯、契爾尼戈夫侯，這兩位羅斯境內德高望重的長者，他們率領著南軍就在河對岸不遠處的高崗上，他們從單筒望遠鏡中清楚地看到了姆斯梯斯拉維奇率領的俄羅斯聯軍在成吉思汗軍的絞殺下，一步步走向了滅亡，但他們按兵不動，為的是保存實力，基輔侯說：「我們不想拿鷄蛋去碰石頭。」

鷄蛋可以不去碰石頭，可是石頭卻一定要碰鷄蛋。

基輔侯和契爾尼戈夫侯和南軍的其他侯爺緊急磋商，他們主張連夜後撤，三天內退過第聶伯河。可是萬萬沒有想到成吉思汗軍竟會有這樣大的胃口，他們在一口吞掉了加里奇和沃倫以及波羅維赤近四萬人的俄羅斯聯軍以後，居然連夜都沒過，夤夜渡過迦勒迦河，在他們紮營的山崗下生起了烘烤濕征衣的火堆。他們不得不打消了連夜撤退的念頭。

成千上萬堆篝火佈滿了俄羅斯聯軍軍營四周，而且向四周放射開去，幾乎連上星空。如此多如繁星的篝火，擺明了是成吉思汗軍要告訴他們，俄羅斯聯軍已經陷入了重兵包圍，插翅難逃了。

俄羅斯聯軍一夜沒有合眼。第二天一早起來察看，遍地只有篝火餘燼，難道是天上來的神兵？還是哲別、速不台故佈疑陣？怕他們星夜逃遁？或許都有？

不過他們派出的偵察小分隊在三十里外見到了嚴陣以待的成吉思汗大軍，他們回歸故國的路已經斷絕了。

基輔侯與其他侯商議決定：固守待援。

然而，就像他們不肯伸出援手拉加里奇侯一把一樣，他們的兄弟侯們同樣不肯拉他們一把，加里奇侯派往北方延請的弗拉基米爾大公，本來應南俄諸侯國的懇請已經出兵向南行軍，但迦勒迦河俄羅斯聯軍戰敗的消息傳到弗拉基米爾大公那裡後，他立即發佈停止前進的命令。不用說基輔侯和他的南軍的其他侯爺和將領們已經不可能獲得外援，而只有依靠自己了。

他們堅守了三天，糧草一天少於一天，死屍一天多於一天，儘管迦勒迦河就在眼皮底下，但是他們所在的山崗上水卻斷絕了。

使者來了，來得真及時，哲別應允放基輔侯為首的俄羅斯聯軍的侯及將領們回家，只要放下刀槍投降，就可以保全性命。

這是求之不得的事，基輔侯姆斯梯斯拉夫・羅曼諾維奇本來就對幫助波羅維赤人打仗存有歧見。能在重兵圍困之下保全性命自然是求之不得的事，也顧不得尊嚴不尊嚴，體統不體統了，當即就寫下了投降書。

俄羅斯聯軍被解體了，哲別、速不台將他們分散給了各部隊，很快那些自認為待遇比俘虜應該高一些的降將降卒們，見到了閃閃的刀光，然後消失於無形，他們被集體處死了。

哲別、速不台不會把如此眾多的俘虜帶回東方，他們也信不過羅斯人放下武器後會服從蒙古人的管理。放他們回去無疑是放虎歸山，於是他們給他們一個永遠安靜的地方。

每一個蒙古將領和士兵都不會認為這是背信棄義的事，他們認為這是策略和需要。基輔侯——姆斯梯斯拉夫．羅曼諾維奇、契爾尼戈夫侯——姆斯梯斯拉夫．斯維亞托斯拉維奇、彼列索普尼察侯——姆斯梯斯拉夫．涅莫依，他們三個人因為投降而獲得准許回國的許諾，但同樣不會得到兌現，他們被捆綁了起來，當搭設慶祝宴會的木台時，三位肥胖的侯爺被當成了墊腳的石頭墊在了木板底下。

慶功宴會結束的時候，他們已經像石頭一樣僵硬了。

拔都從慶功宴會上回到他的帳幕去的時候，他已經微醺了，他從小就愛喝酒，在蒙古高原，不會喝酒的那可算不得真正的男子漢，何況馬奶酒真的那麼好喝。雖然微醺，但他還是發現帳幕裡靜悄悄的，覺得缺少了些什麼。

缺少了什麼呢？呵！那個慈愛的可親的老人家不在帳幕。他想葉賽寧一定也去慶功宴了。這個老人家，臨行叫他時他還直搖頭說不想去參加慶功宴，而……一定是……「哈哈……哈哈，」一定是偷跑去了。他和衣在氈毯上睡了，負責他生活起居的衛士桑布替他蓋上了厚厚的熊皮。

一覺醒來，頓河草原已經是陽光普照了。桑布打開帳門，萬道金光透射進來，刺得拔都眼睛都睜不開。他問桑布，葉賽寧呢？因為以往只要一睜開眼，葉賽寧總會出現在他的跟前的。

桑布搖了搖頭說：「昨夜他沒有回來。」

拔都一下坐起了身：「他一夜沒回來？」

「是的！」

拔都急急爬起身。正要出帳去找，桑布叫住他：「殿下！您看那是什麼？」

拔都朝桑布所指看去，在他的氈毯上的小木桌上壓著一張紙條，他拿起來一看，是葉賽寧爺爺留給他的。

「刀劍能平天下，刀劍不能治天下！諾言可以空許，但會失去人心！」

葉賽寧走了，是不滿拔都毀諾，還是不滿哲別不守信，抑或兩者兼而有之。

反正他走了。

拔都滿處高喊：「葉賽寧爺爺！葉賽寧爺爺！」

但回答他的只有空曠無垠的頓河草原悠遠的迴聲。

廿六　大汗之樂

有使從遠方來。

兩名使者帶著一支五百人的隊伍，從伏爾加河來到了撒馬爾罕近郊的成吉思汗營地。然而，他們是作為俘虜被押到金帳前的，因為他們的衣衫裝束完全沒有蒙古人的味兒。

他們一個個穿著把兩條腿裹得緊緊的瘦腿西裝褲。有的頭上圍著方圍巾，那是阿拉伯人的裝束，有的頭上戴著插著翎毛的獸皮帽子，腰上佩著鑲銀徽的恰西克長刀，手上持著高加索長槍，許多士兵還穿著盔甲。

他們辯解說：由於長途跋涉，不時要與散兵游勇相遇，所以他們大都帶甲而行，不過不是歐式重甲，而是高加索鐵網甲，和低頂鐵盔。

他們的戰馬也有披甲，也是那種鐵網甲。

馬上馱著皮口袋，皮口袋裡裝著瓶裝的葡萄酒和玻璃器皿，脖子上繫著他們在戰場上得到的小十字架，那是戰利品，至於那些大的十字架，幾個一串拴在馬脖子上，發出叮噹的聲音，比駝鈴要好聽得多。

那一百多匹駱駝上馱著一個個描金鑲銀的大木箱，倒像是這支軍隊劫掠而來的戰利品。

儘管領隊的使者是大帳的宿衛都認識的達爾罕，但他們還是不肯放他進帳，非要他解甲脫衣，恢復蒙古裝束方才許他晉見。

正在嚷嚷之際，成吉思汗出帳來了。

「大汗！我是達爾罕！我是達爾罕呀！」

成吉思汗一看果不然是達爾罕和他所帶的人馬，樂了，他呵呵笑道：「長生天，怎麼把朕的達爾罕也變成了這番模樣？」

成吉思汗說這「也」字事出有因，因為前些日子窩闊台、朵兒伯入印的部隊回返時，已經有不少頭纏白布，身穿印度騎士裝的士兵出現在隊伍裡，初還以為是俘虜或者是簽軍，及至到了跟前方知是窩闊台的部下，由於服裝損壞無處補充而代用。

達爾罕聽成吉思汗這樣說，這才意識到自己這身已經穿習慣的裝束確實出格，一定是像宿衛所說的一點蒙古人的味道也沒有了，於是，惶恐不已，跪在地上不敢抬頭。

成吉思汗哈哈哈大笑道：「達爾罕，哲別、速不台的人都是這副模樣嗎？」

達爾罕回答道：「回大汗陛下，哲別、速不台將軍還是蒙古打扮，至於士兵們……」

成吉思汗笑道：「和你們一樣？」

達爾罕囁嚅道：「是的！」

成吉思汗道：「怕朕責罰，是嗎？」

「是的，但我們也是迫不得已。」

「是啊！是啊！征衣不能穿四季，破了總得換，朕不怪你們，以戰養戰，這是好事，當然，班師回蒙古的時候，朕可不想看到奇裝異服。」

成吉思汗讓達爾罕起身，走到他面前仔細看了看達爾罕的裝束道：「嗯！挺精神的！」他回望達爾罕帶回的馬隊，忍俊不禁地又笑了，大汗樂了，他樂得好開懷。

不用達爾罕講，成吉思汗從這些戰士的裝束上，已經看到了他的那支「神箭」已經射向了何方。成吉思汗精神大振，下令替前方歸來的將士排宴。

達爾罕獻上了他帶回來的大量戰利品，有兵器、日用品、神器、美術品、民間寶藏等等，包括拔都獻給他爺爺的千里眼——鎏金單筒望遠鏡和基輔侯的那身鑲金嵌銀的鎧甲。

成吉思汗說：「朕看人向不走眼，拔都有出息，將來一定勝過他的父親、叔叔。千里眼收下，但是這敗將的鎧甲，朕是不要的，達爾罕，賜給你了。」

耶律楚材出班說：「陛下，這鎧甲是您的軍隊戰勝俄羅斯聯軍的象徵，臣以為，應該收藏帶回蒙古，誌永久紀念。」

成吉思汗准奏，他接著要達爾罕報告哲別、速不台軍團的軍情。

由於上一個使者是進攻格魯吉亞以後派出的，所以達爾罕要報告的是翻越大高加索山，進入阿蘭，滅奇卜察克，以及大破俄羅斯聯軍的迦勒迦河戰役，他講到了追擊敗北的俄羅斯聯軍一直到了第聶伯河岸，在朮赤太子的援助下，獲得了殲敵八萬人，消滅公侯六人，著名騎士七十人的輝煌勝利，將伏爾加河、頓河、第聶伯河三條著名大河之間的廣闊草原和高地，統統收歸於蒙古的版圖。

成吉思汗激動異常，他從王座上站立起來說：「哲別！哲別！真是朕的一支神箭。」他興致勃勃地要達爾罕接著講述遠方的戰事，雖然是往事的回顧，但成吉思汗也如親臨一般，充滿著激情。他不停地在金帳內走動著，達爾罕不停地跟著成吉思汗的身影轉動著方向述說遠方的戰事。

哲別、速不台之所以派遣達爾罕來，一是達爾罕頭腦清晰，在成吉思汗身邊作過宿衛，知道大汗想知道的是什麼；二是他親自參加了迦勒迦河戰役，能夠講得清楚。

無疑這個人選再合適不過了。

達爾罕講到了拔都小殿下的機智勇敢及天才的謀略。

這也是讓成吉思汗十分欣喜的事。

達爾罕說到在迦勒迦河戰役中弗拉基米爾大公率領的俄軍沒有投入戰鬥，也沒有受到創傷性的打擊。哲別、速不台將軍本想繼續北上征討弗拉基米爾，但考慮到大高加索山南北兩邊的安定與穩固，所以，沿第聶伯河南下到了亞速海和克里米亞半島，徹底蕩平了南俄，佔領了當時被世人誇為黑海南北兩岸諸國貿易中心的速答黑。接著又揮軍東向，在察里津附近渡過伏爾加河向在喀馬河流域的保加利亞人和烏拉爾山區的康里突厥人發動了進攻。

成吉思汗插言道：「暫寄弗拉基米爾大公的項上人頭。要是讓哲別、速不台把戰功都囊括了，別人還立什麼功哪？」成吉思汗說到這裡，再一次壓抑不住內心的興奮爽朗地笑出了聲。

達爾罕對成吉思汗說：「哲別、速不台兩位將軍獲得了最後的成功。已經與朮赤太子殿下會師。」

成吉思汗說：「大軍在南俄已經取得了決定性的勝利，朕即將展開新的作戰行動，所以要朮赤、哲別、速不台軍團凱旋，與本軍會合。爾等在凱旋之前務必把各佔領地的達魯花赤配備好，務必鞏固我們的政權。」

河中各地城鎮經過自癒，已經重現了生機。遍地的血汙已經被時間之水沖淡了；殺戮的慘痛記憶已經被時間之手抹平了。

由於成吉思汗著力整治驛道郵傳，確保作為作戰通訊生命線的佔領區內道路通暢，很少有剪徑蟊賊。也正由於成吉思汗意識到：不少地方反水，需要反覆征伐，其原因在於：獲取城邑後隨即離去，未派兵戍守，未能建立有效的統治。所以在平定了維吾爾人的叛亂後，他聽從了謀士們的諫勸，開始了徹底的治理，不僅大小城鎮派遣了達魯花赤、沙照納，而且都有駐軍相助，採用以夷制夷的辦法，派突厥康里人去波斯城市駐守，讓亞塞拜然的簽軍去阿拉伯伊拉克駐守，讓西遼的部隊管理布哈拉、俄脫拉爾、馬魯……一時秩序大為好轉。

局勢安定下來了，人們從四面八方向河中走來，昔日的都城頗有吸引力地招探著來自各地的商賈旅人。

這一天，成吉思汗突然想起要去撒馬爾罕走一走，因為他早就聽說這座昔日的都城已經恢復了當年的繁華。

成吉思汗看見經過最近一年多時間的治理，這座經過戰爭洗劫，幾近毀滅的城市，確實變了模樣，讓人認不出它來了。一個繁榮的都市已經從戰爭的廢墟上站立了起來，城裡的房屋又像以前那樣鱗次櫛比了，街道又像以前那樣充滿了喧囂，店舖林立，人群熙來攘往，男男女女歡聲笑語。只有城外殘留下來的斷垣殘壁還有著戰爭的印記，在提醒人們不久前這裡有過殘酷的戰爭。

前鋒為成吉思汗在城裡找到了一處宮殿式的建築，這是先前的皇宮，大約建築高大，沒有被焚毀，加上沙黑納出力重新整修，所以重現了昔日光輝。沙黑納當然不敢專美，平時可以作為府邸，當成吉思汗駕到，自然早早騰出了地方。

但成吉思汗不想在城裡住，他只住自己的金帳。他不想改變祖宗傳承下來的生活習慣。

他在衛隊的簇擁下穿城而過。

撒馬爾罕的居民比起破城前增加了不知多少倍，一旦沒有了血與火的戰爭，人們還是嚮往繁榮的都市的，所以紛紛進城來佔空巢。

大軍都駐紮在城郊，本軍士兵們和簽軍士兵們只要有空就會到城裡來轉轉，感受一下在別地方感受不到的都市風光和氣息。也正因為外來的客人太多，所以撒馬爾罕城裡人山人海擁擠不堪。成吉思汗意外地發現，城裡的居民雖然很多，民族也很雜，但有一樣是共同的，那就是他們的眼神。他們眼瞅著儀仗穿行於市，既沒有驚恐膽怯的表情，也沒有興高彩烈的友好歡迎，一個個表情冷漠，一副無動於衷的感覺。

他再看人群中的蒙古駐屯軍士兵，他們可都是蒙古人，但和他們旁邊的異民族居民一樣，也是沒有驚恐膽怯的表情，沒有興高彩烈的友好歡迎，表情冷漠，無動於衷。好像他不是他們的大汗，他的軍隊不是大汗威武的雄師。不值得他們歡迎，不值得他們興高彩烈地慶祝歡呼。這種淡漠的神態使成吉思汗納悶。先前那種勝利者凱旋的心情蕩然無存。那些人為什麼不像是被征服了的臣民，既不像敵人畏之如虎，又不像自己人，親如家人？他們如果在自己的新生活重受威脅的時候會變成什麼樣，會成為自己的敵人嗎？

成吉思汗當然不明白，殺戮、鎮壓的手段，不能改變固有的——民族性、傳統、思想和宗教。只不過殺戮了許多無辜的人們，毀滅了無數和平的城市，留下了痛苦。恐懼過後起作用的還是民族性和傳統、思想、宗教。

他開始深深憂慮，用兵數年，花這麼巨大的代價，佔領了如此廣闊的土地，卻未必能夠保得住它，因為人心未能臣服。他想起耶律楚材久久以來的許多話，那些讓他息戰罷兵，征服人心的諫勸，那些攻心為上的策論。那些長久以來聽不入耳的話，一下子都變那麼順心順意了。

他的心情有說不出的鬱悶，先前出巡的興致煙飛雲散蕩然無存，回到了郊外的帳篷城，成吉思汗沒有回金帳休息，問合撒爾和別勒古台的帳幕在何處，宿衛便領他向合撒爾的帳幕走去。

成吉思汗是很少到王公大臣們的帳幕裡來的。他在撒馬爾罕郊外設下這帳篷城，讓察合台、窩闊台、拖雷、合撒爾、別勒古台緊挨著自己的金帳搭蓋帳幕。離得這麼近，卻也難得走動，只有王公大臣們到金帳去請安、議事。大凡擺酒設宴一定要在金帳進行，至於觀看西域優人的表演，雜耍、角力、歌舞等等，這一切都由布托安排在金帳裡進行。王公大臣們都到他跟前來觀看，好在大汗的金帳大得可以容納數百人。

走進合撒爾的帳幕，成吉思汗不由驚呆了。

大汗看到了一番奇異的景象：在這外表是帳幕的大帳中，挑開簾幕便是一道雕花的門，門兩邊是磚石砌築的牆，走進豪華的門楣，有道漂亮的地毯鋪向正中的垂著流蘇的幔帳，那裡有一張美侖美奐的牀和鑲著奇異鏡子的桌子和鑲著玉白石板的椅子，桌子上擺放著葡萄瓶酒和玻璃酒杯，想來這都是先前宮殿裡的用品，一邊牆上裝著壁爐，另一邊居然還開著一個門，門外竟是綠草茵茵的庭院。那裡盛開著鮮花，幾個白玉石鑿成的噴泉在向上噴著晶瑩的水滴。猶如一叢散珠不停地落入白玉石製成的巨大托盤中。這是一座徒有帳篷外表的宮殿式的建築，他用手去推推，紋絲不動，顯然是永久性的建築。再摸摸那些玻璃器皿，拿過那葡萄酒瓶，傾倒出琥珀色的酒漿，顯然不是陳設，不是給人觀賞用的，實實在在是一種享受。

合撒爾驚慌失措地俯伏在地，雖然這是他手下的簽軍將領為了討好他而為他安排設計的，而且不是一日的佈置，在這撒馬爾罕城郊住了半年有餘了，逐步的建設便不知不覺有了這麼大的變化。

成吉思汗一言不發走出了帳幕。

他來到了別勒古台的帳幕。別勒古台的帳幕也有變化，也是宮殿式的假帳幕，不過不像合撒爾那樣完全是異國情調，別勒古台這裡正進行著音樂會，那些穿著盛裝的波斯人正在奏樂，手中彈撥著樣子怪異的琴，吹奏著豎笛，發出曼妙的樂聲，別勒古台坐在椅子上正閉著眼睛擊節應和，欣賞音樂的樣子十分怡然。

侍者要喚起別勒古台，成吉思汗擺擺手止住了他，他回身退了出來。

成吉思汗沉思著，仍是一言不發地走向另一處帳幕，他問宿衛那座賓客盈門的帳幕是誰的？

宿衛答道：「是三王子殿下的。」

等豪商巨賈模樣的客人走遠以後，成吉思汗這才走向匍伏於地的窩闊台。

「兒臣不知父汗駕到，有失遠迎，望恕罪！」窩闊台伏地奏道。成吉思汗沒有理睬，逕自走入了帳幕內，他審視窩闊台的帳幕，雖然也有玻璃器皿和許多從印度繳獲來的戰利品，如巨大的象牙，花樣繁覆但精緻美麗的銀器及印度將軍的鎧甲等等。但基本上還是蒙古帳幕，不過有兩樣東西讓成吉思汗瞪大了眼睛，窩闊台穿著一雙只有突厥人才有的長筒馬靴和西方人穿的那種西式瘦腿褲。

「哪來的？」

「撒馬爾罕城原有的花剌子模皇家軍服廠生產的！工廠已經被我軍接管，這是他們專為兒臣生產的樣品。」

「穿著比蒙古靴子好嗎？」

「好！適合於步兵行軍打仗，耐磨耐穿！」

「你喜歡它？」

「喜歡！」窩闊台毫不掩飾自己的偏好。「穿這褲子上下馬方便多了！」

成吉思汗臉無表情，他在心中說：「穿上這樣的褲子和靴子，還像蒙古蒼狼嗎？」他沒有說出口。

無論走到哪一個的帳幕中，都可以見到西方的影子，就是普通的士兵身上也有著明顯的變化，不是掛著波斯人或者突厥人佩戴的飾品，就是帶著西方的刀劍，或是穿著帕勒夏人的服裝。王公王子在變，將軍大臣在變，士兵也在變，整個蒙古大軍在變。

成吉思汗在排斥西方和接受西方的自我矛盾中默默地走向自己的金帳。門前已經跪倒了一大批人，合撒爾和別勒古台跪在前列，那些沒有被成吉思汗光顧過的帳幕的主人們，也無一例外地跪倒在金帳門口。他們深知他們的裝飾離大汗恪守的蒙古傳統越來越遠了，大汗不說話就是最嚴厲的話，他們只有認罰一途。

從日頭正中到日頭偏西，成吉思汗沒有傳令讓任何人進帳。從月牙兒掛上樹梢到華燈高挑，成吉思汗沒有讓祈求處分的王公大臣們從地上爬起來揉一揉痠麻的膝頭。

成吉思汗自己在對自己講辯著道理。

——朕應該懲戒他們，否則這樣下去，蒙古軍隊就不成其為蒙古軍隊了。

——你不應該懲戒他們，穿什麼樣的服裝和軍靴應該以適合於軍隊行動為標準，當初蒙古蒼狼裹獸皮，其後才有縫製的大袍。你是一個兼容並蓄的人，為何對金、宋兩國的許多東西你可以接受，而對西方的東西卻排斥如敵呢？

——蒙古的帳幕有什麼不好？為什麼要把朕的敵人花剌子模的那一套搬進他們的帳幕？

——你喜歡蒙古的帳幕，所以你一直住在這樣的帳幕裡，你看不到定居民的優長之處，看不到那些固定建築的長處，首先固定的居所給人以安定感，不再使國土流動，也是安居樂業的前提。花剌子模不是亡在宮廷建築，而是亡在國王無能和兄弟參商。

——你應該想一想，你領著蒙古蒼狼南征北戰為了什麼？你夢寐以求的是什麼？

——朕曾在向長生天起誓時說過：要讓全蒙古的男女老少都過上幸福美好的日子，人人有蒙古包住不用再去過那種鑽洞穴，挖地窖，野獸不如的生活。把貧窮和飢餓趕得遠遠的，不再讓它們侵襲朕的子民。

——那麼，歌舞昇平，絲絃裊裊有什麼不好呢？大軍在向西行進，走向了新的天地，文明展現在你的眼前時，何必去排斥它，何不擁抱它呢？你不記得出征時的慶祝大會了嗎？雖然馬奶子酒管喝，可是助興的只有衣衫破舊的族中婦人，只有那些動作單調的舞蹈，以及聽熟了的、演唱了幾百年的幾首老牧歌。現在不正是朝著歡樂、愉快的生活在變化著嗎。如此眾多的工匠藝人送回蒙古高原，恐怕連不爾罕山和鄂嫩河也要改變呢，這不是你朝朝暮暮所期盼的嗎？不要因為你的習慣而阻礙整個民族的進步。

成吉思汗發現那一個答辯的聲音不是別人，而是以前留在自己心裡的耶律楚材和其他謀臣們的話。

他這才發現大帳是如此古老昏暗，比起合撒爾的屋子實在只有深沉凝重可稱道，而絕無明麗典雅可賞心悅目。

不知為什麼，成吉思汗想起了忽蘭。要是忽蘭在，她會怎麼想呢？她會在自己的額上點上印度的朱砂痣嗎？她會學習阿拉伯的舞蹈嗎？

——她會的，她是那樣與眾不同，為了與他長相廝守，她要求隨軍遠征，甚至堅定地要求向印度進軍；當他將闊列堅送走的時候，忽蘭超常的忍耐，使他更加意識到她與自己同甘共苦，生死與共的決心是多麼的強烈和堅定，忽蘭是一個嚮往新生活的女性，而不是傳統的像訶額倫母親那樣的恪守本分的女性。她真是個十分難能可貴的女中豪傑。發生在心中的這些想不通，或者不太能理解的東西，要是忽蘭在，就一定能夠幫他理解和想通。

已是晨光曦微的早晨了。

宿衛傳令，要窩闊台將軍褲和軍靴送進大帳。

人們難以明瞭這其間的含義，沒有人敢散去，或者站起來揉一揉膝頭。

成吉思汗走出金帳，他走向閱兵的高台，張臂呼吸早晨的新鮮空氣。此時，旭日東升，一道陽光從成吉思汗背後透過雲層照射過來，在成吉思汗的周身勾勒出一道金色的光環，使他顯得那般神聖，人們突然看見了大汗身穿的西式軍褲和高筒花刺子模軍靴，頓時騷動了起來。呀噫的驚嘆聲，彷彿高天颳過的一陣風。

成吉思汗張手把跪著的人們都禮請起來，然後放開洪亮的嗓門道：「朕不責怪你們！」

人們再一次跪下：「感謝陛下隆恩！」

「因為朕想不能責備嚮往美好生活的人，一切比蒙古生活美好的東西，我們都應該效法，而不應該排斥，一切比蒙古先進的東西，我們都應該學習，而不應該摒棄！」「不過！」他對失吉忽托忽大法官和塔塔統阿說：「不過，在享受美好生活的時候，我們不能忘記儉以立國，力戒侈靡。這一點要請你們記入法典。」

說完在眾人的歡呼聲中，他大步走向他的戰馬，顏色如同一團炭火一樣的天山龍馬，今兒個分外精神。

成吉思汗飛跑幾步，平空躍身，沒等人們看清就已穩穩地黏到了馬上。耳聽為虛，親試為實，他要試一試西式軍褲和突厥軍靴到底好不好。

當那戰馬邁著小碎步走回金帳時，金帳前跪著一名渾身縞素的白袍小將，只見他雙手托著一柄金環大刀。

成吉思汗一見金環大刀呆住了，隨即心如刀鉸。他一聲不響地走到白袍小將跟前，想用雙手去托起了那柄金環大刀。然而，他猛然間覺得自己的右膀已經折斷，無力、無法再托起那柄金環大刀。

廿七 大汗之痛

他是一個不可或缺的人物。

他是他的右膀左臂。

木華黎——金國派遣軍總帥。

派他去征討金國，他才能毫無後顧之憂地揚鞭策馬，遠征萬里，實施征服西域的雄圖大業。

早在一二一七年成吉思汗在圖拉河畔對追隨他多年的將士論功行賞的時候，鑒於木華黎在統一蒙古高原的歷次戰鬥中的戰績，成吉思汗將太行以南的土地分封給了木華黎。

成吉思汗說：「太行以北，朕親自治理，太行以南由你治理。」他把弘吉剌、亦乞列思、兀魯兀、忙兀、扎拉亦爾五個真正蒙古族大部落的兵馬交給木華黎統領，還從諸部落中抽調一萬三千精騎，加上汪古部萬騎，降將劉伯林、史天倪率領的漢軍、耶律托花率領的契丹軍、吾也爾率領的女真軍，木華黎本來是可以成為一方霸主的，如果他能再多活半年的話，他就能建立起一個取代金的木華黎王國了。可惜……

「布魯！你父親臨終還有什麼話嗎？」成吉思汗問前來報喪的木華黎的長子布魯。

沉毅魁傑的布魯泣不成聲，這個年屆二十七歲的漢子，俯伏在地斷斷續續地說：「父親垂危前對我叔叔帶孫說：他為國家助成大業，披甲執銳四十年，東征西討，無復遺恨，只恨汴京未下，未完成大汗賦予的使命。希望他接著去完成。」

成吉思汗對天長嘆：「長生天呀！長生天，你為什麼要這麼早就收走朕的木華黎？」他神情沮喪，悲痛欲絕。

他命令全軍集合，他對全軍將士說：「朕最信賴的將軍木華黎去世了，他南征北戰四十年，為蒙古民族走向今天付出了他全部聰明才智和心血直至生命。」他想稱頌木華黎一下，但是覺得搜盡天下的讚語不足以把木華黎的功績稱頌於萬一。他只是說：「全軍將士服喪一個月，以此來紀念我們的木華黎將軍。」

他在高高的講台上讓人當場在他腰上紮上了喪飾——黑色的飄帶；那戰神的象徵蘇魯錠上也佩上了黑色的飄帶。

將士們散去了。

成吉思汗只召博爾朮和者勒密兩位老將進金帳。

博爾朮與成吉思汗同齡，他們是從小相伴的好友，又是生死與共的戰友，更是肝膽相照的君臣。博爾朮多次保護過成吉思汗，在軍中更是屢建奇功。為此，成吉思汗說過：「國內平定多仗你們的大力，朕與你們如同車之有轅，身之有臂。」分封他和木華黎為左右萬戶，以其部屬翊衛成吉思汗，位在諸將之上。

從春天開始博爾朮就生病了，精神十分脆弱，所以由他的長子孛樂台攙扶而來；孛樂台在博爾朮生病期間署理他那萬戶的事務。

者勒密比成吉思汗大三歲，兩年前患上了半身不遂，說話已經不很連貫了。

他由侍衛扶進金帳，二人見了成吉思汗顫巍巍地跪下叩拜，成吉思汗連忙扶起他們。

成吉思汗看著者勒密的老邁病弱樣，不禁感慨萬千，當年在闊亦田那個地方大戰時，自己還未當大汗，敵方的伏兵將他圍困，者勒密手舞驚雷錘把射來的箭紛紛撥落，保護著他撤向安全的地方，就是那個神箭手哲別，狠狠的一箭，射中了他的脖頸，正是者勒密措起他，博爾朮開路，木華黎斷後，擋住了敵人如蝗的飛箭，把他救到了安全的地方，又是者勒密為了防止毒箭傷身害命，硬是一口一口把傷處的淤血吸出來，保證了他鐵木真的安全。

當時他說：「者勒密你再一次救了我。」

而者勒密說：「鐵木真，從你生下來那一天起，我們就是兄弟，我們的性命就結交在同一根馬韁上了。」真的他們是生死與共的兄弟。一起在馬背上征戰了四十餘年，從荊棘叢莽中開出了屬於蒙古族兄弟的一片新天新地。即使當了大汗，他也只有在行使政令、軍令的時候對他們擺一擺架子，轉過身來還是老兄弟，毫無簡慢，虛己以聽。也許正因為成吉思汗為人這樣曠達、方寸海納，行事如此溫敦厚穆，他們才對成吉思汗披肝瀝膽、忠貞不二。

如今老了，就像一隻磨禿了爪、啃鈍了牙的老狼，已經只能在生命的征途上踽踽獨行了。

成吉思汗長嘆了一聲，頗富感情地對者勒密和博爾朮說：「你們還記得嗎？當年，木華黎是泰出和撒察的部下，戰後，按照族例分配戰利品，有的分到軍馬，有的分到美女，也有的分到牛羊，人人笑逐顏開，然而，只有他例外，問他：勇士，你為什麼站著不動？……」

博爾朮接著成吉思汗的話道：「他說，我不稀罕別人恩賜財物！」

成吉思汗又道：「我很欣賞他的昂然氣度，問他，那讓我怎麼樣表達對你的喜愛之心呢？」

博爾朮又接著成吉思汗的話道：「他說，我相信你是伯樂，應該識得良馬蹇驢。」

成吉思汗接道：「我問他，你能統帥萬戶？」

博爾朮接著成吉思汗的話道：「他說，當大將軍我不在博爾朮之下！」

「你沒有七竅生煙？」

「我知道他的本領！」

「後來，我問了速不台，速不台說他和木華黎早就相識，他的本領和才能勝過我速不台十倍。我封他為車騎大將軍，排在你博爾朮之後。」

「臣不能與木華黎相提並論，他是真正的雄才。」

「我記得就在那之後不久，與扎木合作戰，初戰失利，正值大雪紛飛，丟失了牙帳，由於白天征戰疲累，臥在草澤之中我很快就睡死了過去，第二天早晨醒來才發現，我身上滴雪全無，是木華黎與你張著毛皮氈毯立於雪中，為我障蔽大雪，雪厚一尺，你們兩人竟通宵達旦沒有移動半步。」

「因為木華黎對我說軍不能無將，將不能無帥，保住大汗才有戰爭的首腦，才能打勝仗。」

「又有一次我帶了三十餘騎行至一個山谷間，我對左右眾將說，假如在這峽谷中遇到敵人，怎麼對付，木華黎說：我將以身擋之。不料被我言中，敵人真的從埋伏的林間突出，箭如雨下，木華黎毫不退縮，引弓射擊，三箭擊中三個敵人，敵酋見如此猿臂善射之人驚呼你是什麼人？」

「木華黎！他一邊答著，一邊解開馬鞍作盾，擋在大汗你的身前，敵人見有此勇將護衛，不戰自退。」

成吉思汗不再與博爾朮對話，他自言自語道：「無論與乃蠻部作戰，還是與王汗仇拚，木華黎都是一馬當先，立下不可埋沒的功勳。攻打金國時，野狐嶺一戰，金兵集大軍四十萬人，木華黎說：敵眾我寡，非下死命力戰不可或破，他率敢死隊策馬橫戈，大呼殺敵，略地蹈陣，我率全軍推進，大敗金兵於野狐嶺，一直追至澮河，金兵伏屍百里。是木華黎將蒙古的死敵金國打得退守黃河南岸，奪了他半壁江山。我大蒙古國悍將如雲，木華黎可是最瑰麗的一朵啊……」

「我的老哥哥！很多人都去了，有的馬革裹屍，有的病歸黃沙，現在只有我們三個人知道身經百戰的木華黎的偉大，因為我們三個人同他一起奮戰了四十年，看著他為蒙古建立了豐功偉業。沒有木華黎就沒有成吉思汗的今天！」

博爾朮聽到這裡，熱淚就嘩嘩直下，接著號啕大哭起來。

者勒密先前聽了成吉思汗的話一直是點頭的，此刻卻直勁地搖頭擺手，嘴唇不停地翕動著。中風已經使他說話很困難了。無論成吉思汗還是博爾朮，都沒法辨別出他說的是什麼。

成吉思汗不知哪來那麼大的耐心，幾次將耳朵貼在他嘴邊，屏住自己的呼吸，專心一意才聽出者勒密的話，他是在說：「不光只有我們三個人知道木華黎的偉大，如今整個金國都知道蒙古有個不可戰勝的偉大的木華黎。」

說完，者勒密哭了起來，那乾嚎聲如同草原上死了同類的蒼狼的悲啼。

成吉思汗沒哭。他強忍著，讓淚住肚子裡流。

他對自己說：「大汗是不能哭的！」

他懷念友情，一生一世血肉相連，水乳交融的友情。

他懷念歲月，年年月月分分秒秒，天道變幻的歲月。

他懷念生命，生生死死催人老去，堅強而又脆弱的生命。

木華黎的長子布魯被任命為新的金國派遣軍總帥。木華黎的弟弟帶孫和大將安察兒被任命為副帥，協助布魯處理對金作戰事務。

布魯回東亞去了，轉眼又過去了幾個月。

成吉思汗仍將大本營紮在撒馬爾罕。

在這些日子裡，成吉思汗時時想到的是那些冷漠的眼睛，想到的是「洪水」消退以後，蒙古的統治能否久遠。

為此，謀臣們提出的懷柔政策終於被接受了，軍隊重新開向那些還未徹底臣服的地區，協助達魯花赤安定民心。

然後向四面八方派出使者，宣諭他的最新命令：尊重佔領地人民的宗教自由，特別寬容伊斯蘭教，他說全世界都是安拉的家，只要不去朝拜麥加，他什麼都可以寬容。因為他認為東西土耳其斯坦和波斯、阿拉伯伊拉克的臣民都應該向東方去朝拜大蒙古帝國的元首。成吉思汗還要求佔領地的人民與他派出的行政長官——達魯花赤密切合作，建設樂園一般的家。

又幾個月過去了，春去秋來又一年，鞏固佔領地的事務開展得十分順利，成吉思汗在心中已經暗暗將如此廣闊的土地作了劃分，他想將鹹海以西的大片土地分封給朮赤。可是說也奇怪，算算派出的「飛箭諜騎」已經有八道之多，但就是遲遲不見朮赤來歸。而且派出去的「飛箭諜騎」也如泥牛入海，毫無音信。這個朮赤他究竟在搞什麼名堂呢？送來了那些野物就了事了嗎？他的命令是要他返回大本營，聽從調遣啊！

他真的有了心病。

好容易從春等到秋，終於從朮赤那裡來了消息，這一回朮赤派來了巴米爾，巴米爾早先是朮赤的貼身侍衛，後來當了偏將，他將大汗以前派出的八名「飛箭諜騎」一起帶到了撒馬爾罕。

巴米爾把朮赤托付的信交給了成吉思汗，朮赤在信中說：

父汗，由於兒臣從大前年起就患羈疾病，身體虛弱不堪，經受不了長途跋涉的艱辛，所以這一次就不能隨父汗一同回歸故國了，等病好以後一定尋機盡早返回鄂嫩河邊的家園！父汗三令五申著兒臣帶部回返，兒臣沒能遵令，懇請父汗原諒……

朮赤信中情意不能算不殷，言辭不能算不切，但成吉思汗揮起鷹劍將寫有家書的羊皮紙斬成了兩半。

成吉思汗極為惱怒。

他怎麼能不惱怒呢！他向朮赤派遣過八批使者，一直杳無音訊，而這次好不容易盼來了使者，不但沒有大軍回返的消息，朮赤反而像個局外人似的，好像他不是蒙古蒼狼，與蒙古已經無關了似的。出征的軍隊正在陸續返回，連征戰萬里，走得最遠的哲別、速不台軍團也已都在返回途中，而朮赤卻留下來不走，他到底想幹什麼？

成吉思汗當即命令巴米爾從撒馬爾罕返回欽察草原，他對巴米爾說：「你給朕告訴朮赤，無論有天大的理由，全軍必須立即向撒馬爾罕集結！」

這是成吉思汗給朮赤下的最後通諜。

耶律楚材上前奏道：「陛下暫息雷霆之怒，如果大太子真的沉痾在身，這樣命令他，豈不是要他抱病而行，那是很危險的。據臣對大太子的瞭解，他對陛下是忠貞不二的，不必疑……」

他話未說完成吉思汗的眼睛就瞪得銅鈴大了。

耶律楚材趕忙嚥回了後半截話。

——我起了疑心了嗎？

成吉思汗在問自己。

——為什麼對哲別、速不台、木華黎這樣的異族異姓將軍並不提防什麼，卻對自己的兒子提防得這麼緊？

成吉思汗還在問自己。

——是為他的血統？

——不，我從來沒有動搖過對他的信任，也沒有在其他兒子面對表現出任何不滿。我給他的是溫暖的庇護。

——是怕桀傲不馴的朮赤成為未來蒙古帝國的大患？

成吉思汗再一次問自己。

——為什麼你想不到朮赤一點好的東西，譬如說他作戰是那樣英勇……

他不再問自己，他只是希望朮赤不是他所想像的那樣，而真的是在欽察草原病臥軍營。

一二二五年的春節到了，成吉思汗在新春佳宴上與諸位王弟王子、將軍大臣商量過後，決定全軍於四月春濃時返回故園。這個決定是保密的，成吉思汗說不到四月下旬出發前七天絕不能告訴士兵，因為佔領區還有許多事要做。

沒有人敢洩密，因為沒有人敢以身試成吉思汗的大扎撒——法典。紀律高度嚴明，這正是成吉思汗凝聚千軍萬馬的法寶之一。

三月初，「飛箭諜騎」傳來哲別、速不台軍團正日夜兼程向撒馬爾罕靠攏的消息，從那以後，每隔三天便有一組「飛箭諜騎」來向他報告，到最後幾乎每天都有傳報，向成吉思汗報告部隊在行軍途中的行止動靜。

根據使者報告，哲別、速不台軍團的隊伍相當龐大，其中有保加利亞人和俄羅斯人組成的兩個簽軍兵團，與當時從撒馬爾罕出發去追擊默罕默德時比，隊伍好像擴大了好幾倍。

他們終於回來了，這支神箭射出去了整整四年，飛行萬里，為蒙古立下了赫赫戰功。他們生命不息，進軍不停，戰鬥不止，像曠野上熊熊燃燒的火。凡是他們經過的地方都要經受他們這股烈火的燒烤，要麼毀滅，要麼順服。他們的行動前無古人，後無來者。為大蒙古帝國開拓了無量的疆域。成吉思汗無法壓抑內心的喜悅和激動。他命令大本營的將士在撒馬爾罕城外十里的地方擺設歡迎的儀仗，隊伍一直排進撒馬爾罕城，然後由城裡再排出城外，直連向大汗的金帳。

夾道歡迎，士兵們敲動聲鼓、吹響號角，聲震十里，驚天動地。人們看到哲別、速不台軍團的先鋒部隊沿著阿姆河岸走向城廓，進入擺滿鮮花的廣場。

成吉思汗就在鮮花叢中歡迎凱旋歸來的將士們。察合台、窩闊台、拖雷領著大本營的將領們迎了上去。雖然他們也都是功勳卓著的人物，但成吉思汗說：「比起哲別、速不台兩位將軍的偉業，你們得屈居其下。」對於大汗的話他們向來心悅誠服，這一回也是如此。

成吉思汗滿意地看著察合台、窩闊台、拖雷等將領迎著了西征歐洲的將領，一齊歡歡喜喜地向花叢走來。陽光灑滿了他們的征袍，一個個顯得十分英武。速不台走在中間，成吉思汗注意看他，果真還是蒙古戰袍。成吉思汗坐不住了，他走出花叢健步如飛地迎向他的愛將。

速不台搶上幾步，撲到成吉思汗的身前，親吻他的戰靴。

成吉思汗將他扶起來，他仔細地察看自己的愛將，速不台還是那樣驃悍、勇毅、充滿了生命活力，根本不像是五十開外的人，英氣勃勃，看不出有萬里征戰後的倦容。

速不台向成吉思汗報告說：「大汗，我們回來了！我們奉大汗的旨意，追擊默罕默德到天涯海角，征討了波斯、阿拉伯伊拉克、亞塞拜然、格魯吉亞、阿蘭、奇卜察克、打敗了俄羅斯聯軍，我們翻越了大高加索山，佔領了鹹海、裡海沿岸，以及第聶伯河、頓河、伏爾加河沿岸的廣大地區……」速不台向大汗簡要地作了他的凱旋報告，成吉思汗似乎對這些聞所未聞的名字毫不感興趣，他只是轉頭在張望，在尋找著什麼。

人頭躦動，他看到了許多人，但他沒有看到他要看到的人。

速不台肅立不語。

成吉思汗找不到他要找的人。他轉臉問：「速不台！哲別呢？」

速不台一語不發，筆直地站著。

成吉思汗不安地望著速不台，他好像預感到了什麼，但又不敢向那方面去想。

「哲別怎麼啦？朕的神箭呢？」成吉思汗的臉色陰暗下來，他盯視著速不台的眼睛嚴厲地問。

但他不要速不台回答。

速不台在一剎那間發現大汗有些迷離。

成吉思汗離開速不台，向廣場上的人潮走去，他要到部隊中去尋找哲別。覺得哲別一定是躲藏了起來，一定是怕朕還記著射傷頸脈的事。這個哲別喲，不原諒你還能委你以重任，還能讓你飛向歐洲嗎？

成吉思汗獨自一人走向凱旋的部隊，那裡的將領發現大汗到來，連忙喊口令整理隊伍，向大汗致敬。

成吉思汗在人群的空隙中穿行，一邊喊著：「孩子們，你們的哲別將軍呢，他在哪裡？哲別！朕的神箭，你怎麼不出來見我，你為什麼要躲著？」

沒有人回答他。士兵們列隊向他們的大汗行注目禮。

成吉思汗望著肅肅軍容的隊伍，一邊從他們面前走過，一邊自語自言地說道：「哲別，朕的勇士，你在哪裡？」

哲別依然沒有出現在他的面前。

拖雷追上來了，察合台、窩闊台追上來了。他們都覺察出了大汗的異常。

在成吉思汗面前出現了一支支異民族的軍隊，這是哲別、速不台軍團中的簽軍，他們之中有的全部是白色人種，有著瓦藍瓦藍的眼珠；有的是黑色人種，一個個面目黧黑。有的包著頭，有的穿著白袍，有的穿著瘦腿的西褲。他從沒見過這麼多異民族組成的隊伍，也沒有見過他們這種列隊方式二人一伍，十人一列，倒是很整齊的隊列。

「父汗！速不台說，這是俄羅斯人組成的簽軍，和地中海那邊阿非利加洲的黑種勇士。」

窩闊台大聲地說著，似要提醒父汗什麼。

成吉思汗猛然回頭，似乎打了個機伶。

——他在想著什麼？

呵！想起來了，在找哲別，哲別怎麼會在這樣的人群中呢？

——「找哲別？鐵木真你要找哲別？」他自己問自己。

他終於清醒過來。

成吉思汗知道自己再也不可能找到哲別。他回身如飛拔步奔回速不台身邊。

速不台噗通一下跪在成吉思汗面前。

「刷！」速不台身前身後的將士都跪了下來。

沒有人下口令，所有的人都跪了下來。

一片寂靜。

只有成吉思汗一個人沙啞的聲音：「速不台，你說哲別是怎麼死的？是病死的，還是戰死的？」

他希望聽到速不台說是戰死的，因為只有那樣他才能向敵人去為愛將索命。

「大汗！哲別將軍是錚錚鐵漢，他既不會病死，更不會被敵人殺死，他……他……他是壽數已盡，長生天召去的。」

「當真！」成吉思汗抓住速不台的胸衣，勒得他喘不過氣來。

「哲別將軍在鹹海西的一個小鎮上嚥了最後一口氣，朮赤大太子下令將他埋在鹹海邊的一座山頂上，可以讓哲別將軍遙望不爾罕山。」

速不台十分悲壯地講述哲別最後一刻的細節，淚從那隻從不知什麼叫落淚的獨眼中涔涔流下來。

成吉思汗放鬆了手，他喃喃地說：「看來我的神箭是用盡了最後一點力量，落地了……」他喃喃地喃喃地自言自語著什麼。好像是在說：「不能落淚，大汗決不能為哲別的死落淚而給全軍帶來悲痛。」他像忍受著忽蘭的死所帶來的巨大悲痛那樣忍著，他像聽到木華黎將軍的喪報時忍著心尖滴血的疼痛一樣忍著，他要忍受哲別逝去所帶來的巨大感情衝擊。他感到長生天在無形中一下一下折斷他的右膀左臂。他痛呼了一聲「天——」他終於暈厥了過去。

成吉思汗沒有倒下。他的三個兒子緊緊地圍著他，好似歡樂的擁抱。

四月底，全軍從撒馬爾罕出發，班師回國。

成吉思汗一直在等待著朮赤歸來，一直等到大軍出發的那一天。然而，朮赤的人馬連影子都不見一個。

他發怒。

但無可奈何！

成吉思汗只有再向遠在數千里外欽察草原的薩萊派去幾批使者，命令朮赤立即回師，並告訴他在乃蠻故地布合蘇格庫與本軍會合。

朮赤會聽嗎？

成吉思汗懷疑。

廿八　大汗的淚

車轔轔、馬蕭蕭，鐵流滾滾。

成吉思汗大軍沿著當初西來的道路，渡過錫爾河、吹河，他們不需要再像當初強渡這些大河時那樣，依靠羊皮筏子或者牽著戰馬的尾巴渡河了，錫爾河和吹河上都有了橋，那是西域匠人的功勞，他們用與東方人不同的方法，架起了一座座浮橋，使得大軍可以從橋上安然地渡過。

沿途要走過許多城鎮，那些曾被血洗過的城鎮如今又頑強地萌發了生機。

成吉思汗嚴令不再開殺戒，和平地凱旋。

鐵流把河中地區甩在了身後。龐大的隊伍緩緩地向東北方向移動。

浩浩蕩蕩的大軍看不到頭尾，無論是在這支隊伍中的人，還是站在路邊觀看的人都深深地感受到了這支軍隊的強大。

隊伍的後面跟來了許多人，他們是那些簽軍的家眷，工匠、藝人的妻子兒女，各種膚色，各個不同種族，他們組成另一支大軍，緊跟著轔轔的車馬。有人把他們叫做流浪的吉卜賽。

一直到了初秋，大軍的前鋒沿著巴爾喀什湖西岸，到達額爾濟斯河，額爾濟斯河是從阿爾泰山上流下來的，不像錫爾河向西流入鹹海，印度河向南流入阿拉伯海，額爾濟斯河是向北流去的，它的盡頭是很遙遠很遙遠的北冰洋。

額爾濟斯河兩岸有著豐美的水草，適合於牛羊的育肥。你看草原上開滿了紅紫色的馬蘭蓮，白色的百合花、雛菊，還有黃色小葉的麒麟草，配在茵茵綠草中間如同一條鮮艷的花地毯。本來是應該在這裡好好待到初冬，但是考慮到一到冬天就難以通過阿爾泰山，所以成吉思汗下令只在額爾濟斯河邊駐紮一個月，深秋到來之前越過阿爾泰山。

深秋時節翻越阿爾泰山是比較方便的，除了山頂隘口還有陳年積雪外，其他地方已是一片蔥蘢。山溝裡到處是參天的原始古木，落葉松和白樺樹都有合抱粗。攀援的植物緊緊依附在大樹上，葉片葳蕤鬱鬱蔥蔥，顯得熱烈而奔放。

出乎成吉思汗意料的是剛剛下了阿爾泰山，就遇到了從不爾罕山遠道而來迎接大軍的一支千人的部隊。為首的正是他的四弟、留守不爾罕山老營的鐵木格，以及五弟，也速干之子烏魯直，還有侄兒輩的拖雷之子忽必烈、旭烈兀；窩闊台幼子闊出、合丹、不里；察合台幼子撒巴。朮赤幼子昔班、唐古忒、別哥爾察爾不在其間，他們都隨其母去了薩萊。

這些兒孫一個個虎頭虎腦，身強體健，你一聲爺爺，我一聲爺爺，把個成吉思汗叫得心花怒放，開始還是按照規矩俯伏在地，一個個恭恭敬敬地請安，等成吉思汗把手一招，一個個搶撲進懷，撈不著的急得跳腳，看到如此眾多的兒孫，成吉思汗喜得嘴都合不攏。

只有十一歲的忽必烈和九歲的旭烈兀規規矩矩地垂手站在一旁，看出很有教養的樣子。

成吉思汗讚許地對他們點了點頭說：「你們參加過圍獵嗎？」

忽必烈說：「回大汗爺爺話，我們的母親說，要等大汗爺爺為我們安排儀式才能正式圍獵。」

「喔！」成吉思汗吟哦著，他想起他們的母親是王汗的二女兒莎魯禾帖妮，一個絕頂聰明，堅定而又慈愛的女人。他覺得莎魯禾帖妮教子有方。於是說：「爺爺為你們安排一次狩獵，十歲以上的都可以參加！」

「爺爺！能不能放寬一歲？」旭烈兀噘著小嘴請求，因為他只有九歲。

成吉思汗笑笑說：「好！依了你，九歲以上都可以參加！」

按照蒙古舊例，兒童第一次參加狩獵，要由長者用獸肉和油脂在他們的中指上加以擦拭，才能開弓。那樣射出的箭才會聞香而去，百發百中。成吉思汗十分認真地用獸肉和油脂在忽必烈和旭烈兀，以及其他九歲以上的孫子們柔嫩的小手指上進行塗擦。

孫子們在他們各自的護衛帶領下出獵去了，他們騎著兒馬，雖然並不驃悍，卻也相當英俊、威武。看著這些生氣勃勃的孫子們，他不由得想起了忽蘭和他的兒子闊列堅。

把闊列堅送走那年，正是第二次征伐金國前夕，到現在已經整整十一個年頭了，掐指算來闊列堅已經有十七歲了，如果還在人世的話已經是十七歲的大小夥子，也許他已經成長為一名出色的戰士了。他託付的鎖爾罕失剌老人已經去世多年，也不知他託付給了哪一位蒙古族兄弟，被他們收養為自己的兒子。沒有什麼信物可以佐證，沒有什麼線索可以找尋。當初就是那麼堅決，送走的是一個兒子，安定的是前方後方許多人心。他至今不後悔他給自己的愛妃忽蘭和闊列堅安排的是這樣一個嚴酷的命運。他唯有在心中暗暗祈禱，孩子，父汗不能為你用油脂和獸肉擦拭指頭了，因也沒有人為父汗擦拭過中指，依靠自己吧！兒子。父汗的兒子無論在哪裡都是鷹！你依靠自己的力量去生存吧！只要飛，風暴是折不斷鷹的翅膀的，除非你不想飛翔。

忽必烈和旭烈兀捧著獵獲的野兔和黃羊走到成吉思汗的身前，高高地獻到了他的眼前，成吉思汗這才從沉思中轉回神來。

成吉思汗望著未脫稚氣的臉上那明淨銳利的眼睛，英氣勃勃的嘴角，嘉許地撫摸了他們浮現熱汗的額頭。問：「我的巴特魯，將來長大幹什麼？」

「像大汗爺爺一樣！」忽必烈搶先回答。

「像大汗爺爺一樣幹什麼呢？」

「征服世界！」

「對！征服世界！」旭烈兀跟著喊。

「哈哈哈哈！」成吉思汗豪放地笑了起來。他當了蒙古大汗許多年也沒有過征服世界的念頭，那時覺得是妄想，是一個虛狂的夢。直到為了雪恥，西征花剌子模並且平定了河中地區，橫掃了呼羅珊以後，才有了世界也是可以征服的念頭。而哲別、速不台軍團的格魯吉亞、亞塞拜然之戰，迦勒迦河大敗俄羅斯聯軍之役，顯示了世界是可以征服的這一現實的理想。「征服世界！」是的，孩子們從小就敢想，那麼或許理想就在他們中間，希望也在他們中間。他想起了拔都，拔都就是耶律楚材調教出來的，他把漢人的兵法學得那麼純熟，把蒙古民族的戰爭經驗理解得那麼透徹，以至十三歲就指揮了一次攻克氈的城的巧妙戰鬥。

成吉思汗決定，要集中舉國的最優秀的人才來教育培養他們，要使他們不僅像哲別、速不台那樣英勇善戰，而且要像耶律楚材、鎮海等人那樣富有智慧。

就在這阿爾泰山腳下的布合蘇格庫草原，成吉思汗在狩獵七日後，大排酒宴，他要犒賞隨他一起出生入死，出征西域，英勇作戰，凱旋而歸的全體將士。因為從現在起就要步入蒙古高原了，許多部隊將要在前進路上溶入各自的家鄉，像阿爾思蘭、雪格諾克很快就要回到他們的國家，阿拉黑、速客圖、托海等將也離自己的部落越來越近，是回到故鄉與自己的親人團聚的時刻了。為了不使他們帶著渾身的血腥味回到故鄉的帳幕，為了使他們的人性得以完整的恢復，他決定歡宴三日，將戰爭的殘暴，殺戮的戾氣全都拋卻在這草原上。

歌聲應著酒令聲，舞步和著醉漢的忸怩身段，朝陽旭日連著星星明月、篝火燈光，徹夜歡歌。

第一天成吉思汗和他的幾個王弟，合撒爾、別勒古台、鐵木格以及妹妹鐵木倫；王子察合台、窩闊台、拖雷，愛婿布托，義弟闊闊出、失吉忽托忽等，在他的金帳歡宴，此外還有博爾朮、者勒密、速不台、忽必來、沈白、赤老溫、阿拉黑、速客圖、托海等高級將領。他們一個個開杯暢飲，暢談著戰爭的趣事，異國風光，席間只是少了木華黎、哲別、兩位將軍和大太子朮赤。

雖然成吉思汗曾無數次地派遣使者前往薩萊敦促朮赤返國，到布合蘇格庫草原來會師，但依然一仍既往，杳如黃鶴。

其他一切他都是打心眼裡感到滿意，就這一件事使他不開心。

好在拖雷善解人意，總是會一次次打岔，將他引向歡樂。

第二天，成吉思汗在金帳中歡宴屬國之君和重臣，雪格諾克、阿爾思蘭、塔塔統阿、耶律楚材、扎巴爾、鎮海；以及西征勇將申虎、傑斯麥里、梅克隆爾、兀良哈台等等，他褒獎他們，除了擢拔他們以外還把不準備帶回不爾罕山的擄獲來的工匠、藝人平均分配給他們，把他們徵發的簽軍也分配給他們，成為他們的屬民。

他又想起了朮赤，金帳裡沒有一個是朮赤的將領，鄂羅多不在，拔都也不在，朮赤手下的人一個也沒有，朮赤還在那遙遠的歐亞分界的烏拉爾山那邊，在那片遼闊的欽察草原上。在他鞭長莫及的地方，還沒等他分封土地，他大概已經當上了安樂王了。

開心——煩惱——開心——煩惱……成吉思汗在這樣頻繁的情緒轉換中，折磨著自己已經變得脆弱的神經。

原本分散在中亞和南歐的異民族的戰士，此刻也像蒙古族士兵一樣，開懷暢飲，他們的家眷已經悄悄地潛入了大軍之中，徹夜狂歡中加入了女人和孩子的歡笑。

有人發現了這一現象，報告大汗要加以清理。

成吉思汗搖搖手說：「問問男人們，是不是真正歸順，如果真心歸順，那麼女人是不可或缺的，孩子是未來，大蒙古帝國為什麼不能像捕魚兒海容納百河千川？」

男人們都說，願意一生一世跟隨大汗。

歡樂的海洋湧起了歡呼的浪潮。

成吉思汗發現在這片海洋裡，只有他還是蒙古裝束，穿著蒙古靴，裹著蒙古大袍，那些年輕的將領無不都是穿著金絲銀線刺繡縫製的軍裝，細腿的軍褲，錚亮的軍靴。他們已經拋棄了蒙古傳統的軍裝。連者勒密、博爾朮這樣的老人也不例外。他想起是自己首先示範過，難怪大家效法了，他自嘲地說：「看來只有我一個人有資格受到蒙古高原的婦人的歡迎了。」

三天酒宴一結束，大軍就向蒙古高原徐徐移動了。人人心中都長出了翅膀，恨不能一下子飛回自己的故鄉。

過了阿爾泰山便是蒙古高原，沿著圖拉河向上游走也就是三四天路程，就是孛兒只斤氏族發祥的不爾罕山，越來越近了，成吉思汗的馬兒卻踟躕不前。

與髮妻孛兒帖已經分別了四年多了，從兒孫們的雀躍，可以想見后妃們該是何等的期待。

但是成吉思汗並不急於趕回不爾罕山去，他反而下令在圖拉河邊的一個叫黑林的地方紮營駐蹕。這裡原來是克烈部王汗的地盤，是一處很繁華的聚落。

諸將莫名，王弟王子紛紛催促。

成吉思汗只是搖頭，似乎他還沒有想好什麼。

是在想征服歐亞的蒙古戰神應該有自己的巍峨宮殿？

不，大汗習慣於他的金帳，習慣於逐水草而居的遊牧方式，他覺得離開了肥美的草原他會窒息。

那麼是黑林這一方土地羈留了他的腳步，他準備在這裡建立新的家園？

不，全然沒有動靜，他只是像在這兒渡夏似的安逸地憩息。

只有拖雷能去問大汗一個為什麼。

察合台和窩闊台都這樣想，因為拖雷長期同父汗在一起，搭得住父汗的脈搏。

拖雷小心翼翼地說：「父汗，應該起駕東歸了。」

成吉思汗冷冷地看了拖雷一眼，慍怒道：「假如為父死了，那麼就快些埋到那山上去，可現在為父還有一口氣在，為什麼要急著回到那裡去呢？」

沒說為什麼，沒說任何理由，只是一種情緒。似乎感念著什麼。似乎等待著什麼。

拖雷得到的回答是這樣，還有誰敢再開口呢？

只有等待。

窩闊台去問耶律楚材。

耶律楚材搖頭，不肯回答。

窩闊台知道耶律楚材精擅卜筮，他不會不掐算未來。

「耶律楚材大人，難道怕洩露什麼天機嗎？」

「殿下，不是我要瞞你什麼，大汗駐馬不前，純是為了家事！」

「家事？」窩闊台見耶律楚材如此說，更是緊追不放。「耶律楚材大人，務請指點迷津！」

耶律楚材知道窩闊台是未來的雄主，凡事不便瞞他，於是說：「大汗確是因為家事而躊躕，臣不便明點。」

窩闊台說：「一切有我擔待，但講無妨。」

耶律楚材見事已如此，便說：「大汗不想見你的母親。」

「為什麼？」

「因為，你的母親會問：全軍將士都回來了，為什麼朮赤沒有回來？」

「喔！」窩闊台似有所悟地吟哦了一聲。

「大汗無法回答你的母親，如果按實講，你的母親肯定接受不了，因為朮赤太子沒有任何理由可以無視大汗的命令，她也不會無視大汗的命令。」

「這總是可以說清楚的，又不是父汗的責任，我們幾個弟兄都會幫父汗說清楚的，再說父汗從來不是怕母后的。」

「如果皇后親來黑林接駕，請他速回不爾罕山，也許大汗會立即回去，否則，大汗是不會主動回到不爾罕山的。」耶律楚材有意無意點出了解決問題的辦法。

窩闊台領悟得很快，他立即派兒子海都、貴由飛騎趕回不爾罕山，延請他們的祖母來迎接大汗爺爺，窩闊台私下裡交代他們，就說大汗爺爺龍體欠安。

成吉思汗真的是為了朮赤，他沒有信心解釋得了朮赤沒有凱旋的原因。因為，他知道他沒有選擇朮赤做繼承人，已經使孛兒帖夠惱火的了，如今全軍凱旋，單單朮赤一人留在異鄉，會使孛兒帖怎麼想，她一定會懷疑到他們父子之間的齟齬，一定會懷疑到他們之間超出常理的感情糾葛和倫理矛盾。

在目前這種情況下成吉思汗不想與孛兒帖去爭吵。他只是在等待，等待朮赤歸來，然後與朮赤一起去見孛兒帖。那樣就可以迴避與孛兒帖發生矛盾和隔閡。

在失去忽蘭以後，他不想再失去任何他從年輕時候起就擁有的東西。

朮赤沒有音訊。

不可能無限制地等待下去，無論如何總得讓大軍凱旋回去，即使他成吉思汗可以長久地待在這黑林不走，那軍中千萬弟兄總也是要回到他們自己的蒙古包裡去的。

他已經對朮赤的歸來失去了最後的信心，就在這時候傳來了皇后孛兒帖的車駕正在趕向黑林的消息。成吉思汗知道不可能再等待了，他只有宣布起駕。

凱旋大軍中清一色都是蒙古孛兒只斤氏族的勇士。而所有隨大軍東返的簽軍都已經讓各路將領派人先期帶走了。成吉思汗認為回歸不爾罕山的只能是孛兒只斤氏族的子弟。

隊伍沿著圖拉河向上走，軍容肅肅，凱旋的陣勢不比出征差。在成吉思汗車轎的前面是三十三匹馬組成的前導儀仗，頭先一個舉著戰神的象徵蘇魯錠，隨後八騎為一伍，四騎為一列，馬旁三十二人舉著獵獵飄動的旌旗，隨後是二十八匹天山龍馬拉動的車轎，車轎後面是成吉思汗的宿衛軍，帶刀士、箭筒士一個個威風凜凜地騎在高頭大馬上，顯得英武非凡。在他們的後面是一支支騎兵部隊。

第三天，成吉思汗與皇后孛兒帖相遇在克倫河畔，皇后帶領的人馬清一色全是女將，那是她的侍女和成吉思汗的妃嬪們。皇后孛兒帖端坐在中間一座車轎上，她在侍女的幫襯下，頗為困難地下了車轎，孛兒帖比成吉思汗大一歲，屈指已經是六十四歲的人了，身體發胖，腿腳變得不那麼靈便。她在侍女的攙扶下走向成吉思汗。

成吉思汗從車轎上下來，上前攙扶起向他下跪行禮的孛兒帖，他為她抿了抿吹覆在額前的銀髮。他細細地端詳孛兒帖的臉龐，雖然銀髮覆額，但紅潤依然，依舊散發著一種熠熠光彩，所不同的那是一種青春的氣息，這是一種雍容華貴。成吉思汗牽著孛兒帖的手，走了幾步，他關愛地說：「妳的腿腳是什麼時候不靈便的？」

「每逢十五我都要上山為可汗和我們的兒孫們禱祝於天！」

「摔壞的？」

孛兒帖點了點頭。

「可汗喲，今天可真是個吉日，我不光迎來了可汗您凱旋，還得到了蒙古客人的消息！」

原來孛兒帖一直關注著朮赤的下落，她到如今還把朮赤叫做蒙古的客人，那是當初他給朮赤起名時說的話，他多少年來一直感到當時是傷了孛兒帖的心的。此刻他不明白孛兒帖的話是什麼意思。朮赤的消息是什麼？

他沒有細問，只是把孛兒帖扶上自己的車轎，下令向不爾罕山下的孛兒只斤氏族的家園開去。

歡迎宴會是在眾多王妃的通力合作下操辦起來的，十分盛大，不僅有蒙古傳統的烤全羊、駝蹄、熊掌等美味，而且還有金國、宋國的名廚做的菜餚，西域諸國名廚做的麵包、烤饢。用的是名貴的金銀器皿，上的是各國的陳年佳釀，現在的不爾罕山成了一個寶庫，不僅集中了世界許多地方劫掠來的寶藏，而且到處是能工巧匠，所以置辦這樣一個盛大的凱旋宴會不費吹灰之力。光是歡宴用的木桌就有五百多張，全是在海都、貴由他們趕來報信後，孛兒帖下令趕做的。由於參加歡宴的人太多，馬奶子酒不夠一人一碗的，聰明的也遂妃子，令各家各戶送上多多的牛奶、羊奶、馬奶，將前方運回來的那些陳年佳釀傾倒進去，調製成了風味獨特的新奶酒。

到處是歡聲笑語，到處是馬頭琴聲和歌聲。

到處是手舞足蹈的男人和女人。

成吉思汗在首桌上，首桌的中心不是他，而是孛兒帖和他兒女們，察合台、窩闊台、拖雷還有鐵木格、鐵木倫，以及為數達二三十人的孫子輩。除了忽必烈、旭烈兀等少數幾個外，大部份兒孫都叫不上名來。有的甚至面生得認不出是不是自己的孫子。成吉思汗感慨地說：「孛兒只斤氏的興旺，在你們身上可以看得一清二楚。」

他轉臉問身旁滿面紅光的孛兒帖：「孛兒帖，妳說妳聽到了有關朮赤的消息？」

「是啊！可汗，難道您沒有聽說？」

聽說什麼呢？他派出了這麼多的使者，傳令回歸，可是別說片紙隻字沒有，連片言隻語也沒有。他沒法回答孛兒帖的反問，只能吱唔了兩下。又問：「妳聽到了些什麼？」

孛兒帖答道：「去年傳來消息不是說朮赤病了嗎？」

——這小子給孛兒帖有不間斷的信息？

「不爾罕山有著有關朮赤的種種傳言，說是朮赤抗旨不遵，說他在西番自立為王，這我都不相信，朮赤是我的兒子，我相信他是長生天給我們蒙古送來的客人，他是蒙古蒼狼，孛兒只斤氏的蒼狼。」孛兒帖頗動感情，她是那樣堅定地維護著兒子的尊嚴。

成吉思汗想，或許只有母親才會這樣，只見自己的愛而不見其他。

其實孛兒帖一直非常難過，她何嘗不知道，因為血統的紛爭，朮赤已經受盡了心靈折磨。他一直用比常人多十倍的精神和力氣，創造著勝利，以證明自己是真正的蒙古蒼狼。為此，那些傳言使她分外痛心，因為她疼愛這個兒子，所以她倍受各種消息的困擾。她說：「以前的消息傳來都是朮赤得了重病，前天從西域來了一個商人，他告訴也遂說，朮赤病好了，已經在欽察草原狩獵了。」

聽了這話，成吉思汗正在剔羊的刀眼見著顫顫地抖動了起來，他胸中的怒火立時竄騰上了頭頂，熱血一下湧至了顏面。如果……如果消息真實的話，那麼朮赤的罪過是無法寬恕的。他能狩獵卻不能回片紙隻字？他能行動，卻抗旨不遵，不肯服從調動命令。無論哪一條都是死罪！

當他意識到面對的是孛兒帖和眾多兒孫時，他稍稍壓下了心中的怒火，他不想刺激孛兒帖。即使懲罰朮赤，他也不想讓孛兒帖知道。

往下上來多少道美味佳餚，都味同嚼蠟。他看著兒孫們風捲殘雲，也看見與他一樣心情沉重的窩闊台和拖雷。

宴會結束後，他把窩闊台叫到一旁，要他把向孛兒帖報告朮赤情況的那個西域商人找來，他要問個究竟。

西域商人很快被找到了，成吉思汗親自訊問：「你叫什麼名字？」

那人見了成吉思汗渾身發抖，成吉思汗的威名，如同魔神一樣，使得他本來就不太熟練的蒙古話，更連綴不成句了，「我……我……我叫本．哈因……是……敘……利亞……的……商……人。」他高鼻淡藍眼珠，皮膚白晰，不過白布包著頭像是沙漠國來的臣民。

「你不用害怕，你說你在欽察見到過那裡的一位將軍？」

「是……是……是的，叫……朮赤，他是那裡的國王，出行的時候威風得很。我還出席過他的酒會，做生意嘛……」他說話漸漸流利起來了。

「你看見他打獵過嗎？」

「見見過，他們說，打獵是為了訓練士兵。」

「如果你說的是謊話，知道有什麼後果等待著你嗎？」成吉思汗厲聲威脅。

「我……我……不敢說謊……句句是真。」

商人走了。

成吉思汗已經氣得發昏，腦袋好像要裂開似的，渾身上下不由自主地打顫。他氣咻咻地說：「朮赤啊朮赤！父汗把你一點一點養大，你向父汗回報了什麼？父汗賦予你大權，你向父汗貢獻了什麼？你就這樣把忘恩負義四個字送給父汗嗎？你就這樣用抗命違旨來為你的兄弟們作出榜樣嗎？父汗向你派出了多少使者？你用我行我素來對抗王命，你不把父汗放在眼裡，更不把蒙古國放在眼裡，你可以自立為王，你可以做你的國王美夢，過去你一直用努力作戰，出色表現來證實你是蒙古蒼狼，如今你想用背叛來證明你不是我的兒子，來刺傷為父的心，是嗎？你不知道，凡違抗父汗的命令的人，都只有一條死路嗎？……」他自言自語地渲洩著內心的憤怒。

也難怪他會如此憤怒，在圖拉河畔黑林那個地方，他駐馬多日等待朮赤來歸，為的是不想讓孛兒帖受到什麼意外的刺激。一天天盼望化作了煙雲，一天天等待，等來的是遠方無言的風。而他卻在欽察草原稱王，過著花天酒地的生活。一邊說重病不能回返；一邊卻在外行圍打獵，完全不顧父子的情義，怎麼能不讓他義憤填膺呢？

成吉思汗拔出了多時不用的鷹劍，他傳詔諸王諸子諸將在金帳緊急集合，他吼道：「違抗王命者，不論是誰都必須受到誅戮，朮赤佔據欽察，陡生二心，自稱國王，拒不遵令回返，罪該誅死。」

他徵集大軍，由察合台、窩闊台兩人為招討軍總指揮往征朮赤。

剛剛解散的部隊，馬上在短時間內又要集結，這在別的軍隊是很困難的事，而成吉思汗軍卻不，軍隊的召集和點名制度很完備，不需要徵兵官，所有士兵十人為一組，一人為十夫長，十個十夫長中出一個百夫長，指揮一百個人，一千戶中有個千夫長，一萬戶出個萬夫長，一般都是一個部落或幾個部落、十幾個部落的人組成一支大軍。有情況時，只要萬夫長傳達一聲命令，層層向下，規定在什麼時間，什麼地點集合，所有的士兵就會在規定時間內到達，不管你是什麼官，只要有一點差錯，成吉思汗隨意派一個士兵去處罰他，如果罪已至死，那麼這個士兵持令就可以將他斬首；如果罪至罰款，這個士兵就可以立即將罰款帶回。

正因為此，大軍很快集中了起來。剛剛回到熱乎乎小窩中的將士們，還沒有跟自己的妻子兒女親熱夠，很快又應召回到了自己的崗位。僅僅平靜了幾天的蒙古高原，又處處人喊馬嘶地熱鬧了起來。

不到十天時間，二十萬大軍在察合台、窩闊台的指揮下就踏上了征途。

臨行，窩闊台向大汗請命，要求將耶律楚材撥給他，作他的軍師。成吉思汗應允了，耶律楚材又要隨軍西行。但臨行前，耶律楚材對察合台和窩闊台說：「大汗派兩位太子出征，恐怕意猶未盡，恨猶未息，御駕親征就在眼前，大汗氣怒攻心，已經心結內症，大汗若提出親征，無疑自伐龍體，為此兩位太子行前一定要作好交代，屆時一定要有人力勸。」

察合台笑笑說：「軍師多慮了，父汗派我二人出征，還會有什麼不放心的嗎！」

「不是不放心，而是氣猶難平所致，再說此事出自誤會……」耶律楚材自知說漏了嘴，趕忙搪塞：「二位太子不要誤會臣的一片好心。」

窩闊台何等精明，他已心領神會，行前找了博爾朮、者勒密、合撒爾、別勒古台，要他們打消大汗御駕親征的念頭。

他們之中無一人相信大汗還會御駕親征。

然而，征討朮赤的大軍西行了不到一天，成吉思汗又作了第二次出征動員，他決定親征，命拖雷為先鋒。

成吉思汗的決定受到了主要將領的激烈反對，博爾朮、者勒密、合撒爾、別勒古台一齊出面，跪在大汗腳前勸說大汗罷兵息怒，不要親征。

人們的勸阻反成了助燃劑，成吉思汗的怒氣不僅沒有因諸將的勸阻而消減，反而越燃越旺。他決意親征，他說：「誰再勸駕，殺無赦！」

成吉思汗不想給朮赤以任何寬恕，對於這樣的逆子只有繩之以法，而不把朮赤的軍隊徹底摧毀，是無法對其繩之以法的。他要親自把朮赤的軍隊當作叛軍消滅掉，把欽察草原上朮赤賴以生存的一切統統都毀滅掉，不這樣無法消彌他的怒氣。不這樣，就無法統治新征服的這麼眾多的異民族，就無法駕馭和訓導這麼多戰功卓著的王弟王子王孫和將領。而潛在的意識裡，他已經確認朮赤是無法變成蒙古狼的一條異族的狼崽子，他用自己的心血餵大了這狼崽子終於獲得了背叛的回報。

成吉思汗根本沒有知會孛兒帖，就和拖雷一起離開了帳幕，開向圖拉河畔的黑山和庫倫，他要在這裡集結兵馬，只過了三四天工夫，圖拉河兩岸就駐紮滿了出征的兵馬。

孛兒帖得知成吉思汗要親征朮赤，知道察合台、窩闊台也要去自殘手足以後，一下就急暈了過去。

然而，成吉思汗沒有回頭。

他鋼鐵一般的心腸，並沒有因孛兒帖以淚洗面而軟化。

成吉思汗心中只有恨，他的心被恨的鉛鉈塞得滿滿的，插不下任何別的東西了。

親征時日臨近了。

窩闊台發怒了，他逼迫耶律楚材道：「耶律楚材，窩闊台是非常崇信你的，但你實在令我失望，面對我弟兄將自殘手足，你卻作壁上觀。」

耶律楚材寵辱不驚地說：「殿下，此事確是家事，外人不便介入其中。」

窩闊台道：「家事已經演變為國事，你有責任告訴我怎麼辦才好。」

耶律楚材道：「殿下一定要預知分曉，可以向西方三條驛道速遣『飛箭諜騎』，必遇西方來使，相遇後一部隨使東回，一部直趨欽察，諸疑當可大白。」

「無虞？」

「無虞！」

「無戰事？」

「有戰事，但不是向朮赤宣戰。」

窩闊台派遣的使者出發了，果然不出耶律楚材所料，窩闊台的急使在額爾濟斯河邊遇上了欽察派來的「飛箭諜騎」。照窩闊台的吩咐，一部陪同回返察合台、窩闊台設在阿爾泰山西麓的大營，一部繼續向欽察飛馳。

成吉思汗在黑山、庫倫集結軍隊完畢，正待拔營，此時察合台、窩闊台派來的急使帶著欽察來使已經到了營門，他們到了大汗金帳門口滾鞍下馬，爬著進了金帳。拖雷在帳門口一看驚了，除非天坍人亡，使者何以如此晉見，再細一看不是別人，是鄂羅多、別哥爾兄弟二人，二人腰紮黑帶，一身喪服，哭著嚎著爬向成吉思汗，抱住了成吉思汗的腿，連聲哭叫著爺爺。

成吉思汗非常怪異地望著兩個孫子，他似乎覺得朮赤是在給他演戲，莫不是在他出征之際，動搖他的決心。他背過身去不理兩個孫子。

拖雷從鄂羅多手裡接過信。他輕輕地展開來，看了一眼，便回身對成吉思汗說：「父汗，大……大哥……已經歸天了！」拖雷也撲倒在成吉思汗腳下，他沒有號啕大哭，但涔涔的淚像斷線的珠兒。

「什麼？什麼？」成吉思汗轉過身來問。

拖雷淚眼模糊地給成吉思汗唸訃文：

皇太子朮赤殿下，三年來一直病臥不起，至今年即西元一二二五年八月病入膏肓，無可藥救，終於在八月十八日薨逝於裡海北欽察草原，根據皇太子遺命，明春二月，全軍將士將由拔都率領，奉其遺骨回歸祖里。

成吉思汗驚呆了，他愣愣地望著鄂羅多和別哥爾。「撒謊！這是撒謊，朮赤他沒有死，他是不會死的！」

「不！爺爺，父親死了，是我們兄弟幾個在他身邊守的靈。」別哥爾邊哭邊訴。

成吉思汗問：「你父親三年前就病了？」

鄂羅多答道：「是的，前年將欽察草原的野獸趕到錫爾河時，他已經病得不能下地了，他怕爺爺您為他擔擾，所以嚴令全軍將士，任何人都不得洩漏真相。他說爺爺年紀老了，又要為宏圖大業操勞，不應該讓爺爺為他分心擔憂。他說要保重的是爺爺您的身體。」

「爺爺！父親臨去一直在哭喊，他說他不孝，走在了您前邊，要您承受白髮人送黑髮人的人間悲哀，對不起！」鄂羅多補講了那麼幾句朮赤的遺言。

到這時，這幾句話如同大力撬棒，一下撬開了成吉思汗理智地關閉了一生的淚海大閘。

他開始流淚，流悔恨的淚。

他恨自己不該聽信那敘利亞商人不負責任的胡言亂語，他恨自己不該那樣武斷地懷疑自己的兒子，一個躺在病牀上的人，一個奄奄一息的病人，怎麼能夠承受萬里回歸的辛勞；一個至死都念著自己的父親的人，怎麼還疑他不是自己的骨血，世上哪裡還會有比這更親的情感？而自己收到他關於病臥在牀的來信，卻仍懷疑他有異心，還要一次又一次地逼迫他回歸。

他讓拖雷將兩個侄兒帶下去。他對拖雷說：「不准任何人靠近大帳，違令者死！」

等拖雷把人帶走了，他才嚎聲地喊道：「朮赤朮赤，我的朮赤呀，你到死記掛的竟然是父汗的身體，朮赤朮赤呀，你怎麼能瞞了你父汗三年，要知道隱瞞，比坦誠地告訴父汗真情更能折磨你的父汗啊！」

他是一個從不掉淚的大汗，忽蘭去時他沒有哭；木華黎死訊傳抵金帳時他也是沒有哭；速不台帶來哲別無疾而終的消息，他還是沒有哭。

大汗不能哭，這是他的律條。

然而這一回，他卻無論如何關閉不住淚海的大閘了。他開始哭出了聲，他打破了大汗不能哭的自我律條，嘩嘩的淚水奪眶而出，流過已經綴上老人斑的黃皮膚，濡濕了他的白鬍子。他那雙向來威嚴的眼睛裡沒有了咄咄逼人的目光，只有無窮的哀傷，他在金帳裡疾走著圈子，發出獅吼虎嘯一般的低沉嚎叫。仍是他一個人自言自語：「鐵木真，你真渾，三年了你就不能派一個人去看朮赤一眼，只要一眼，就不至於有這樣深的誤會！朮赤朮赤呀，我的兒子，我的長生天贈給蒙古的客人呀！你為什麼要這樣隱瞞自己，為什麼不告訴父汗，就是搜遍天下奇藥，父汗也要為你治病啊，天下總有會醫病的郎中，你時當英年，不可沒有藥救，不可沒有人醫……」

他的悲切之音，感天動地，他的嚎叫之聲猶如黃河下瀉，震動四野。

金帳四外佇立著帝國的重臣勇將，他們都在那裡垂淚，並不是成吉思汗的哭聲感召了他們，而是朮赤的孝心感動了大家，人人皆知的特殊的父子關係結束在一觸即發的大動干戈之時，而且是在噩耗中了結了多年的誤會，怎麼不令他們垂淚呢。

成吉思汗到這時才知道自己對朮赤有著多麼深的愛。朮赤的母親和自己的母親一樣，都是被外族掠去後懷孕生育下來，這是能夠選擇的嗎？不！朮赤和自己一樣在風言中長大成人，不過自己生長的環境畢竟處處淹沒於野蠻，而朮赤則面對著文明。在這一方面文明有時比野蠻還要野蠻。

風言比數十年前更為猛烈。

自己曾用半生的精力去證明自己是蒙古蒼狼的後裔，而一旦稱汗，這種證明就變得無足輕重，而朮赤則要用他的一生的功業去證實自己是蒙古蒼狼的後裔。面對包括來自至高無上的君權父威的懷疑目光。

成吉思汗發現自己原來比任何人都愛這個與自己有著相同悲哀命運的兒子。

漸漸地金帳中寂然了。

成吉思汗只無力地說了一句：「傳塔塔統阿！」

第二天早晨。成吉思汗頒發了詔書，公佈了太子朮赤的死訊。

詔書上寫道：

皇太子朮赤於八月十八日在欽察草原病逝，他長眠在美麗、博大的裡海之濱。

皇太子朮赤驍勇善戰，是蒙古孛兒帖赤那世代的楷模、永遠的榜樣，在統一蒙古高原、討伐金國、遼國，西征花剌子模等戰鬥中，他攻佔城堡九十座，攻克城池二百個，立下了永久的功勳。他在鹹海、裡海、黑海以北地區創立了欽察汗國。朮赤是欽察汗國的第一始祖。朮赤的子孫們必須永遠維護你們的父輩拓疆闢土所創建的偉業。

根據皇太子朮赤的遺命，朕詔命拔都為欽察汗國汗王，統領欽察汗國三軍，跟隨朮赤建功立業的蒙古孛兒帖赤那們從現在起，欽察就是你們新的家鄉了，欽察本是我們蒙古祖先奉天之命而生的蒼狼和白鹿所渡過的美麗的大湖的所在（關於蒙古族祖先的美麗傳說：蒙古族的祖先是蒼狼和白鹿相配而生，來自美麗的西方大湖）你們必須繼續在欽察草原為保衛祖先的霸業而奮鬥。

成吉思汗在詔書中已經正式將欽察封賜給朮赤的後裔，這是成吉思汗對朮赤的恩賞，也是舒解愧意的一點表示吧！

成吉思汗沒有再回皇后孛兒帖那裡去，他也是頒了一道詔書給她，成吉思汗在詔書中說：

皇后孛兒帖，朮赤已經被長生天召回到天上去了，朮赤是妳所生，是妳親手扶養長大，失去了朮赤，朕知妳很悲痛。朕要妳知道，朮赤也是朕的兒子，朕的悲痛與妳一樣深。朮赤確實是客人，他是長生天給我們蒙古人送來的最寶貴的客人。如今他歸天了，妳要忍痛節哀。

大汗畢竟是大汗，成吉思汗很快從暴風雪般襲來的悲痛中掙扎出來。幾天後，他又召集諸王諸子諸公開會。鑒於剛剛解散的部隊在短時間內又重新集結，他不能再次解散，使得王命成為兒戲。他在會上提出，將原本放在來年再解決的西夏放在當前去執行。諸王諸子諸公自然一致擁護。

成吉思汗派出的「飛箭諜騎」又出發了，向所有部隊發出了進攻西夏的命令。同時命令已經到達花剌子模地界的察合台、窩闊台軍團迅速回兵直接向西夏發起攻擊。

血幕重又垂下。

廿九　探囊取西夏

西夏本是黨項族於一〇三八年建立起來的封建國家，其疆域北臨蒙古高原，東與金國接壤，南與宋國相連，西與西遼互望。

地域包括銀州（今陝西米脂西馬湖峪）、綏州（今陝西綏德）、靜州（今寧夏永寧東北）、夏州（今陝西橫山西）、甘州（今甘肅張掖）、涼州（今甘肅武威）、沙州（今甘肅敦煌）、肅州（今甘肅酒泉）、瓜州（今甘肅安西東南）、靈州（今寧夏靈武西）興慶府（今寧夏銀川）等二十個州，大致黃河河套地區及河西走廊都在西夏版圖中。西夏與金、宋相比是小國，但並不是弱國，因為上天賜給了他們良好的地理環境。

俗話說：「黃河百害，唯利一套」，河套地區是個天然糧倉，也是上好牧場，所以西夏經濟比較發達。年年豐收，歲歲無旱澇之虞。

在西夏這片土地上居住著黨項、回鶻、吐蕃、漢等民族，民風強悍，崇尚勇武，有這兩項，西夏就有資本黷武。歷史上多次擊敗過吐蕃、回鶻的入侵，也向宋、遼、金多次用兵。百年間或聯合遼國、金國攻宋國；或附宋攻遼、金或同時對宋、金、作戰。總之勢單時則附庸大國，勢強時就叛而自立。玩著一種危險的外交遊戲，不過玩得還是成功的，西夏皇帝時而合縱時而連橫，顯得游刃有餘，總是把自己變成各方拉攏的對象，常常從中獲利。

到成吉思汗統一蒙古高原時，西夏已經差不多立國有二百年歷史了。

成吉思汗與乃蠻國作戰時，乃蠻曾遣使要求西夏出兵攻打鐵木真，當時的西夏皇帝李純佑兵精糧足，人強馬壯，但他採取坐山觀虎鬥的政策，拒絕出兵；鐵木真派人來求時，同樣置之不理。當鐵木真統一蒙古後，李純佑卻在北部邊境屯駐大量騎兵，依仗西夏多年來營構的高牆險壘，防範成吉思汗。

由於蒙古民族剛從矇昧靠近文明，無論在成吉思汗身上，還是在他的子民們身上，都湧動著一種擴張的衝動，無論近處還是遠方，財富、土地都使他們睜大了雙眼，而隨著土地的擴大，戰勝者權力的行使，源源而來的金帛、美女，使得他們越來越感到自己無窮無盡的能量，既可以摧垮一切，又可以獲得一切。無論南方中原地區，還是無邊無際的西方都使他們垂涎。為此他藉口他的死敵之子桑昆逃到西夏避難，直接發動了對西夏的第一次進攻。

那是一二〇五年，他還沒有在蒙古稱汗。

鐵木真的大軍只在西夏邊塞上小試牛刀，包圍了力乞思城和乞鄰古古撒城。沒料想蒙古騎兵不適應攻城，打了六十多天才打下這兩座小城。聰明的鐵木真知道這樣不行，再攻下去會把自己的兵力消耗殆盡，於是擄掠了一大批人口和牛羊退回了蒙古高原。第一次作戰，雙方大軍沒有真正接觸。

兩年以後第二次攻夏，蒙古大軍直撲豐州附近的斡羅孩城，這是一個佈有重兵的邊境重鎮，蒙古軍隊雖然向新歸附的契丹人和維吾爾人請教了攻城之法，也架起了雲梯和射石機，但城中軍民死守城寨，蒙古軍攻打了四十天才把斡羅孩城攻下來，屠城以後，倉促撤退，因為自己已經面臨糧草殆盡的窘境了。

再過了兩年（一二〇九年）成吉思汗又一次發動了對西夏的戰爭。這是一次成功的戰爭，蒙古大軍再次拿下了斡羅孩城，並且長驅直搗西夏國都中興府，打下了賀蘭山的一處關隘克夷門，俘虜了西夏名將嵬名令公。使中興府暴露在蒙古大軍的眼皮下。西夏皇帝向金國求救，也許是以往詭計使多了，金國皇帝根本不信西夏王的，金國皇帝忘記了唇亡齒寒的道理，拒絕了西夏的請求，西夏處於岌岌可危的境地。不過由於西夏二百年的經營，城池確實堅不可摧。不善攻城的蒙古兵久攻不下，於是掘開黃河大堤引水灌城，不料滾滾黃水沒有沖垮城牆，反而把自己的營盤沖了個精光。成吉思汗只好退兵，臨去，他向西夏皇帝發去了招降書。

西夏皇帝不甘心投降，但答應講和，於是向成吉思汗稱臣、獻女給成吉思汗作妃子，成了蒙古的屬國。

當時的皇帝李安全曾吻著成吉思汗的靴子說：「當我西夏的子民一聽到您成吉思汗的大名，非常惶恐，現在陛下不辭勞苦光臨敝地，敝人與子民感到萬分敬從，從此以後，西夏舉國上下都願作陛下的右手，為陛下效勞，只可惜我們不是遊牧民族，居住的房子和城牆都無法遷移，所以不能隨陛下遠征，如果陛下願意接受我們的奉獻，我們希望將我們的駱駝和最好的毛製品、獵鷹獻給陛下。」

李安全的甜言蜜語，是根據前兩次蒙古人的入侵不過如同洪水，捲走一票財貨而已，他認定成吉思汗不會在西夏長駐，等把他們鬨走了，西夏還照常是西夏人的西夏。確實等蒙古退兵以後，李安全故態復萌。說過的話當成了水上打飄，當成吉思汗西征，徵調西夏出兵的時候，他把王位讓給了他兒子，讓兒子出面拒絕。

成吉思汗可沒有忘記當初夏主拒絕出兵時說過的話，雖然是夏主的大臣阿夏干布口出狂言，但他想如果沒有皇帝的默許想來阿夏干布還不敢那麼做，那話有多麼難聽：「沒有實力就當了皇帝，幹什麼呀！沒有金剛鑽就別攬那磁器活。」

西夏皇帝不也對大汗大不敬嗎？他說：「大汗幹什麼都有癮，搶女人有癮，打仗也有癮！那就讓他自己去好好過過癮吧！西夏可不敢拿鷄蛋去碰花刺子模那塊石頭。」

當時他說過：「鷄蛋一樣的西夏，你怕石頭一樣的花剌子模就不怕神鷹一樣的成吉思汗嗎！我一定要吃掉妳，一定要讓妳這個叛徒知道叛變者的下場是多麼的可悲。」

當時成吉思汗的主要目標在花剌子模，於是他給李遵頊記著這筆帳，待收拾了花剌子模再跟他算帳。

「到了算帳的時候了！」成吉思汗這樣說。

這一回可是第四次攻夏了。在成吉思汗心中這根眼中釘是非拔不可的。

因為，西夏正處在蒙古和金國之間，成吉思汗要攻金國，必須通過西夏的土地，不通過西夏就要繞道經險峻的萬里長城和大興安嶺。成吉思汗當然不願讓軍隊去冒跨越高山峻嶺的自然風險。

只要平定征服了西夏，那麼就可以長驅直入地進攻金國。

也遂聽說成吉思汗要親征便勸道：「陛下您不能不考慮自己的身體！」

「身體？來日無多了，朮赤、哲別、木華黎都去了，朕也會很快就去的，長春真人不是說過的嗎？天下沒有長生之道，只有衛生之道。朕可以定天下人的生死，而定不了自己的生死，只有等長生天的召喚。要緊的是在長生天沒有召喚朕之前，朕應該去完成木華黎沒有完成的事。朕不能看著金和宋這兩個大國獨立於蒙古版圖之外，有征服世界的偉業而缺少征服東方金、宋兩個大國，那是不完全的。誰要完成征金的大業，誰就得先消滅西夏。和如此輝煌的偉業比，朕之身體微不足道。」

成吉思汗之所以急於找西夏算舊帳，除了木華黎去世後，征服金國的未竟事業成了木華黎的遺願，一定要趁自己健在時完成這一偉業。而要想滅金，徹底地壓制西夏是先決條件。還有一個重要原因是，根據布魯報告，在成吉思汗帶兵西征的時候，他父親木華黎曾要西夏派兵協助進攻金國的重鎮鳳翔。木華黎的部隊連攻鳳翔月餘還沒有攻下，而西夏軍遲遲不到不說，竟在中途撤兵回師。木華黎派使臣責問原因，李遵頊害怕遭到蒙古軍進攻，倉促間傳位給了太子李德旺。李德旺即位之後稱帝為夏獻宗，改變了原來聯蒙抗金的策略。居然派人到蒙古草原上聯絡成吉思汗敵人的殘餘勢力。他還向金國派遣使者求和通好，雙方約定以兄弟相稱，各自用本國年號，地位平等，若遇到他國入侵，有互相支援，共同抗敵的義務和責任。也就是說不僅夏金聯盟，而且勾結蒙古內部的敵人，一旦時機成熟即可顛覆蒙古汗國。

成吉思汗面對正在形成的巨大威脅，自然不會袖手旁觀。而針對這一聯盟，他的策略依然是先對付弱小一點的西夏。更何況還有當年那筆帳呢。流血的復仇命令就是在這種背景下發出的。

成吉思汗大軍從圖拉河畔的黑林出發，向南進軍。忽蘭不在了，妃子也遂願意隨大汗出征，伺奉在大汗身邊。成吉思汗覺得身邊確實需要有個人，孛兒帖老了，其他妃子都太文弱，只有也遂能盤馬彎弓，既能照應自己也能照應他，於是便點頭同意了。

至於察合台，他被成吉思汗派往西域欽察，前去朮赤大帳視喪去了。

成吉思汗親率大軍向南行去。

這是一條極為艱苦的路，因為向南去，東面有高高的陰山山脈，西面有阿爾泰山，走中間最近，則需要穿越戈壁沙漠。

這是一個極為艱難的心路歷程，全軍一方面為太子朮赤服著喪，一方面正值一二二六年新年，西征數年才回到家鄉的人們，還沒有來得及與家人好好團聚便又踏上了如此艱苦的征程，而且一年中最歡樂的時刻，卻不能歡樂，一切喜慶活動都被取消了。

大軍於春節那天早晨被成吉思汗集中起來，在浩茫的沙海上，迎著飛沙走石，成吉思汗帶頭跪在地下，向著北方，蒙古的發祥地，向他們的長生天拜了又拜。這是成吉思汗式的春節慶典。

人們毫無怨言，跟隨著成吉思汗向南進發。

蒙古族的將領和士兵們就是這樣一支軍隊，他們吃苦耐勞、樂觀、忠於命令，他們不是以求得升官、封賞、酬勞為目的，他們為大汗而戰，因為大汗把他們從各個受壓迫的部落中搭救出來。大汗體恤他們，理解他們，公正地對待每個士兵，在大汗麾下無論是黃金貴族還是平頭百姓都按法典行事，他規定作戰時不可以因為貪圖私利而大肆劫掠而不殺敵立功，將士們必須在停戰後再按等級分配戰利品，凡臨敵不用命者，雖貴必誅。

人人知道大汗言出法隨，他的兩個堂弟卻要以身試法，好吧，你要違軍法，大汗就要殺你頭。而且大汗從不食言，戰後，每個人都能按功勞大小和等級高低分到可觀的戰利品，絕不是將所有財貨收歸家族所有。跟隨這樣的大汗，心裡總覺得有希望，所以再苦再累也心甘。

春節過後，一路上風雪交加，在暴風雪中行軍，每天都有人馬凍傷倒斃，這樣的艱苦歷程，只有當年朮赤和哲別率領前鋒過阿爾泰山時遇到的暴風雪可以相比。

直到二月中旬，大軍才踏入了西夏國境。

成吉思汗陳兵在叫阿爾不合的地方，等待窩闊台率領往朮赤的人馬回師。

阿爾不合這個地方出產很多野馬、野驢和亞細亞狼，為了使部隊拉緊戰爭的絃，熟悉作戰配合的戰術動作，成吉思汗讓拖雷組織部隊行獵。

他牢記著長春真人的忠告，不再參加圍獵射箭。但幾十年養成的習慣，他還是要到現場觀看部隊的戰術動作。

誰知被圍的野馬和野驢太多了，像草原奔騰的馬群似的，突然遇到了驚嚇，竟然炸了群。突圍的野馬衝向成吉思汗駐馬觀陣的地方，手下的宿衛措手不及，成吉思汗的坐騎受驚，一下又把成吉思汗掀下馬來。

大汗發燒了。

他說起了胡話，也遂驚懼極了，她找來眾臣和諸王諸子商量。她說：「大汗從馬上摔下來，並沒有傷著筋骨，可是卻高燒不退，胡話不斷，這可怎麼辦才好？」

塔塔統阿道：「西夏的百姓是定居民，他們的房子、城池不會生腳跑走，大汗龍體如此，我們不如回師蒙古，等大汗病好以後再來征討西夏。」

塔塔統阿的主意得到了大家的贊同。可是當成吉思汗清醒一些，聽了也遂妃子的話以後，不禁連連搖頭。他說：「怎麼能這樣無功而返呢，豈不叫李德旺小兒以為我們是膽怯了逃跑了，你們先派一使臣去，在使臣回來之前，朕就在這兒休養。得到西夏答覆以後我們再回去。」

失吉忽托忽作為使臣派出去了，他到了中興府，對西夏皇帝李德旺說：「西夏國主說過：從此以後，西夏舉國上下都願作成吉思汗陛下的右手，為成吉思汗效勞……我們去征討花剌子模時，曾通知爾等，但爾等說話不算話，不但不出兵，還口出狂言，譏笑我們大汗，那時，大汗沒有與爾等計較，那是因為大軍要去征伐花剌子模，蒙長生天祐護，我們順利打下了西方各國，現在是回來算帳的時候了。」

失吉忽托忽儘管說得很淸楚，但李德旺還是糊塗的，因為當時的當事人不是他，而是他父親，但阿夏干布作為幾朝重臣可是知道的一淸二楚的。他跳出來大言不慚地說：「譏笑話是我說的，如果你們要打的話，儘管來好了，我們全賀蘭山的子民可以奉陪，想要我們西夏的金銀財寶、綢緞絲絹嗎？請到寧夏西涼來。」

失吉忽托忽面對如此強橫的蠢臣，哈哈一笑道：「阿夏干布，你這誤國小人，你知道，你這樣狂妄的後果嗎，你是拿無數西夏百姓的腦袋在開玩笑。你是想把西夏沉入萬劫不復的血海之中。」

「該沉的就要沉，站著是死，跪著也是死，不如站著。」

阿夏干布是有些狂妄，但阿夏干布之所以這樣說，是為了給夏獻宗李德旺打氣鼓勁。他深知和蒙古人打交道，從來沒有談和講友誼一途，只有投降或者臣服，倘若不甘心亡國滅種，只有抗戰到底一條路。

失吉忽托忽回營向成吉思汗作了簡報，還沒敢把阿夏干布的話全說出來，只說了：

如果你們要打的話，儘管來好了，我們全賀蘭山的子民可以奉陪。就這麼一句，成吉思汗就勃然大怒道：「你們看！他們說出這樣的話藐視我軍，我們怎麼能回兵呢？就是死了，魂靈也要去問他；何況朕還未曾死哩！」

他下令：「西夏人凡傲慢不遜者統統殺戮了，投降的我軍可以自由捕擄。」遂扶病上馬，直指賀蘭山。

賀蘭山在河套附近，距中興府六十里。賀蘭山上樹木葱蘢，遠遠望去如同一匹駿馬雄峙在黃河河套邊緣，西夏人呼駿馬為賀蘭，用賀蘭兩字稱呼這座大山，是非常自豪的。阿夏干布就在這山上紮下了營盤。他見成吉思汗大軍到達，不等他們站穩腳跟就領兵殺下山來。

蒙古兵變陣變得很快，等阿夏干布衝頭陣到達軍前時，成百上千支飛箭就罩過來了，成吉思汗讓部下用箭把陣腳射定，阿夏干布的西夏軍竟無法從箭雨中尋出一條縫來，只好退回原地。成吉思汗軍開始紮營，一座座大帳很快豎立起來。

阿夏干布眼見得成吉思汗軍忙碌於紮營，便再一次召集部下衝陣。這一回分左中右三路進擊，個個圓盾輕甲，人人身藏火種，準備突破一點後，來個全面開花，將成吉思汗軍剛剛拉扯了一半的營盤毀掉。

然而，成吉思汗讓部下如前法炮製，阿夏干布的人馬絲毫便宜也得不到。只好再次退了回去，倒是盾上沾了不少箭鏃。

阿夏千布不死心，重新調整佈署，第三次發動攻擊。這一次蒙古人卻沒有射箭，西夏軍心裡正在嘀咕，卻聽得號炮連連，成吉思汗軍未曾建好的營門陡然倒下，成吉思汗打開了老虎的大柙，一下子從營裡各處躍出千軍萬馬，怒吼著撲向西夏軍。

成吉思汗軍在進軍路上遇到的嚴寒，橫越沙漠時遇到的巨大困難，以及久別重逢的歡樂被剝奪，種種離恨別愁，都被發洩到了西夏人頭上。

兩次受到進攻，只能放箭阻敵，如同老虎關在柙中，而阿夏千布軍兩次進攻遇阻，鼓起的氣已洩了大半，突然遇到這樣出其不意的襲擊，頓時慌了神，失了主兒，又見成吉思汗軍如出柙獅虎般凶猛，刀頭閃著紅光，殺聲如同狼嚎，心中怕怕，調頭就跑。任阿夏千布怎樣吆喝，已經無法阻擋心膽已喪的士兵。阿夏千布喊不回自己的士兵，只好也一起逃回營盤，但成吉思汗軍哪裡肯放他過門，奮力衝上山去，吶喊著殺進營地，只聽得慘嚎連連，西夏兵遇到了如此沒商量的蒙古蒼狼，一大半人的腦袋搬了家。火種倒是此時才用上，一把大火將阿夏千布軍的營盤燒了個淨光。

阿夏千布僥倖逃脫了性命，落荒而逃了。

成吉思汗捻鬍微笑道：「阿夏千布這蠢材，連彼竭我盈，戰無不克的道理也不懂，還妄自尊大。」

成吉思汗拿下了賀蘭山，便進拔黑水城，從春到夏，他把西夏北方領土上的城鎮無一遺漏地裝進了自己的腰包。夏天一到，成吉思汗受不了炎熱，覺得自己氣虛力脫，十分衰弱，於是將部隊開到了琿楚山區去避暑。

西夏暫無戰事，夏主得以喘一口氣。

成吉思汗卻並沒有鬆這口氣，他得了一種熱病，這種熱病與墜馬並無必然聯繫，但軍醫認為驚馬顯然有些內傷，使得抵抗力降低易受熱病侵襲。

耶律楚材天天秘出採藥。因為他發現軍中正在生發疫病，似是一種熱症，北方的士兵對這種熱症分外敏感，他採來大黃，熬湯給士兵喝，醫好了不少人。成吉思汗喝了耶律楚材熬製的草藥湯後，病症大為減輕。後來耶律楚材得知中興府藏有大量大黃，他秘告窩闊台，要他在城破時，不惜代價將大黃奪到手。原來西夏暑天常有瘟疫發生，所以常備。

秋天終於來到了，世界變得一片燦爛。

成吉思汗軍重新整裝出發，目標比以前更簡單了——滅亡西夏。

成吉思汗令從俄羅斯和欽察前線回來的速不台軍團從側翼進攻；窩闊台軍團從西邊

發起進攻，使其首尾不能相顧，腹背受敵。

成吉思汗的主力從西夏國東北方突入國境後，連克黑水、朔羅、河羅、應里等城；窩闊台軍團攻下了甘州、肅州、然後又直下涼州（今甘肅武威）。

不知是老年的固執，還是西夏人的狂妄煽起了他心中不滅的火焰，成吉思汗根本沒有下令約束他的軍隊，對抵抗的城市一如既往，進行徹底的掃蕩和殺戮，所到之處無不成為死城，西夏人遭遇到了空前的劫難。

夏獻宗聽到了一個又一個城市失守，一個又一個城市的人民被屠殺，成吉思汗的鐵蹄日日向皇都逼近，竟然驚懼而死。

李德旺的弟弟即位成為夏末帝。

轉眼秋已去，初冬的寒風吹縮了黃河，渾黃的河水不再像往日那樣咆哮不息，黃河上結了厚厚一層冰蓋。

成吉思汗只分出一小部份兵力讓合撒爾和鐵木格率領，遊弋於西夏都城中興府外圍，而自率另一部份兵力乘天寒地凍，黃河結冰之時渡過黃河，向河對岸的靈州和鹽州進發，他的戰略意圖在於，引敵出洞，因為中興府高牆深壘，易守難攻。當他圍住靈州，佯作攻城時，西夏必調大軍前來馳援。

果然不出他之所料，西夏國新主派西夏將江百南率軍來援。

成吉思汗的策略是圍點打援，圍住了靈州重鎮就切斷了東南兩方與中興府的聯絡，使中興府陷入孤立無援之地，各州勤王之師必來馳援，而他已將各軍團派駐各要衝設伏，窩闊台軍團在西線等待會州（今靖遠縣）一帶的勤王軍隊；速不台在南線等待固原一帶的勤王之師，拖雷在東線截擊靜州、銀州、夏州一帶的勤王人馬，張網以待，圍而殲之。

西夏國名義上可以動用的三十萬大軍，真正到達靈州與成吉思汗交鋒的，只不過西夏勇將江百南的幾萬人馬。江百南原是嵬名令公的副將，嵬名令公戰死後，由他接掌了全部軍馬，他驍勇善戰，治軍很嚴，所以部隊很有戰鬥力。加上那位招惹禍端的阿夏干布從賀蘭山腳下逃脫性命後率領殘軍也來到了江百南隊伍中，所以聲勢有增。身為宰相，阿夏干布當然知道哪支部隊最英勇善戰，也可以給他以最大的保護。

成吉思汗軍遇上這支軍隊應該說是遇上了強敵，與之作戰才算得上是一場大戰。

雙方在黃河岸邊擺開了戰場，冬日的黃河灘，肆虐的風捲著黃河的沙塵，漫天飛揚，蒙古鐵騎如同漠北吹來的朔風，面前儘管是沙山土嶺，也擋不住利刃一般的、銳不可擋的烈烈風暴。鐵騎縱橫馳騁，衝擊掩殺，所到之處像決堤的黃河大水一樣，陷西夏軍於滅頂之災。

江百南縱有天大本領，面對著猛將如雲的成吉思汗大軍，既無法阻遏士兵對蒙古大軍的恐懼心理，也無法阻擋一波又一波混濁的惡浪一樣的絞殺。

確實不可抵擋，別說諸王和三位王子的強大軍團，單說像橫掃歐洲的速不台軍團、申虎軍團；像席捲南亞的阿拉黑、速客圖、托海軍團等等，都是身經百戰、屢戰屢勝的常勝軍隊。西夏有什麼樣的軍隊能與之抗衡呢？

成吉思汗的每一支軍隊都能熟練運用各種奇招怪式，那些極為有效的戰略戰術，而西夏人哪裡有像成吉思汗這樣的戰略家，和無數深具戰術頭腦的將軍呢？從道義到士兵的戰鬥力，西夏人都先輸了。

不過仗還是要打下去才能具體分個勝負。

黃河岸邊屍橫遍地，唯有血不像是鮮紅的，因為在這裡，流出來立即被黃塵染成了土黃色。黃河塵很快就把人掩埋起來，出現了一個又一個小土包。鮮鮮的衣裳、獵獵的刀槍都變成了土黃色。數萬人就這樣無聲無息地躺在了黃河岸邊。這裡面當然也包括著成吉思汗的部隊。

那位還算勇將的江百南最終只有逃跑一途，阿夏干布也總算沒有投錯人，在江百南身先士卒的保護下，江百南將保留到最後的九百多人的一支西夏騎兵軍用來衝出一條血路保阿夏干布逃生。他瞄準北側軍力較弱，三百人為一翼陣，交替衝擊，終於衝出了重圍。

江百南選擇的正是成吉思汗的弱點，因為北方是蒙古的前沿，成吉思汗從不擔心西夏會向他的後方逃竄，主力統統設置在西、東、南三方。

他不得不佩服江百南棋出妙著，他在拔都送給他的鎏金千里眼裡，眼睜睜看著西夏騎兵保定阿夏干布衝過黃河，衝出黃河灘地，再向前數里，躍上壠塬便是生路，成吉思汗一時無機動兵力可調，只能看著網裡的魚兒游走。

阿夏干布和江百南慶幸突出險境絕地，正打算收攏人馬稍作歇息時，突聽嗵嗵嗵三聲炮響，前方突出一彪人馬，旗幟鮮鮮，威勢凜凜，定定地佔住了去路，為首一員青年蒙將，坐騎雪青馬，著蒙古軟甲，戴短雉鐵盔，雄糾糾地橫刀躍馬，隨著一聲吶喊向他們衝擊而來。

江百南暗叫一聲「不好！」

沒想到這裡還有伏兵，阿夏干布只有嘆一聲：「天亡我也！」

江百南估摸一下，對方只有一千人馬，事已如此，只有硬著頭皮決一死戰了。

還沒等他發令，青年驍將已經舞動長柄蒙刀拍馬到了跟前，他只得倉促應戰。

第一個回合，刀與刀相擊，馬與馬交錯。

第二個回合，兩馬錯近時，江百南橫刀砍腰，青年驍將竟從馬上躍身而起，當頂立劈華山，身刀合一向江百南砍去，江百南連忙收刀去架，好沉的力道，手中的長刀竟被青年蒙將巨大膂力振落在地，而青年蒙將已經穩穩坐回到了雪青馬上；第三回合，江百南正彎腰去拾兵刃，那青年蒙將急提馬韁，雪青馬咴咴長嘶一聲，收起前蹄，支直後腿，原地回旋半個身子，青年蒙將藉機疾出一刀，江百南身首異處，噴出的鮮血濺紅了雪青馬。

阿夏干布驚跌下馬，青年蒙古將用刀尖挑著江百南人頭，厲聲喝道：「誰還敢頑抗！」主將一死，原本就是潰卒的士兵哪裡還有鬥志，轟然一聲四散逃亡。戰馬踐踏竟把阿夏干布活活踩死在當央。

成吉思汗一直沒有離開過他的千里眼，他被那員驍將出色的馬上功夫，俐落的刀法，沉猛的膂力深深地吸引住了。

成吉思汗一生最愛的就是驍勇善戰的人，不論他是什麼出身，他都賞識他們，給他們以機會，擢拔他們成為將領。他迫不及待地告訴合撒爾，「速速派人將河那邊的部隊帶到朕這裡來。」

合撒爾帶了一支衛隊從黃河冰上過去了。

成吉思汗等不及了，乾脆在宿衛的簇擁下也跨過黃河去。

他們在黃河的冰面上相遇。

青年驍將和他的隊伍被帶到成吉思汗跟前。

合撒爾對成吉思汗說：「大汗，你看江百南被他斬了，阿夏干布的首級也被他帶來了！這可是立了大功啊！」

青年驍將將兩顆人頭扔到了成吉思汗馬前。

合撒爾對青年驍將說：「來來來，快見過大汗！」

成吉思汗準備嘉獎他，「你是誰的部下？」

「誰的部下也不是，我只是我，這是皇后撥給我的一支衛隊！」青年驍將下馬伏地行禮。

成吉思汗納悶，他看了一眼青年驍將，心口竟然一陣躁動，似有所感應地問：「你叫什麼名字？」

「闊列堅！」

「什麼？什麼？你再說一遍！」合撒爾驚呼，他上下打量著面前的青年驍將，想從他身上找出什麼來。

成吉思汗愣住了，轉而跳下馬來，快步走到青年驍將面前，幾乎毫不猶豫地擁過了青年驍將：「是的！是的！你是闊列堅，兒子，父汗已經看到了你媽媽留在你身上的影子。」

「兒子！兒子！兒子！」成吉思汗的白鬍子不停地顫動著，眼淚已經突眶而出了，他已經不再是一個不哭的大汗了。他從朮赤死後，早就讓淚水之閘開啓著，隨時隨地渲洩自己的情懷了。

「父汗，您不想驗看一下，母親留給我的信物嗎？」闊列堅從懷中取出了一隻金絲銀線編成的小兒虎頭帽。

成吉思汗一手奪過來，一手摟住了闊列堅。

這是忽蘭親手縫製的，怎麼會不認得呢？刻骨銘心的往事怎會遺忘？多有心機的忽蘭，她用這繫在了他們愛的結晶上。它和闊列堅一起都是他們生死不渝的愛的象徵。

「孩子，你是怎麼回到皇后身邊的？」

「是鎖爾罕失剌爺爺給我的養父母留下了這信物，要他們在我十八歲這一年我生日這一天，送到皇后那裡去應徵。」

「鎖爾罕失剌，鎖爾罕失剌！你不但是鐵木真的恩人，也是忽蘭的恩人，我鐵木真謝謝你在天之靈。」

成吉思汗望空三拜，感謝忠貞的鎖爾罕失剌為他彌補了心中久久的憾事，使之不致成為終身遺憾。

西夏潰兵一退回中興府，便立即被合撒爾、鐵木格的人馬圍了起來。好在中興府高牆深壘易守難攻，一時無虞。

不過西夏國傷了元氣了。

靈州、鹽州被攻克了，積石州、洮河州、臨洮州、信都府被佔領了。西夏節度使馬肩龍據守的德順州也被攻了下來，馬肩龍被殺死後屍體倒懸在城牆上。這些城市無一例外，都受到了無情的破壞。在成吉思汗殺戾之氣面前，人變得那樣輕賤，不如草芥，屠殺的刀砍缺了口，死人的血流成了河。房屋被燒毀，城池被夷為平地，成吉思汗無動於衷。

他又一次像獸一樣瞧著鮮血，瞪大他的雙眼。

耶律楚材眼看著地處富饒的河套地區的西夏，如同那頭屹立在黃河邊的鎮水鐵牛一樣，半個身子已栽在黃河水中，已經無力傲視洶湧的洪水了。他只有輕輕地嘆息一聲，他說不出的一句話是：為何文明取代野蠻會這樣艱難？

西夏國本有數十萬人馬，如有聖明睿智的領袖，一班勇敢善戰的將軍，也不致於連連敗北，以至兵敗如山傾。而連續三任夏主都那麼昏瞶，落到了只有亡國投降保命一途了。

轉眼到了五月，暑氣漸重，成吉思汗開往六盤山避暑。他在這裡向金國派出了使者，要求金主盡快稱臣，向蒙古臣服。他明確告訴金主，他已經征服了西方諸國，如今又對西夏除都城中興府外的全境進行了征討，已經全部控制了西夏，只要他高興，就可以立即對金用兵。

成吉思汗在這裡接見了夏主派來的乞降使者。夏主要求暫緩一個月，再開城迎接大軍入城。

成吉思汗恩准了夏主的請求。

三十　征服者的宣言

成吉思汗奇怪地問自己為什麼要答應夏主，給他一個月的備降期限？

成吉思汗覺得那是一個錯誤，或許自己一個月都等不到了。他越來越覺得自己的精神一天不如一天。

闊列堅一直被他留在身邊，他不停地回顧與忽蘭相處的日子，一方面給闊列堅加深著母親的印象。一方面他要把最後的父愛留給失去父愛最久的闊列堅。

這一天成吉思汗在金帳裡與闊列堅談話，他問闊列堅：「你一身武藝師從何人？」

闊列堅講了自己跟隨養父母經受的磨練，接著告訴成吉思汗：「我十五歲就從軍了，在鐵木格叔叔的軍隊裡，跟漢人將領劉達克當馬官偷學武藝，後來被劉將軍發現，便正式拜他為師學了兩年。直到今年十八歲時，養父母才告訴說，當初鎖兒罕失剌爺爺要他們在這個日子送我進皇后的大帳。」

成吉思汗熟悉劉達克，知道他是個不錯的漢人將領。當即要塔塔統阿記下，準備班師後重加獎勵。

就在此時金帳外有人傳報，「陛下，東遼國代理遼王姚里氏奉召覲見。」

成吉思汗吩咐：「傳他們進帳！」

姚里氏進帳時魚貫帶進了好幾個人，那是他的次子善哥、三子鐵哥，孫子蘇國努，她按晉見大汗的規矩，親吻了成吉思汗的馬靴。

姚里氏說：「臣妾姚里氏叩見吾皇萬歲！」

身後子孫一齊下拜。

成吉思汗見了姚里氏，格外高興，精神好轉起來，他說：「妳行程數千里來到了西夏戰地，連雄鷹都不大願意飛來的地方，妳一個女人家也能來此，真正了不起。」

他賜她美酒。

姚里氏說：「尊敬的大汗陛下，臣妾的夫君留哥去後，遼東之地無主，由奴代理，終非長久之計。長子薛闍跟隨陛下西征數年，能不能讓薛闍歸還本國，襲位治國，我把次子善哥留下替代他哥哥繼續為陛下效命。」

成吉思汗覺得姚里氏說得有理，但是耶律薛闍久治不癒。姚里氏的一切計畫無疑行不通，他說：「善哥既已長成，何不讓善哥繼承？」

姚里氏道：「陛下有所不知，薛闍是留哥先妻之子，是嫡子，善哥是奴所生，如立為王，奴就自私，恐背天道，我這是為死去的留哥哀請。」

成吉思汗聽到這裡覺得姚里氏實在賢惠，不忍心將耶律薛闍的事告訴她，於是他道：「薛闍幾年來隨我西征屢建奇功，大太子在合迷城被包圍的時候，他親率千軍救援，身中長矛，帶傷苦戰，救出了大太子，在布哈拉一戰中，他身先士卒，身中流箭，仍勇奪該城，他是立下了大功的，積功論賞已經成為蒙古的英雄，應該在蒙古朝中做官，所以他暫不回東遼。朕詔令善哥臨時接替留哥的遼王之位，應無異議吧！」

姚里氏帶著成吉思汗的詔書和他賜與的最高獎賞以九為數的俘虜、馬匹、金挺、器皿等等踏上了歸途。

姚里氏的晉見帶來的歡樂畢竟是暫時的，相反姚里氏為東遼王繼承人的不辭勞苦千里奔波的舉動進一步挑動了他為身後事憂心的情結，很快他又陷入了神情恍惚之中，他又忽冷忽熱地發起病來。

他似乎預感到自己的日子越來越短了，拉著也遂的手說：「妳侍我有數年了，一直忠心耿耿，如今又隨我出征，滅了西夏，本指望歸國以後再與妳好好度過一段韶光，共享榮華，沒想到竟會染病，而且入了膏肓，無可救藥，我死後，妳回去告訴皇后及王妃們，人人不要過悲要節哀。」

也遂聽到這裡雖然沒哭出聲，但已淚流滿面。

成吉思汗也強忍內心的悲哀。

他覺得東征西戰殺伐了一生，體會過斬殺仇人的暢快，體驗過失去親人的悲痛，但感覺自己將離去的悲痛卻是第一回。人說，人生譬如朝露，沒有什麼可傷心的，他卻覺得沒有一處可以割捨得下。這時候他才感到忽蘭是多麼的了不起，她視死如歸，那麼平靜，那麼坦然。而自己卻又是那麼殘忍地剝奪了她的歡樂，她的所愛。是他讓她的心先死掉，而後心蝕了她的軀體。那是他一生中最悲哀的一件事。他放不下的東西太多了，但作為一個君王，他最放不下的還是身後基業能不能永固，未竟的事業如何交給後人去完成。

於是他對也遂說：「召窩闊台、拖雷來！還有我的弟弟們。」

等能來的諸王諸子都到齊之後，他摒退了外人，然後對他們道：「朕壽已將終……」

眾人聽他這樣講，連連否定道：「大汗怎麼可以這樣說！」

拖雷說：「父汗身體本來打得死虎，只不過僅感風寒罷了。」

成吉思汗搖了搖頭說：「你們還記得朕跟你們講過的多頭、多尾蛇的故事嗎？」

兄弟二人你望望我，我望望你，不知父汗此刻重提這個典故是什麼意思。窩闊台清了清嗓子道：「記得！」

成吉思汗長長地吁了口氣說：「朕最擔心的是在我身後你們弟兄子孫會變成多頭蛇！」

窩闊台道：「父汗怎會如此多愁易感，兒臣想一定是大哥和哲別、木華黎將軍的死造成的。」

成吉思汗搖搖頭道：「朕心中很清楚，他們都不是死於戰爭，而是死於疾病和衰老。敵人是打不垮他們的，只有長生天能召他們而去。他們不過是比朕先走了一步。為父賴長生天之助，在他無比的威力下開創了一個遼闊偉大的國家，從咱們站腳的地方向東南西北四面八方走去，到達極邊之地，都有一年的腳程。我們數年征戰說明，征服世界並不是不可能的，但征服自己才是最難最難的。西遼、花剌子模、呼羅珊、格魯吉亞、亞塞拜然、西夏並不見得都是敗於我們的鐵騎之手，他們也敗於他們自己。朕最擔心的是你們弟兄，怕你們成為多頭蛇，多頭蛇最後只會毀滅自己。你們如果想常保此國，一定要同心協力抵禦敵人。尊崇朋友。不要做多頭蛇，葬送這分大好的偉業。」這是征服者的宣言，也是他數十年征戰悟出的真理。

窩闊台、拖雷當即跪在地下。

拖雷說得很堅決：「父汗放心，兒臣不忘父汗的教誨，一定同心協力。」

窩闊台道：「父汗，窩闊台決不會背叛父汗旨意。」

「拖雷，為父去後，大位只有一人繼承，朕早就給你們定下，由你三兄窩闊台繼承汗位，因為他雄才大略，足智多謀，在你們兄弟當中尤為突出，我要讓他出謀定策，統帥軍隊和百姓，保衛帝國的疆域，你應該知道怎麼去做。」

拖雷答應道：「父汗請放心，兒臣一定遵照父汗的決定擁戴三兄為大汗。」

「你還要把朕的這些話告訴你們的二兄察合台。」

成吉思汗之所以要叮嚀拖雷，因為按照蒙古舊例，末子是守灶人，新的大汗必須經過族長會議承認，在承認之前守灶人就是監國大臣，掌握著蒙古的絕大部份軍隊。拖雷的忠誠是至關重要的。

成吉思汗滿意地點了點頭。接著說：「打天下有許多人的功勞，朕準備把本土北部留給合撒爾作封地（今貝加爾湖及額爾古納河、海拉爾河一帶）；東部留給你們三叔合赤溫的兒子阿勒赤台；東北部女真國的土地（今吉林省）留給鐵木格；鄂嫩河，怯綠連河下游一帶靠近金帳的地方留給別勒古台，他們是蒙古的大功臣（以上四人分封後，稱之為東道諸王）。朮赤雖然已經去了，但朕以前曾說過凡是蒙古馬蹄子所到之處，都是朮赤的領地。為此從錫爾河以北，花剌子模以西都應封給拔都和他的兄弟們；錫爾河以南，西遼、花剌子模、呼羅珊的大片地塊，分封給察合台；拖雷，你的封地就在不兒罕山和蒙古本土中央；窩闊台的封地是乃蠻故地（巴爾喀什湖以東和東北方，即額敏河，額爾濟斯河、塔爾哈巴台、烏倫古河之間的廣大地區）。當然，分封給你們的土地是你們用自己的雙手奪來的，記著，也可能因為你們自己而重新丟失，得失只在一念間。我們的敵人失敗的教訓，便是你們成功的原因，千萬千萬不要走敵人失敗的路。」成吉思汗語重心長地說。

對其他妃子所生的兒子，成吉思汗也都作了安排，各有分封，他特別交代窩闊台要善待闊列堅。

窩闊台總覺得父汗太過悲觀了，安排這種後事，太過早了一些。他說：「父汗的身體正在一天一天地好起來，最好還是不要想太多令人沮喪的事。」

「是啊！兄汗太過傷感了。」幾位王弟一齊勸慰。

「不，朕還有大事要盡早交代給你們。」

在諸王諸子的一再要求下，成吉思汗才停止了遺囑一般的交代。

正好派去金國的使臣回來了，帶回來了金國的回使，金主派完顏合周和奧頓阿虎，來向成吉思汗求和。

使者獻上了貢品，那是一大盤耀眼奪目的珍珠，然而，成吉思汗不屑一顧，他期望得到的不是這些美珠，而是整個金國。那是木華黎將軍為之奮鬥一生沒有實現的目標，也是使他食不甘味，寢難安眠的原因，他想恐怕至死也難以瞑目的了。

他把使者打發走了，寂靜的金帳中只剩下也遂和他兩個人，再就是那盤珍珠在悄然地散發著幽幽的光芒。

那光芒越來越明亮，在成吉思汗的眼中變成了許多雙明亮的眼睛。

他衝著那雙最明亮的眼睛叫道：「木華黎，你怎麼不來領賞，我們蒙古的宿敵已經被你三削其國力，頭功應該是你的呀！木華黎……」

無人應他，也遂也不敢應。

「朮赤！」

「噢！他已經去了。那麼忽蘭呢？忽蘭……」

「忽蘭，妳不是最喜歡珍珠嗎？來，我要還妳掌上明珠，我們的闊列堅……」

「大汗，忽蘭妹妹不是已經長眠在冰河之中了嗎？」也遂柔聲地提醒成吉思汗，她用蘸了清水的絲巾，敷在他的額角。

成吉思汗一把將絲巾打下地，猛地坐正了身子，瞪大了森人的眼睛。他大喊：「朕要見哲別，要見木華黎！他們為什麼不來見我？」

也遂驚懼極了，她奔出營帳大聲招來了拖雷和窩闊台和諸將、大臣。

她說：「大汗直說胡話，直要見那些死去的人。」

不料成吉思汗聽見了也遂的話，說她在胡說。真是一陣清醒，一陣糊塗。此刻他萎頓地依在病榻上，向走進來的拖雷和窩闊台招招手說：「來來，你們來，朕還有話沒有說完。」他強打起精神讓他們一左一右坐在病榻兩邊。

諸將、大臣不敢進帳，只是靜候在金帳門外，靜聽著金帳內的每一點變化。

「朕戎馬一生，諸事已遂心願，唯獨金國未下，乃朕終生遺憾。現在朕將思考已久的破金之策告訴你們，希望你們為朕和木華黎將軍了卻心願。」

「父汗，兒臣謹聽，請教誨！」兩人異口同聲地答應。

儘管正是暑天，也遂還是替成吉思汗擁好了冬裘，因為他覺得有徹骨之寒從心底冒出來。

成吉思汗越來越覺得，有人在冷卻著他一向沸騰的熱血，他怕就此凍凝起來，所以急於把他的破金之策講出來，越是急，越語無倫次，也遂給他灌上了好幾口藥，半天才平靜下來。

他說：「金國精兵佈於潼關，潼關南據著連綿的山嶺，（華山、崤山、秦嶺、伏牛均在潼關以南），北限大河（黃河河套在此由南北向折為東向，河北有中條山雄峙。）這樣的地勢易守難攻，不可能一舉將其攻破。要滅金國，只有向宋國借條路走，宋國和金國是世仇，假道於宋必不是難事。如果達成協議，那麼從河南唐州、鄧州迂迴進兵直搗大梁，大梁離潼關千里之遙，金兵無法從潼關赴援，就是能夠千里赴援，等趕到時也已經人馬疲弊，戰鬥力大減，你們就穩操勝券了。你們一定要按照我的話去做！滅了金，宋便是囊中之物了，至於高麗，由東遼去籌謀，時機成熟再行動手。」

說完這些，成吉思汗已經覺得很累了，他合眼稍稍休息。接著又說：「西方羅斯諸國，迦勒迦河一役，俄羅斯主力沒有得到毀滅性的打擊，加里西亞、東普魯士、日爾曼、匈牙利、波蘭諸國均有很強實力，告訴拔都切勿掉以輕心。南亞波斯、阿拉伯伊拉克、敘利亞直至埃及都不曾征服，告訴察合台應當用劍去曉諭那裡的臣民百姓歸順。至於西夏已是砧上之物，不足為慮了，不過如果西夏王不按時投降，你們一定要立刻進攻，拿下中興府，懲罰西夏王。」

他曾經說過：「即使我死了也要去教訓西夏人的狂妄。」這是他的殺敵決心，也是他終極的預言，他像個真正的武將，要在陣中終了自己波瀾壯闊的一生。

他微微睜開了昏花的眼睛，看了看那盤珍珠，伸出手去，似乎想抓起一把來，也遂連忙端起湊到了他手邊。

成吉思汗並不是想抓起盤中的珍珠，他只是用無力的手將它們撥弄下地，潔白晶瑩的珠子滾落一地，成吉思汗瞪大了眼睛，那裡面潛藏著無法言喻的恐怖。

他沒有說他看到了什麼，沒有告訴大家，他看到的是遍地的白骨，他一生征戰所造成的白骨似乎都集聚在這裡。他停了好久好久，這才接著說：「攻下中興府，不要，不要殺人太多。朕自去年冬天，五星相聚之時，就已經答應不殺掠，當時忘了下詔，如今可以讓耶律楚材發布一道扎撒，周知三軍，也令天下人知道朕意。蒙古的成吉思汗不要再奪取財物，而是要置官理民，擁有百姓。」

金帳外耶律楚材的眼睛濕潤了。率領蒙古鐵騎殺掠了一輩子的大汗到大限將至時，終於走出了矇昧，走進了文明。儘管這樣一道扎撒，並不能馬上為所有人所接受，但起碼已經有了這樣一道扎撒。

文明脫胎於野蠻！不是嗎？

耶律楚材默默地禱祝著走進金帳，走近靈魂飛升的征服者。

全書完

從小汗到一代天驕：成吉思汗傳奇
(下)一代天驕

(原書名：征服者：成吉思汗大傳 [下]一代天驕)

作者：江上鷗
發行人：陳曉林
出版所：風雲時代出版股份有限公司
地址：10576台北市民生東路五段178號7樓之3
電話：(02) 2756-0949
傳真：(02) 2765-3799
執行主編：劉宇青
美術設計：吳宗潔
業務總監：張瑋鳳

出版日期：2023年11月 新版一刷
版權授權：李榮德
ISBN：978-626-7369-06-7

風雲書網：http://www.eastbooks.com.tw
官方部落格：http://eastbooks.pixnet.net/blog
Facebook：http://www.facebook.com/h7560949
E-mail：h7560949@ms15.hinet.net
劃撥帳號：12043291
戶名：風雲時代出版股份有限公司

風雲發行所：33373桃園市龜山區公西村2鄰復興街304巷96號
電話：(03) 318-1378
傳真：(03) 318-1378
法律顧問：永然法律事務所 李永然律師
北辰著作權事務所 蕭雄淋律師

行政院新聞局局版台業字第3595號 營利事業統一編號22759935

定價 ：320元

國家圖書館出版品預行編目資料

從小汗到一代天驕：成吉思汗傳奇 / 江上鷗著. -- 臺北市：風雲時代出版股份有限公司, 2023.10
冊； 公分

ISBN 978-626-7369-06-7(下冊：平裝)

857.7 112013446